散りしきる花

<恋紅>第二部

皆川博子

春陽堂書店

目次

牡丹出奔……6
衣裳見せ……98
五月闇……125
子供浄瑠璃……217
仄明り……300
初刊本あとがき 360

散りしきる花

〈恋紅〉第二部

牡丹出奔

千本格子の隙間から洩れる灯明りが、わずかに雨脚をきらめかせる。

煤けた軒灯にも灯が入っており、『蔦屋』の文字がようやく読みとれる。

「兄さん、上がって行きゃあせ」

咽首に白粉の濃い女が、格子越しに声を投げた。

ゆうは、傘を少しすぼめ、福之助に身を寄せた。

何だ、女連れか、というように軽く舌打ちし、格子の中の女はそっぽを向く。

むやみに騒々しいだけの三味線の音が二階から聴こえる。酔った濁み声も混る。

周囲の田畑やら雑木林やら細流れやらは闇にまぎれ、点在する家も灯は弱く、『蔦屋』の軒灯の灯りと音曲のみが、名古屋の町なかから三里ほど南に下ったこのあたりの、唯一の華やぎだ。

少し肩をそびやかすようにして福之助は格子の前を過ぎ、ゆうは後に従った。福之助の手にした提灯の明りが、水溜りに揺れる。

四月に入ったというのに、雨続きのせいか底冷えがする。はしょった着物の裾も高下駄の鼻緒もぐっしょり水を吸いこみ、冷たさが肌にとおる。

蔦屋の主、安兵衛、通称蔦安に呼びつけられた用件はわかっているので、ゆうの足は重くなる。

裏口に廻り、「ごめんなさいまし」福之助が声をかけ、引戸を開ける。

傘の雫を払って土間に入ると、

「何だい」

板敷きに坐りこみ銅壺で酒の燗をつけている下働きらしい女が、うさんくさげな目を向けた。ほかにも三、四人、喋りながら汚れた皿を洗ったり拭いたりしている。板戸の向うを足音が行き来する。板戸越しの、三味線の音、濁み声も、いっそう大きい。

「こちらの旦那に呼ばれれまして。高砂座に出させていただいております、富田福之助でございます」

「傘を外に出しておきゃあせ。土間をそう濡らされては困りゃあすが」

「すみません」

ゆうは福之助の傘を受け取り、二本まとめて戸口の外にたてかけた。塗りの椀(わん)を拭いていた女が取次ぎに奥に立っていった。

名古屋や大阪の町なかでは、街灯にガス灯が使われ、大店(おおだな)や富貴な家ではランプを使っており、ずいぶん明るいのだが、このあたりはまだ、江戸のころそのままである。客の座敷には、燭台(しょくだい)や朱塗りの行灯(あんどん)ぐらい置いているのだろうが、台所を照らすのは、土器(かわらけ)に油を入れて点火した火皿ばかりだ。のろのろと手を動かす下女たちは、薄墨色の影めいていた。

戻(もど)ってきた女は、板の間にべたりと坐り、前の仕事を続け、二人を焦(じ)らすように少し間をおいてから、「待っとりゃあせ」鼻であしらうように言った。

框(かまち)に腰を下ろすのも許さないような、冷ややかな空気を、ゆうは感じた。

「あれが座頭(ざがしら)かなも」

「役者にしては、みすぼらしいやにゃあか」

二人の耳に届くのを承知で女たちは話をかわす。

四半刻(しはんとき)もたったかと思われるころ、ようやく、唐桟(とおざん)の縕袍(どてら)をひっかけた蔦安が台所にあらわれた。二人が小腰をかがめると、「おう」と顎(あご)をしゃくり、あぐらをかいた。

立ったままでは蔦安を見下ろすようになるので、福之助とゆうは、土間に膝をついた。

「おまえらを高砂座に呼んだのはな、只飯食わせるためではないんやで」蔦安は浴びせた。

「道楽で小屋を開けとるんやないで。え、何ちゅうざまや」

女郎屋『蔦屋』を営む蔦安は、福之助の一座が興行を打っている『高砂座』の座元を兼ね、このあたりの興行を仕切る〝仕打ち〟でもある。近藤実左衛門という博徒の大親分の身内だということも、ゆうは聞いていた。

「客の呼べん役者に小屋をまかせてはおけんわい。幟巻いて、とっとと失せろ」

でも、こう雨続きでは……、と口惜しがるゆうの胸のうちを見すかしたように、

「雨のせいで客が入らんなどと、泣き言は言わせんで。雨だろうと風だろうと、芝居がおもろければ客は寄ってくるわ。おまえら、だら芝居ばかりやっとるのやろ。何年芝居で飯食うとるんや。ど阿呆」

蔦安は、ぎょろりとした眼をゆうに向けた。

「だいたい、女の頭取など、ものの役に立たんわ。女を頭取に据えなならんほど、落ちぶれとるんか」

役者と裏方、囃子方、合わせて総勢十九人の一座は、旅まわりとしても小さい方ではあるけれど、座頭の福之助を中心に結束の固い、質の高い一座だと、ゆうは自負していた。

座頭の福之助は、太夫元を兼ねている。太夫元は、一座のいわば経営者であり、頭取は太夫元を助け、役者や裏方を取締り、金銭の出入りから舞台のことまで、すべてに目を配る役目である。ふつうは古参の役者などが兼務することが多い。

しかし、座頭福之助の女房である以上、頭取の責任をゆうが負うのは当然のこと と、ゆうも思い、一座の者も認めている。

手が足りないから、ゆうは、下座で囃子方といっしょに三味線を弾き、楽屋では衣裳の世話から、鬘を結い直す床山までひき受けている。

福之助が黙って頭を下げているので、ゆうも蔦安の罵言を聞き流すことにした。入りが悪ければ座主から罵られるのはしかたないことで、これまでにも例しがなかったわけではない。

罵り倦きたとみえ、蔦安は、「明日からしっかり稼げよ」言い捨てて座を立った。

雨の降りしきる外に出ると、福之助は、

「持ち合わせをよこしな」と命じた。

「いくら、いるんですか」

「洗い浚いだ」

財布ごと、ゆうは手渡した。

「おめえは、小屋に帰っていな」

そう言って、福之助は、軒灯のともる表口から、

「上がるぜ」と声をかけて入っていった。

意地をはって、妓を買う『客』として、上がるつもりなのだ。

――兄さん、変らないねえ。ゆうはおかしくなりながら、女を抱く福之助に、胸の奥が少し痛い。

少しどころではない。きりきりと痛い。

福之助は、芸を売るとともに色も売る、男地獄、男傾城とも蔑称される役者。それを承知で慕い抜き、いっしょになった。贔屓がついて軀を買われるのは役者の甲斐性。そう納得しているのだけれど、何も知らなかった小娘のころのように淡白な気持ではいられなくなってきていた。しかも、此度は、止むを得ず贔屓客に一夜を買われるのでは

なく、意地ずくで我れから妓を買う気なのだ。

兄さん、変らないねえ。ゆうは、少しおかしくなる。

ゆうは、吉原の半籬『笹屋』の娘として生まれ、廓内で育った。東両国の掛け小屋で、兄の角蔵、弟の金太郎と三人で興行していたおでこ役者の福之助に、お祝儀の紙包みをそっと渡したのは、十五年前、ゆうが十四のときだった。

それより以前、九つの年に、東両国で迷子になったゆうは、福之助たちにやさしいあしらいを受けている。福之助はまるで憶えていないのだけれど、ゆうにとっては、その後の生をさだめられるような大切なことであった。

そのとき、ゆうは、寂しさの底にうずくまっていた。

物心ついたころから、言いようのない寂寥感が、身のうちに穴をあけていた。父親の家業がら、華やかな色里の裏の惨たらしさ、醜さを目の前にし、しかも、自分が惨たらしさを与える側にいる、その自覚が、ゆうの寂しさをいっそう募らせていた。

その前日、盗み食いをみつけられ罰として食事を抜かれた禿に、菓子をわけてやった。発覚して、禿はひどい折檻を受け、ゆうも厳しく叱られた。心慰まず、ゆうは、禁じられた場所に足をむけた。廓のなかの、河岸と呼ばれる、切見世の並ぶ一帯である。

ゆうを可愛がってくれた花魁が、足抜きをした咎で、そこに売り飛ばされていた。売ったのは、ゆうの父、佐兵衛であるけれど、ゆうは、花魁と気心が通じ合っているつもりだった。切見世の安女郎に身を落とされた花魁に馬糞を投げつけられ、ゆうは、他人にとっての自分を視た。幼かったから、哀しい、寂しい、としか、言えなかったけれど、その寂しさ、哀しさは、ゆうの存在の根ともいえるほど深かった。

内所にひきこもったままのゆうを、禿のことで叱られたためしおれていると単純に考えた父親は、出入りの髪結いに命じゆうを東両国の盛り場に、気晴らしに連れ出させた。見世物、因果ものの小屋が並ぶ盛り場は、ゆうの寂寥感をいっそう深めた。髪結いにはぐれ、歩きまわっているうちに日が傾き、人影は減り始めた。そのとき、ゆうは、掛け小屋の絵看板にふと目をとめたのだった。

まばらな見物を相手に、四谷怪談がかかっていた。荒むしろの壁の隙間から覗き見していると、雨が降りだした。雨宿りするところもない。裏にまわって、楽屋を覗いた。伊右衛門をつとめていた役者が、湯気をたてている鍋の蓋をとって、厚い輪切りの大根を箸につき刺し、ゆうにくれた。とろりと柔らかい大根がゆうをあたためた。雨が烈しくなり、掛け小屋はゆうの目の前で、たたまれ、消えた。役者たちも走り去った。

四年後、吉原は大火になり、全焼した。笹屋は深川の仮宅に移った。

当時大人気の紀伊国屋三代目沢村田之助の芝居を見に、両親に伴われ市村座に行ったとき、桟敷に席をとったゆうは、平土間に、掛け小屋の伊右衛門役者を見出したのだった。後で、富田福之助と名を知った。慶応三年、東京がまだ江戸と呼ばれ、幕府が瓦解するなど、ゆうのようなものは夢にも思わず、しかし、崩壊は刻々と進んでいた時期であった。市中の治安のために歩兵組が結成されていたが、これが、ならず者の集まりで、治安どころか騒動をそこここで引き起こしていた。この日、小屋になだれこんで暴れまわったのも、歩兵たちであった。茶屋に避難しようと表に出ると、そこもまた、人の渦だった。あちらこちらの小屋から逃げ出してきた人々と、歩兵の一団が、ごったがえしていたのである。幕間に贔屓客にあいさつに茶屋に行き、楽屋に戻ろうとして立ち往生している田之助を、背に負って人の群れをかきわけ、道を横切ったのが、福之助であった。一瞬、古風な花魁の道行きが、再現された。見物は沸いた。しかし、田之助は、福之助の背から下りるや、その顔を、袖で打った。猿若町の大名題からみれば、おでこ役者などものの数にも入らない。大道の飴売りからおでこ役者となった福之助は、芝居の正規の修業は積んでいない。ひたすら、三座の舞台を見ては、芸を盗むばかりだ。とりわけ、田之助を、福之助はひそかに敬慕していた。三座の舞台を見ては、掛け小屋の舞台にかけ、垢離場(こりば)の田之助と贔屓から呼ばれていた。東両国の盛り場は、垢離場ともいう。掛け小屋のおでこ風情(ふぜい)が田之助になぞらえられるのをかねがね苦々しく思っていた座方のものに、あれが、芝居盗みのおでこと耳打ちされ、田之助は、腹立たしく、福之助を一打ちしたのだった。田之助のほうでは、それきり、芸より色を売るおでこなど、忘れきったことだろう。茫然(ぼうぜん)と立った垢離場の役者は、ゆうの心に焼きついた。

その後、ゆうは垢離場の掛け小屋に行き、福之助の舞台を見た。お祝儀の包みを渡したのは、そのときである。

三人兄弟の芝居。そう呼ばれている。長兄の角蔵を座頭に立て、福之助と、末弟の金太郎が、三座にくらべればみすぼらしいけれど、花やいだ芝居を見せていた……。

包みのはしに紅で書いた『かりたく　ささや　ゆう』の文字をたよりに、福之助は仮宅をたずねて来た。たまたま、ゆうは不在で、応対した見世番が、風態の貧しさから侮(あなど)り、切見世にでも行けと追い払った。数日後、福之助は再度見世を訪れ、最高位の花魁を揚げ、金の切れ離れよく、初会は盃事(さかずきごと)だけという廓のしきたりどおりにきれいに遊び、おでこ役者と名乗って鮮やかに帰っていった。更に、その何日か後に、弟の金太郎に三味線を弾かせ、廓内で大道芸を見せ、さらりと立ち去ったのである。

　大尽遊びは、意地さ、と、後になって福之助は笑って言ったのだった。

　あのときより、手もとの詰まりようは切実で、ゆうの懐にあった金は虎の子なのだけれど、福之助の子供じみた意地張りを、ゆうはとめだてする気にはならなかった。

　戸口に、『愛国交親社』としるされた門標が打ちつけてあるのが、目に入った。この門標は、名古屋、尾張、美濃一帯を廻るあいだ、しばしば目にしている。

　妓と寝ることになる前に、悶着でも起こして、見世を出て来てくれないか、などと思いながら、ゆうは待ちつづけた。

*

　色のない桜が、水の底にさかりの姿をうっすらと見せ、盛りあがった波にかくれた。しじまの深みから湧く単調な音が肌をかすかに叩き、それが次第に強まって、ゆうは目覚めた。

夢の名残りが靄立ってまといつき、ゆうは少しのあいだ、甘やかなけだるさに浸っていたが、うつつの耳にいっそうくっきりと聞こえる単調な音が雨音と気づいて、起き直った。

寝乱れた襦袢の衿元をかき合わせ、いつになく周囲がこざっぱりとしているのを訝しみ、すぐに、ここは楽屋ではない、昨夜、福之助といっしょに寺に泊めてもらったのだった、と思い出した。

隣りの蒲団で、福之助が寝返りを打った。

木綿の皮に重い綿を入れたものではあるけれど、楽屋の垢じみた煎餅蒲団よりははるかにましな夜具からそっと抜け出て、ゆうは窓ぎわににじり寄った。黒く沈んだ竹群らの上にのぞく空は灰墨を溶き流したようで、今日も終日雨を降らすと告げている。

これで五日……と、ゆうは日数を繰る、雨は小止みもしない。

まばらな侘しい見物を思い、胸が塞いだ。四月の初めというのに、早々と梅雨に入ったかのように客の出足を鈍らせる雨が続いている。

身じろぎする気配を感じ振り返ると、福之助は半ば身を起こし、けげんそうな目をあたりに投げていた。

「ゆうべ泊めてもらったお寺さんですよ。おぼえていなさらない？」

「ゆうべは、蔦安に呼びつけられて……」

「その後、ひどく酔いなさって」

ゆうが肩を貸し、雨の中をどうにか歩いて来たのだが、途中、道ばたで寝倒れてしまった。ゆうの手には負えず、ちょうど寺の門前だったので、庫裡の戸を叩いてみた。寺の者は、ゆうが驚いたほど気さくに、裏の小部屋に泊まらせ、夜具まで貸してくれた。

福之助は、そのあたりの記憶は深酔いの中に消えてしまっているようで、しきりに首のうしろを拳で叩いている。

小部屋は納戸に使われているとみえ、長持や葛籠が隅に積み重ねられてある。裾が泥にまみれた二人の着物をその上にひろげておいたのが、そのままになっている。

「気色悪いだろうけれど」

裾重く濡れた着物を福之助の肩に羽織らせ、自分も手早く身仕度した。

「ちょいと御挨拶して」

長くのびた廊下を歩き、住職と梵妻が朝餉をとっている部屋を探しあてた。敷居ぎわ

に揃って膝をつき、

「まことに御造作をおかけいたしました。申しわけございません。おかげさまで大助かりでございます。お恥ずかしゅうございますが、ただいまのところ、お布施の持ち合わせもございません。あらためて御挨拶にあがらせていただきます」

朝餉をいっしょにとっていきなさいと、梵妻はすすめた。四十半ばにみえるが、肌のきれいな小柄な女であった。昨夜、快く泊めてくれたのも、この女だった。

そんなあつかましいことは、と二人は辞退し、寺を出た。山門の扁額には、森厳寺と彫りこまれてあった。

他人の好意につけいることに狎れた……と、ゆうは思った。濡れそぼった者を泊め夜具を貸すのは、親しい間柄でも小面倒なことだ。以前のわたしであれば、どうにもやむを得ず他人をわずらわせるにしても、さんざんためらい、申しわけなさに身がすくむ思いがしただろうに。

＊

湿気のこもる楽屋に煎餅蒲団を敷き並べ、座の者は皆まだ眠っていた。雨漏りを受けるために置かれた桶がときどき雫をはね返すが、目をさます者はいない。明けごろまで花札や丁半で遊んでいたのだろう。

座頭の福之助とゆうの寝泊まりする楽屋は、大部屋と壁一つへだてた隣りの小部屋である。福之助に乾いた着物を渡し、自分も手早く着替え、ゆうは部屋の隅に畳んである蒲団を敷きのべた。こんなに早くから起きていても、所在ないばかりだし、立ち働いては眠っている座の者の妨げになる。二人の脱いだ着物を隅の衣桁にかけ広げてから、先に横になっている福之助の傍にそっと軀をすべらせた。

福之助ののばした左腕に頭をのせた。

ほうっとくつろいだ。九年、暮らしを共にしていれば、新鮮な緊張は失せ、手を触れられただけで胸がさわぐようなことはなくなり、時には相手が傍にいるのを心にかけずにいるときもあるのだけれど、軀の悦びはいっそう強まった。贔屓との夜のつき合いが繁い福之助がゆうを夜さり抱く機は、夫婦でありながら少ない。それだけに、床を共にしたときの陶酔は深い。

「二日酔いだ。かんべんしてくれよ」

苦笑まじりに福之助に言われ、

した。

「すみません」

ゆうは、福之助の腋の下に顔を押しつけて甘え、眼を閉じ、騒ぎ立つ軀を鎮めようとした。

昼近く、皆が起き出したころは、雨は上がっていた。

ゆうは身仕舞して、食事の仕度にかかった。

以前、下座の三味線弾きをしていたおかんが、二年前に座を抜けたので、女手は今のところゆう一人である。一座のものも、洗濯、つくろい、炊事と、なまじな女よりはまめにやるけれど、頭取を兼ねるゆうの仕事は多かった。

東両国で興行していたころからの気心の知れた者たちが福之助を中心に結束しているので、ずいぶんうまくいっている方ではあるけれど、この九年間、いつも波風が立たないわけではなかった。

役者同士の間で、女をとったのとられたのといざこざはしばしば起きたし、待遇の不平も生じる。十数人が年中顔をつきあわせているのだから、そりの合わない者がいるのもいたしかたないことであった。

福之助は、座員のくどくどしい愚痴や悪口は聞きたがらなかった。聞き役、裁き役は、ゆうの役目になる。

辛気くさいと思うことはあっても、福之助の腕の中でくつろぐと、安らいだ。福之助のおおどかさが、いつかゆうも身についたようで、「おまえ、存外太っ腹だな」と、福之助に言われたこともあった。「そうですか」と笑いながら、あまり変りたくはないなとも思う。

「あつかましくなりましたか？」

「いや、やはりお嬢さんだよ。時々、肝腎なところが抜けている」福之助は笑って言ったのだった。


御一新前は、江戸では芝居の興行は昼と限られていた。ガス灯が使われ始め、四年前、明治十一年、東京の新富座が、劇場では初めてガス灯をあかあかと灯し、午後五時に開場したのを皮切りに、夜間興行が多くなった。

それでも、田舎の小屋には、ガス灯などはありはしない。ランプが少しずつ普及しているけれど、高砂座の照明は土瓶と竹筒であった。どちらも、石油をみたしぼろ布を芯にしたものである。

土瓶は舞台の上の一文字に沿って吊され、竹筒は舞台の前端や花道のきわに並べて立ててある。火をつけると、蠟燭よりは明るいけれど、油煙が濃く、いやなにおいを漂わせるので、役者は喜ばない。

まだ灯りはいらないね、座蒲団の用意は、と見てまわりながら、ゆうは、小屋の中がいやにひっそりしているのに気づいた。

化粧や着付けをはじめるには早いけれど、開幕前の暇なひととき、たいがい、何人かの役者は花札をひいたり寝ころがって女の話をしたりしているものなのに、ほとんど姿が見えない。福之助もいなかった。

囃子方の一人が所在なさそうに化粧前で莨をくゆらしているので、

「何だか、やけに静かだね」と言うと、

「これですよ」

囃子方は、刀を切り結ぶ身ぶりをしてみせた。

「立ち廻りの稽古かい」

そんな殊勝なことを、ずぼらな役者たちがするわけがないが……。

「常林寺に行ってごらんなせえ。皆、いますよ」

囃子方は言った。

のんきだねえ、そろそろ楽屋入りしてくれなくちゃあ、と思いながら、ゆうは近くの常林寺に足を向けた。

道はぬかるんでいた。古びた小さい山門が見えてくる前に、法螺貝(ほらがい)の音や人々の喚声が聞こえた。

山門の柱には、『官許撃剣会』と大書した紙と、摺(す)り番付が貼(は)られていた。元締に、近藤実左衛門の名が見える。世話役に高島安兵衛、佐藤勘五郎とあるのは、蔦安と仕打ちの勘五郎のことだろうかと思いながら、境内(けいだい)に入った。

人垣(ひとがき)ができていた。のび上がっていると、

「姐(あね)さん」と、一座の弥五が声をかけ、「こっちへおいでなせえ」と、人をわけて前の方に進ませてくれた。

人の輪に囲まれた中央に土俵が築かれ、その脇(わき)に、検分役だろうか、羽織袴(はかま)に両刀を手挟(たばさ)んだ男が三人、床几(しょうぎ)に足をひろげている。その一人は、蔦安であった。

素面(すめん)で胴だけつけた男たちが、竹刀(しない)を手に左右に居流れている。

一勝負終わったところなのか、土俵は空で、見物の表情はくつろいでいた。人垣の中

に、ゆうは、福之助を見出した。ほかにも、牡丹だの亀吉だの岩十郎だの、一座の者たちが見物に混っている。福之助の傍に行こうとしたが、人垣にさえぎられて身動きができなかった。

白襷をかけ鉢巻をしめた男が陣太鼓を打ち鳴らし、もう一人が法螺貝を吹き鳴らすと、見物がしずまった。

「東、だれそれ、西、だれそれ」と、角力のように呼び出しが名を呼び上げる。

こういう試合は、下位の者から順に取り組むから、日暮れが近い今、土俵に上がってきた二人は、かなり高段者なのだろう。

一人は二十五、六、もう一人は三十過ぎにみえる。この二人も、土俵の脇に居並ぶ男たちも、剣士と呼ぶには気品がなさすぎるという気が、ゆうは、した。それでも素人のぼてふりではなく、剣技は基礎から鍛えられているようで、竹刀を青眼にかまえて対峙した二人は、ゆうの素人目にも、隙がないようにみえた。

こういう催しが処々で行なわれていることは知っているが、目の前に見るのは初めてであった。

撃剣会は、明治六年四月、東京浅草の左衛門河岸で開かれたのが皮切りである。榊原鍵吉（ばらけんきち）という、元講武所師範が始めたものだそうだ。明治六年の春は、福之助たちが初めて旅興行に出、ゆうも親もとをとび出して同行した、忘れられない年である。もちろん、撃剣会のことなど、そのときは知らず、後に人の噂（うわさ）に聞いたのだった。

名古屋でも盛んになったが、一時、政府の禁止令が出た。一昨年あたりから、また公（おおやけ）に許されて興行が行なわれるようになった。

ゆうの知識は、その程度のものであった。

見物は男が大半だが、女や子供も少し混っている。

――これだけの人が、芝居小屋の方に来てくれたらねえ。人を集めて芸を見せる役者までが、見物にまわっちまっているんだから、世話はないね。

かまえた竹刀の先がかすかに動いたり、じりりと爪先（つまさき）がにじったりするのを、ゆうは、芝居の立廻りとは大違いだねえ、と眺（なが）める。

こんな、動きのない立廻りを舞台でみせたら、見物から野次がとぶ。

しかし、試合をみつめる見物は、野次どころか、咳（せき）をするのもはばかるように、真剣だ。芝居なら結着が知れているけれど、これは、勝敗が、最後の瞬間までわからない。

本物の方が、嘘（うそ）の芝居より魅力があるのだろうか。この緊張感を、芝居は、越えることができないのだろうか。本意ないことに感じながら、少し離れた福之助に目を投げる。福之助は、ただもう夢中で眺めている。子供のように無邪気な熱心さだ。

年長の方が、気合を発し、一歩踏み進んで打ち込んだ。若い男は振り下ろされた竹刀をはね上げ、素早い動きで相手の胴を打った。かっ、と音がひびいた。

若い男は、続いてもう一本胴をとり、三本勝負の勝を決した。

二人が一礼して土俵を下りると、世話役の男が一人、かわって上がってきた。

「さて、方々（かたがた）」と、男は見物に呼びかけた。

「この撃剣会は、見てのとおり、愛国交親社の主催するところだ。愛国交親社の名を知らぬ者はおるまいが、まだ加入せぬ者は、若干、おると見た。その人々は、愛国交親社の何たるかを知らぬに違いない。知れば、かかるありがたい社に入らぬ愚か者はおるまい。

そのありがたい特典を、これより、とくと教えよう。よろしいか。我が愛国交親社に加入する者は、何人（なんびと）にかぎらず、その筋（すじ）より二人扶持（ぶち）の俸米（ほうまい）をあてがわれ、なお、武芸に秀（ひい）でる者には帯刀を許されるのである。我が社中は、日夜撃剣を学び、その成果は、今、諸君が眼前にするごとくである。また、諸君、よく聴きたまえ、我が社中は、兵役を免除され、税を免るる恩典を、やがて得るに至るのである」

謹聴！　だの、そうだ、いいぞ！　などと合の手が入る。

「諸君よ」と、演説者は声をあらためた。

「今は、明治何年であるか。明治十五年。然り。今より八年後は、何年であるか。明治二十三年。然り。この明治二十三年という年を、よく記憶したまえ。この年、政府は、必ず国会を開設せざるを得ず、社会の財産は、一般人民の頭数に平等に分賦せらるるようになるのである。この時、我が愛国交親社社中たる者、必ず、士族に取り立てられ、八石二人扶持を受けると思いたまえ」

ほう、とざわめきが起きるのを、両手をひろげて鎮め、

「諸君、逡巡を捨てよ。即刻、我が愛国交親社に加盟すべし。さて、諸君」

演説者は、やわらいだ声になった。

「これより、お待ちかねの余興だ。飛入勝手次第。我と思わん者は、土俵に上がり、我が方の剣士と立ち合うべし。明治二十三年より後、我が政府は外国と戦端を開くこと必至である。ゆえに、我々は今日よりあらかじめ武芸の腕力を身につけざるべからず。立ち合って勝利を得た者は、我が社中に率先して迎え入れ、かつ、多大の賞品を進呈す

る」

最後の言葉は、特に声を高くした。

何だか、よくわからない話だね、と、ゆうは演説の中みを思い返してみる。

流暢（りゅうちょう）に、しかもたくみにめりはりをつけ、熱っぽくまくしたてるので、皆ひきこまれてしまうけれど、話の内容は矛盾していたような気がする。外国と戦争するから武芸の腕力をつけねばならぬと言ったが、その前に、たしか、社中は兵役を免除されると言わなかっただろうか。税金も免除されると言ったようだが、本当なら、こんなありがたい話はないのだけれど……。

江戸のころは、公許の櫓（やぐら）をかかげた座、江戸なら猿若町の三座のほかは、定小屋での芝居の興行は許されなかった。明治八年に公布された条令のおかげで、鑑札料を役所におさめれば、興行勝手ということになったけれど、この鑑札代がばかにならない。等級は三つにわかれ、上等五円、中等二円五十銭、下等は一円、これが月額なのだ。福之助の一座などはもちろん下等の一円である。役者が十人いれば、毎月十円おさめるわけだが、そこは多少のお目こぼしはあり、鑑札を受けるのは五人ぐらい、あとは弟子だの見習だのという名目で、無鑑札ですむ。そのほかに、囃子方の分も、〝遊芸稼人鑑札〟料をおさめねばならぬ。

合わせて年に七十円を越える鑑札料は、小さい一座にとって、何より苦しい出費である。それればかりではない。明治の新政府になってから、興行のきまりは、ずいぶん阿漕になった。両国で小屋掛けしていたころは、しがないおでこ役者からお上が銭を取り立てるなどということはなかった。今では、興行ごとに、土地の役場に興行税をおさめることが義務づけられている。それも、客の頭数によるのではなく、興行前に、一律に、木戸銭の十倍ぐらいの額をおさめるのである。どれほど悪辣な仕打ち（興行師）でも、こんな酷いやり方はしない。

――税金をおさめなくてすむというのなら、どんな結社にだって入るけれどねえ。

日が落ち、土俵のまわりの篝火が炎を上げはじめた。

とうに木戸を開け、役者たちは楽屋入りして化粧にとりかかっていなくてはならない刻限だと、ゆうは気づいた。福之助に目で知らせようとするのだが、役者たちは土俵の成りゆきに気をとられたままだ。

撃剣興行が終るまでは、小屋に客が集まらないかもしれない。小屋主の蔦安が撃剣会の世話役なのだから、芝居の方が煽りをくらって不入りでも、大目に見てくれるかしら。

それにしても、そろそろ……と、傍に立つ弥五に、

「弥五さん、皆に小屋に戻るように」

言っておくれ、と声をかけようとして、ゆうも、あれ、と土俵に目を吸いつけられた。

飛入りをすすめる世話役の呼び声に応じて土俵に上がったのが、一座の牡丹だったのである。

立女形をつとめる、三十を二つ三つ過ぎた牡丹は、舞台の外でも女物の着物をつけ、髪も長くのばしたのを根をとって巻き上げ笄の一本挿しでとめ、とても男とは見えぬ姿である。撫で肩で腰も細い。それが、借りた竹刀を手に土俵に立ったから、見物の間から野次や笑いがとんだ。

「何を血迷って」と、弥五も呆れた声をあげる。

仲間の役者たちが、やめろ、下りろ、と騒いでいる。

牡丹は、世話役たちに向かって小腰をかがめ、控えている剣士たちの一人を指さした。声はゆうの耳にまで届かぬが、どうやら、相手を指定しているらしい。

牡丹が望んだ相手が、上がってきた。最前、胴を二本とって勝ちを得た二十代半ばの男である。並すぐれて腕が立つことは、さっきの試合ぶりでも明らかだ。

呼出しが名を呼び上げたので、その若い男が、萩野浅吉という名であるとわかった。先の試合のときも名は呼び上げたが、ゆうは聞き流していたのである。

萩野浅吉は、竹刀をかまえもせず、かかってこい、と促した。牡丹は男声で打ちかかり、浅吉はその竹刀を軽く払って、胴を打った。さして力をこめたようには見えなかったが、牡丹はよろめき、腰が砕けて尻もちをついた。二本めは、浅吉は、じゃれかかる仔犬をあしらうように、ゆとりをもって幾度もかわし、牡丹の息が乱れはじめたとき、胴をとんと突いた。そうして、土俵の上にべったり這いつくばり、肩で息をしている牡丹を、手首をつかんでひきずり起こし、土俵下に突くようにした。

ひょろひょろと下りた牡丹は、地面に横坐りになって荒い息を吐く。

福之助が、はっと気づいたように、座の者に声をかけ、人垣を離れた。ようやく、舞台を思い出したのだと、ゆうも福之助の傍に寄った。

小屋に帰り着くと、『外木戸』の源次が、血相を変えて怒っていた。源次は、蔦安の身内である。小屋の入口には、外と内と木戸が二つある。木戸札を売る『外木戸』は、小屋の持主の身内が受け持ち、『内木戸』には一座の者が詰め、木戸札とひきかえに客を中に入れる。互いに、売り上げをごまかされないために、どこの小屋でも、二つの木戸を分けて受け持つしきたりになっている。

福之助一座の内木戸は、軀が大きくて睨みのきく弥五の役目であった。

「小屋を放ったらかして、今まで、どこをほっついとったんや。客がしびれを切らして、みんな帰ってしもたで」

「蔦安の旦那の撃剣会を見ていたら、つい、身が入っちまってね」

福之助は笑顔で応じた。

「かんべんしてやっておくれよ、明日は身を入れて稼ぐから。それにしても、撃剣会というのは、凄いものだねえ。しかし、何だね、蔦安の旦那も、ああいう興行を仕切るというのは、たいしたものだね。旦那も、剣術はやるのかい」

「そりゃあ、おまえ、親分は、御一新のときは、集義隊の隊士やったんや」

「しゅうぎたい?」

「ほうや。客は入れ掛けにして帰したでよ、今日はもう、木戸は閉めるでな」

客からいったん取った木戸銭は、興行中止になっても返さない。そのかわり木戸札を渡しておいて、翌日通用させるのである。

「入れ掛けは、何人で？」

弥五が福之助の肩越しに訊いた。源次は指を三本突き出した。来た客は、三人。それでは木戸を閉めると言うのも当然だ。撃剣会の主催者に蔦安が入っているのだから、源次もあまり強いことは言えず、

「明日は気張れよ。こんな不入りやったら打ち揚げにするで」と捨てぜりふで帰っていった。

皆は、ひとしきり、牡丹をからかった。

華奢な牡丹はぼんやりした眼を宙にあずけ、黙っていた。

翌日、久々に、晴れわたった。

ゆうは、木戸口で、囃子方といっしょに、客寄せの囃子の三味線をかき鳴らす。囃子方が二番太鼓を打ち始めた。大太鼓と締め太鼓とで調子をとって打つ二番太鼓は、裏方や役者に、仕度にとりかかれという合図である。客の出足がいくらかよいようで、ゆうはほっとする。

「いらっしゃい。大二枚、お通り！」

内木戸の弥五が威勢のよい声をあげる。

「遅いですね。何をもたついていやがるのかな」

太鼓を打ちながら、囃子方がゆうに囁いた。

舞台の用意がととのえば、裏方が知らせにくる。すると、囃子に篠笛を入れて打ち止め、狂言方が柝を二丁打ち、それから狂言方は柝を打ちながら楽屋を廻って開幕が近いことを知らせるのだが、まだ、裏方の知らせがこない。

ゆうは、いやな予感がした。

差し障りが生じて開幕が遅れることは珍しくはない。大道具が破損していることが飾りつけてみたらわかったり、小道具が紛失したり、役者が急病になったり。

「ちょっと楽屋を見てきておくれ」

ゆうは、三味線の手は止めず、裏方の者に言った。

すぐに戻って来た裏方は、

「牡丹さんがいないそうで」と告げた。

「でも、百吉さんを代役に立ててるから、心配ない、打ち止めにしろと、親方が言ってなさいます」

「よござんすね」と囃子方が念を押し、篠笛を口にあてた。

牡丹は、ふだんはごくおとなしいのだが、酒が入るとたんに人が変り、からむ。悪い酒だった。そうして、賭博に目がない。幕内の仲間同士の博奕ではあきたらず、興行の先々で賭場に入り浸り、たいがいは持ち金だけでは足りないほど負けが込み、ゆうが座の金で始末をつけている。

ゆうは見かねて、兄さんから意見してくださいと福之助に言ったことがある。日頃、ゆうは、福之助に指図がましい口出しはしないのだが、座の身上にかかわってくるので、つい、口にしたのだった。

福之助は、おれが意見したって変らないよと言い、それから、「うちの座に入る前、あいつが何をしていたか知っているか」と言った。

長兄の角蔵を座頭に、一座が両国の掛け小屋で興行していたころから牡丹は加わっていた、いわば子飼いである。

色子をしていたって聞いています。

他人には、あいつはそう言っている。しかし、古くからいる者は、皆、それが嘘だと知っている。知りながら、黙っている。あいつが消したがっている過去だから。

それじゃ、わたしも知らない方が……。

両国で、見世物に出ていたのだ、と福之助は言った。興行もとが商売替えをしたのを機に、福之助たち三人兄弟の芝居に入った。十二だった。

見世物では、女の子の姿をさせられ、蛇娘というのをやらされていた。

蛇を馴らすやり方を知っているか、と福之助は続けた。

蛇というやつは、決して人になつくことはない。それをおとなしくさせるには、獲ってきた蛇の首根っこをまず床に押さえつける。蛇は苦しまぎれに尾を腕に巻きつけてくる。かまわず力を入れると、口を開ける。手拭いを前に垂らすと、嚙みつく。足指で頭を押さえて、手拭いをぐいと引く。蛇の歯が手拭いにひっかかって抜け散る。それを何度もくりかえす。歯はすっかり落ちて、蛇は口を開く気力もなくなる。首を床に押さえつけたまま、腕に巻きついた胴体を、手拭いをあててしごくようにして離させる。蛇は尾を床に叩きつけて暴れる。腕に巻きつかせてはしごき落とし床を叩かせるのをくりかえすうちに、蛇はぐったりして、手を放しても床をのろのろと這うだけになる。

馴れるわけじゃない。弱りきって歯向かう力がなくなるだけだ。蛇娘って見世物は、こうやって半殺しにした蛇を、首に巻きつけたり懐に入れたりするんだ。それだけ弱らせておいても、首に巻いたやつが締めつけてきて、息の根が止まりそうになることもある。平気な者もいるだろうが……と言って、福之助は言葉を切った。

そういう子供時代を過したことが、牡丹の心にどのような痕を残したか、ゆうはこれまで、あらたまって考えてみたことはなかった。

その日、牡丹はとうとう小屋に帰ってこなかった。

舞台で幽霊が消えるとき、下座の大太鼓がドロドロと鳴るところから、役者が無断で逃亡することを幕内でドロンと呼ぶ。

逆に、まるで知らないのがひょっこり楽屋に入ってきて、使ってくれと頼みこむ〝駆け込み〟もある。

福之助の一座でも、ドロンをした役者がいないわけではなかったが、それは駆け込み者にかぎられていた。両国のころから一座にいる者が福之助に一言のことわりもなく姿を消すなどということは、これまでになかった。古手でも二人ほどやめたのがいるが、一人は老齢で旅暮しが辛くなったため、もう一人は興行先で親しくなった女と世帯を持ち、小商いに転業したので、どちらも、きっちり挨拶をしていった。

子供のころに両親を失くした福之助は、淡白な気性ではあるけれど、まわりの者に情が濃い。口には出さないが古い仲間と別れるのをずいぶん淋しく思っているようなのを、ゆうは感じていた。

「牡丹がドロンするはずはない。女にひっかかっているんだろう。打ち上げまでには戻ってくる」

そう、福之助は言いはった。

牡丹の居場所が知れたのは、二日後であった。

蔦安の身内である外木戸の源次が、

「とんだ駆け込みや。おまえらんとこの立女形は、浅兄やんとこに、弟子にしてくれやあせと駆け込んで、そのまま居坐っちょるちゅうで」

と、楽屋に来て告げたのである。ゆうは福之助の傍で鬘を結い直していた。

「浅兄やん？」福之助が問い返すと、

「ほれ、撃剣会で、あの変性男子を打ちのめした、萩野浅吉兄やんよ」

「あのお人も役者さんで?」

「あほ。浅兄やんは、身過ぎは俥挽きやけど近藤実左衛門親分の身内で、もとはといえば、うちの親分と同じ、集義隊の隊士、士族やでぇ」

「士族ですか。たいしたもんだ。その、集義隊というのは……?」

「知らねぁのか。集義隊ちゅうたら、御一新でなも、官軍の先陣で、えらい働きをしよったがな」

源次は、自慢げに言った。しかし、それ以上詳しい話は、源次の話からはなかなかのみこめなかった。源次は事情はよく知っているのだが、順序立てて明確に説明するのは、手にあまるようだった。

どうやら、集義隊というのは、博徒の集団だということはわかった。倒幕の戦いで、官軍側についた尾張藩は、戦力を増強し、藩兵の先鋒とするために、百姓や小商人などを募り、七つの民兵部隊から成る『草莽隊』を組織した。そのうちの一つが、博徒、平井亀吉、近藤実左衛門と、その身内による集義隊であった。

そのとき、博徒は皆、苗字帯刀を許され、士分の扱いになった。

戦功を認められ、戦後は、藩の常備兵として、京都藩邸、東京藩邸詰めとなり、仏蘭西（フランス）式の銃隊訓練を受けもした。

「ほうしたら」と、源次は、憤激した声で、明治四年、廃藩置県が断行されることになり、藩兵は解散を命じられた、と続けた。

集義隊を含む草莽隊は、真先に解隊され、給禄（きゅうろく）は停止され、平民籍に編入された。

「なし、甘い餌（えさ）をぶらさげて、さんざんこき使いよって、それも、いくさやで、命がけや。死んだやつもおる、手足だの眼だの失くした者もおる。御用済みになったら、餌はとりあげ、裸で放り出し、没義道（もぎどう）な話やないか」

旧草莽隊士は、各隊から代表者を出し、請願運動を開始した。最初は相手にされなかったが、執拗（しつよう）に交渉を続け、ようやく、四年前、明治十一年、再び士族籍を獲得した。

撃剣会は、愛国交親社の主催だが、社中には、旧草莽隊士が多い。うちの親分も浅兄ぃもそうだ、と源次は話をしめくくった。

「浅吉さんとやらは、御一新で働きなさったんですか。それにしては、年が若いようだが」

「集義隊で活躍しとったときは、浅兄やんは、まだ十四か五やった。ほんでもやっとうの腕は、おまえたちが見てのとおりや。そんじゃで、おれんたも、こっちが年は上だが、兄やんと立てとるんや」

「牡丹のやつ、とんだ了見違いだ。物心ついたころから紅白粉にまみれて育った奴が……。その浅吉さんの住まいを教えておくんなさい。ひっつらまえてくる」

「名古屋の町なかややから、ちっと遠いの。三里はあるやろな」

「牡丹はどうやって探しあてたんですか。この辺の道にはうといはずだ」

「浅兄やんは、撃剣会のあとは、近藤の親分のところに泊まりゃあした。翌日——昨日やな、名古屋に帰らした。その後をつけていったんやろ」

「何てえ執念だ」

「今日な、近藤の親分のとこから、ちいと用があって使いの者が浅兄やんのとこに行きよった。それで様子が知れたちゅうわけや」

もう、木戸を開けるでよ、と源次は言った。

「せえだしして舞台つとめなあかんで」

次の日、牡丹を連れ戻しに行くという福之助に、ゆうも従った。

源次に道を教えられてはいたが、名古屋の町なかに入ってからは迷い歩き、二時間ほどで着くつもりが、ようやくたずねあてるまでに四時間あまりかかった。

これでは、ゆっくり説得していたら、帰りがまにあわなくなる。ゆうは思ったが、福之助のすることに口出しはしないならわしが身についている。

生まれつき置かれた場所が、合う者と合わない者がいる。わたしには、芝居の幕内がこの上なく居心地がいいのだけれど、牡丹には……いっちゃんには、そうじゃなかった。

牡丹の本名は市という。幕内では、市さんだのいっちゃんだのと呼ばれることが多い。

知らぬ世界は、魅力に溢れている。ゆうも、世間からさげすまれる掛け小屋芝居に、実際以上に美しい幻影の軽羅を着せていた。その中に身を投じ、年月を経れば、金太郎や角蔵が言ったように、この世界のいやなところも見えてはくる。それでも幻滅には至らないのは、ずいぶん倖せなことだ。ことに、福之助に幻滅をおぼえることなく過してこられたのは、まったく稀有な倖せだと、ゆうは思う。

もちろん、福之助にしたところで、酔えばだらしないところを曝すし、それが商売とはいえ、贔屓の女客に身を売るのが、ゆうには何より辛い。けっこう楽しんで女の相手をしているのだと、口惜しくなりもする。

しかし、寄り添って歩いていると、いとしまれている、守られている、と胸のうちがやわらかく濡れる。

福之助も、倖せなことに、役者商売に不満はない。充たされぬ空虚な穴を感じることはないのだろう。

でも、いっちゃんは――牡丹は、充たされていなかったのだ。幼いころから、わたしにつきまとって離れなかった、いわれのない寂寥感。それを、いっちゃんも感じつづけてきたのだろう。叩きつけて半殺しにした蛇と共に過した牡丹の子供のころは、わたしよりもっと痛切に寂しかったにちがいない。その寂しさが、今になっても、埋められることのない穴を開けている。

撃剣会の烈しさは、牡丹には、すばらしく新鮮な魅力ある世界とうつったのだ。掛け小屋が、わたしに、かけがえのない特別な場所とうつったように。

ゆうは、そう、牡丹の心をおしはかった。しかし、それを福之助に強いるのはやめた。福之助にすべてをゆだねる快い安らかさを、ゆうは捨てられなかった。

「ここですか……」

軒の傾いた棟割長屋の密集した細民街であった。総後架から汚物が溢れ、板葺の屋根は青苔でおおわれ、庇が腐り抜け落ちた裏長屋は見なれているし、福之助がかつて暮らしていた回向院裏の長屋も似たようなものだったから、汚なさみじめさに驚きはしないけれど、颯爽とした剣士ぶりをみせた萩野浅吉の住まいとしては、いささか不似合な気がした。

浅吉の身過ぎは俥挽きだと、源次が言っていた。俥挽きといっても、華族や役所などのお抱え車夫、車宿に抱えられた〝やどぐるま〟辻待ちする辻俥、そうして最下等の朦朧車夫と、ピンからキリまである。

俥挽きときいたとき、ゆうは一人合点で、車宿の挽子と思いこんでいた。しかし、この暮らしぶりでは、朦朧、それもヨナとかヨナシとか呼ばれる、夜稼ぎ専門の最も侘しい車夫だろうか。

俥挽きには、〝番〟と呼ばれる株仲間がある。立場で客を拾うには、その立場の番に加入していなくてはならない。番にも入っていないのが、朦朧車夫である。朦朧の挽く車は、もちろん歯代を払って借りる借り車だが、古いみすぼらしい車ほど、歯代が安い。昼の光の下ではとても客が乗る気にならぬようなぼろ車でも、夜の闇は、布の破れ、剝げた塗りをかくしてくれる。酔客を脅して酒代をせしめるにも、闇は手を貸してくれる。

「いっちゃん！」

牡丹は襷がけで、障子の破れを切り貼りしていた。一間きりの裏長屋だから、前に立てば中は丸見えである。浅吉の姿はなかった。

探しあてられると覚悟していたのか、牡丹はうろたえもせず、糊刷毛を置き、

「すみません、親方」

と、身についた女っぽい仕草で頭を下げた。ふだんの声は野太い。

「帰ってこい」

突っ立ったまま、福之助は命じた。

「すみません」

牡丹はくりかえした。

「挨拶したら、悪止めされると思って、黙って出ました。姐さんまでお出迎えとあっちゃあ、牡丹、冥利につきますが、このまま置いてやってくださいよ」

「ばか。来い」

福之助は牡丹の手首をつかんで引き寄せた。引きずられながら牡丹は空いた片手で柱にしがみついた。

「兄さん、あの、いっちゃんの言い分も聞いてやったら」

つい、ゆうは口をはさんだ。いつにないことであった。福之助は耳をかさず、強引に牡丹を引きずり下ろそうとする。

隣り近所に気配は筒抜けで、あちらこちらから人が出てくる。たちまち野次馬が集まりそうだ。

「何やね」

隣りから、中年の女が出てきて声をかけた。

「お騒がせしてすみません。こいつは、うちの一座の者で、かってにドロンしやがったんで」

「連れて帰るちゅうんか。そら、だちかんわ」

女は居丈高に反り身になった。

「その市さんは、愛国交親社の社中になって、浅さんが身柄(みがら)をあずかったんやからして」

「浅吉さんは、どこにいなさるんで」

「うちのと、さっき出ていったがね。寄り合があるちゅうて」

「とにかく、一度、帰れ。小屋でとっくり話をきこう」

牡丹は首を振り、その目が、福之助とゆうを越えて、道の向うに投げられた。

「お帰んなさい」

のび上がって牡丹は声をかける。ゆうが振り向くと、萩原浅吉をまじえた数人の男が走ってくる、いずれも殺気立っていた。一人は、隣りの家に走りこんだ。他（ほか）の者も長屋の住人らしく、それぞれの家に駆けこんでゆく。

浅吉は、家の前に立っている福之助とゆうを押しのけ、土足のまま駆け上がると、取りすがる牡丹を突き放し、押入れから刀を取り出し、薦（こも）にくるんだ。

「どうしたんです」

悲鳴をあげる牡丹に、

「板垣閣下が刺された。岐阜に行く」

口迅（くちど）に言いながら、裾（すそ）をはしょり、手甲をかけ、脚絆（きゃはん）を巻く。

隣りの家でも、

「板垣閣下が刺された」と怒鳴るように言うのが、壁越しに聞こえる。

路地に集まって来ている人々の口から口へ、板垣閣下が刺された、という声が伝わってゆく。

「路銀がいる。洗いざらい出せ」

隣りで、男が家のものに命じている。

ほとんど喧嘩仕度で、浅吉はとび出して行く。浅吉といっしょに来た男たちが、また一団になり、駆け去る。

牡丹は赤い湯文字ごと裾を高々とからげ、臑をむき出し、その後を追って走り出した。

「ばか。戻って来い」

追おうとする福之助を、長屋の人々が阻んだ。

「どいてくれ。あいつを摑まえなくちゃ」

羽交締めにされ、身動きがとれず、福之助は叫ぶ。

「汝ら、密偵か」

長屋の男の一人が福之助を見据えて詰った。

「とんでもない。芝居者でさ」

「なぜ、邪魔立てしくさる」

「あれは、うちの一座の者なんで」

「下井村で興行を打っておるちゅう話は市からきいた。ほんでも、市は、芝居からは足を洗うて、交親社の社中になったんや」

「だからって、何も……」

「立派な心掛けやないか。板垣閣下の危急を救けるために、馳せ参じるちゅうんや」

「ちょっと、この手をゆるめておくれよ」

男はほかの者に合図し、わめき暴れる福之助を荒縄で縛り上げさせた。ゆうは手向いはしなかったが、共に縛られた。

二人が縛しめを解かれたのは、一刻近く経ってからであった。これから追っても追いつけはしないと見きわめがついたからだろう。

「無体なことをしやがって。訴えてやるぞ」

と福之助は言ったが、声に勢いはなかった。

長屋の者は皆、交親社の息がかかっているらしい。そして、交親社はこの地一帯に勢力を持っている。流れものの役者が警察に訴えたりしたら、逆にどんな目に会うか、ゆうにも察しがつく。黙って引き下がるほかはなかった。

重い足で、来た道を引返しながら、

「ばかな奴だ。底抜けの馬鹿だ」

福之助は、みれんがましく罵りつづける。淡白な福之助にしては珍しいことで、両国のころから苦楽を共にしてきた牡丹の突然の行動がよほど辛いのだと、ゆうは察する。

それと共に、浅吉のほかは何も目に入らないように、なりふりかまわず追っていった牡丹に、ゆうはかつての自分を重ね合わせずにはいられなかった。福之助のもとに走りこんだときのわたしは、今のいっちゃんのように、傍目には狂ったみたいにみえたことだろう。

「愛国交親社って……何なのでしょう」

心に溜まった言葉が、つい、一人言のように声になった。

「政治結社とかいうものだろう」

うつろな声で、福之助は言った。そうして、

「あいつが政治結社に首をつっこんで、どうしようってんだ。ばかやろうめ」と、女々しく罵る。

「いっちゃんは、ご贔屓に惚れられても、自分から惚れたことはこれまでなかったから……。初めて、のぼせ上がるほど好きな」

と言いかけると、福之助は、いきなりゆうの頰を打った。初めて受けた手荒い仕打ちであった。ゆうは、福之助の心の痛みの深さを、受け止めた気がした。牡丹のことばかりではない、これまでに福之助が他人に見せず一人で負ってきた辛い重さが、平手打ちにこもっていた。そう、ゆうには思えた。振り返らず大股に行く福之助の後を小走りに追いながら、ゆうは、福之助と抱き合っていると感じた。

旅まわりの芝居は、兄さんには、かけがえのない大切なものなんだのに、いっちゃんは、それを犬の糞か何ぞのように放り出したのだ。兄さんは、ただ淋しいばかりじゃない、口惜しくてならないのだ。打たれるまで、わたしは、兄さんの傷、半分しかわかっていなかった。芝居に対する思いが兄さんより薄いんだ、わたしは。

陽が傾いた。福之助の影は長く地にのび、道わきの畑にまで落ち、ゆうの影も並んだ。

小屋に帰り着くと、外木戸の源次が待ちかまえていた。遅くなったと怒鳴りつけられるかと思ったが、源次がまっさきにわめいたのは、

「おい、板垣閣下が刺されたちゅうぞ。浅兄やんのところでくわしい話は聞かなんだか」という言葉であった。

「浅吉さんは、それで岐阜へ発(た)ちました」

むっつり黙りこんでいる福之助にかわってゆうが告げると、

「ほうか」

源次は大きくうなずいた。

「うちの方でも、親分はじめ十何人、押っ取り刀で行ったで」

昂奮(こうふん)しているのは源次だけで、役者たちはさして関心はない様子だ。

福之助が帰ってくればすぐに幕が開けられるように、皆、顔だけは作り、羽二重頭のままで、破れ行灯(あんどん)の弱い灯明(ほあか)りを頼りに花札(はな)をひいたり寝そべったりしている。

楽屋に入る前にゆうは舞台の袖(そで)から客の入りを見たのだが、あいかわらず薄かった。客も茣蓙(ござ)を敷いた平土間に寝そべって莨(たばこ)をふかし雑談している。板垣退助の事件は、客

の間でも話題にのぼっていないようだった。

幕開きの遅れを怒るものがいないのは、つまりは、見物が芝居にあまり期待をしていないからだ。開幕を待ち望んでわくわくしている客なら、とうに莨盆を投げつけ騒ぎだす。

「市さんは？」

百吉が遠慮がちに訊いた。

「おまえが立女形だ。しっかりつとめな」

そっけなく、福之助は命じた。

「市さん、ドロンですか。それじゃ、あの、あたくし、雪姫」

百吉の声は露骨に浮き浮きし、化粧前に坐り直して鏡をのぞきこむ。

百吉では、牡丹の穴は埋められない。そう、ゆうは思う。

同じ演しものを何日も続けては客足がいっそう遠のくので、今日から『祇園祭礼信長記』にさし替えた。牡丹の雪姫なら客を呼べるだろうという福之助の心づもり――つまり、福之助は、それこそ首に縄つけてでも、牡丹を連れ帰るつもりだったのだと、演しものの選び方からも、牡丹への執着がゆうには感じられる。

　雪姫は、難役中の難役の一つである。

　四段目、金閣寺の場が、雪姫の見せ場になる。桜の幹に縛りつけられ、爪先で花びらをかき集め鼠を描く長丁場は雪姫の独り舞台、なまじな役者では演じきれない。

　百吉は牡丹より年は若いが、客を陶酔させ、舞台の虚構の時空にひきずりこむ魅力に欠ける。美濃の大百姓の次男で、地芝居ではいつも主役をつとめていた。

　祭礼などに村の人々が演じる地芝居は、演者が自腹を切って経費を賄う。多額の役金を出せる家の者が主役を取るのは当然で、役が好ければ見物の声援喝采も大きい。顔をつくりきんきらの衣裳をつけ、花道にあらわれた瞬間、じわじわと起こる感嘆の声、見得を切ったとたんに湧き上がる拍手、百吉は、その味にとり憑かれた。近在に廻ってきた旅の一座にとび込んだ。親をはじめ身内の者たちは、地芝居の花形役者であることは喜んでも、旅役者に身を落とすなど許すわけはなく、百吉は勘当された。その一座はすぐに潰れ、百吉は二、三の座を転々として、福之助の一座に身を寄せた。

　福之助といい牡丹といい、根は江戸育ちである。田之助だの家橘だの、江戸の水で磨き抜かれた名題役者の舞台に接している。地芝居上がりの百吉は、どうにも泥くさく、その泥くささは身にしみこみ、叱ったり教えたりしても抜けるものではなかった。

福之助にしたところで、東両国ではおででこ役者、ゆうの父親など福之助の舞台を見て、あれは大道芸と言い捨てたほどで、決して洗練された芸風ではないのだけれど、百吉の芝居は数層倍あくどく、野暮ったい。しかし、他に若い女形は、さしあたって一座にいなかった。

艶やかな姫の衣裳をいそいそとまとう百吉を眼の隅に見ながら、

――金ちゃんがいてくれたら……。

痛切に、ゆうは思った。おそらく、同じことを兄さんも……。


三人兄弟の芝居の末っ子、金太郎は福之助のかけがえない相手役だった。

福之助の権八に金太郎の小紫、福之助がお静なら金太郎は礼三郎。二人が舞台に立つとみすぼらしい掛け小屋が明るく華やぎたつのだった。

市村座の火縄売りをしていた父親と母親を安政の大地震で一度に失い、長兄の角蔵が火縄売り、福之助は中売りで暮らしをたてているうち、香具師から大道飴売りの口をかけられ、金太郎ともども、役者の声色を使いながら飴を売るようになった。色白の愛くるしい金太郎はそのころから飴にことよせ色稼ぎをさせられていたという。からりと明るく野放図なようでこまやかに気のまわる金太郎は、旅まわりのあいだに洗濯(せんたく)や水仕事で手を荒らしたゆうにあかぎれの薬をさりげなく買いもとめてくれたりした。

御一新で江戸は東京と名が変わり、垢離場(こりば)の小屋がとりつぶされ、旅まわりにでることになったとき、角蔵は新しい小屋に仕事の口を得、東京に残った。金太郎は、途中で一座を抜けた。おれァ役者は大嫌(でえきれ)えさ。おれァ餓鬼のころから、前も後ろも使われっぱなしよ。もう飽き飽きした。金太郎の声音をゆうは思い出す。しかし、旅の途中、ふいと抜けたのは、〝姐さん、金さんは、姐さんに……〟そう、ゆうに告げかけたのは、誰(だれ)だったろうか。〝姐さんといっしょにいるのが辛(つら)くなって……。〟その言葉をゆうはさえぎったのだった。

鏡に向かって手早く顔を作っている福之助の後ろににじり寄り、諸肌(もろはだ)脱いだ背に板刷毛で白粉(おしろい)を塗ろうとすると、

「木戸口に行け」

化粧の手は休めず、福之助は命じた。

客寄せの囃子(はやし)の三味線はゆうの役目だ。誰か手の空いた役者が代りにつとめているら

しい。気のない、投げやりな音が楽屋までつたわる。

「あれじゃあ、客が散っちまいますね」

小走りに、ゆうは木戸口にむかった。


次の日、源次は、いっそう昂奮した顔つきで楽屋に来た。

木戸を開けるには早い時刻だ。

車座になって花札をひいていた役者の一人が、

「おかしな噂(うわさ)を聞いたんだが、ほんとですかい。昨日の刺客は、愛国交親社の社員だとか」

何げなく口にしたとたん、源次は、血相を変え、あほんだら、とわめいた。

「交親社をおとしいれようと、とんでもない噂を流しまわっている奴(やつ)らがおるでよ。惑わされるなよ」

「へ、すんません」

「閣下を刺した奴は、相原尚褧(なおぶみ)という小学校の教員と、名前も素性もわかったんや。愛国交親社とは、何の関(かか)わりもないでよ」

「へえ」

「交親社はな、おまえ、社員が三十何人、昼夜交替で閣下の護衛に当たっとったほどなんやで」

源次は唇のはしに唾をためてまくしたてた。

愛国交親社は、そもそもは、撃剣会として結集された旧草莽隊士が中心になっている。政府の不平士族強圧政策に対する反感と、いったん餌として与えられ役目が終わるや取り上げられた士族身分の復籍、復禄の悲願が、彼らの結束を強固にしていた。

国会開設請願を目的とする愛知県の民権政社は、この組織を吸収した。しかし、旧撃剣会の仲間は、後に政社から分れ独立して、愛国交親社を名乗った。

「おらんたもな、自由民権やで。ほんでも、あいつら……」

「自由民権て、近ごろよく聞きますけれど、何なんでしょう」

ゆうがまじめに訊ねると、源次は突き出た唇をひきしめ、むずかしい顔でうなずき、

「それは、つまり、あれ見やしゃんせ、アメリカの、七年血潮を流せしも」と、唐突に胴間声で歌いだした。

「これも誰ゆえ、自由ゆえ」

百吉が、「あれ見やしゃんせ、りゅうぞうの、牢屋の内のうきかんく、これもたれゆえ、じゆうゆえ」と続けた。皆の目が百吉に集まった。

「ほう、おまえ、感心やな。民権歌を知っちょるんか」

「どこでだったか、ご贔屓さんにお茶屋に呼ばれたとき、芸者の姐さんだの旦那衆だのが歌っていたんで、おぼえましたんです」

百吉は嬉しそうに鼻の頭をこすった。女形にしてはおよそ色気のない仕草だと、ゆうは苦笑した。

「慈有てのは、尼さんですかね。ふつうの女の名前じゃないね」

役者の一人が口をはさむ。

「慈有龍三。あんまり語呂はよくないね。お夏清十郎とか、おさん茂兵衛」

「おゆう福之助」と、褒められて浮きたっている百吉が茶々を入れた。

「おれは、たしか、ルーソーと聞いたがな」

源次はちょっと首をかしげ、あれ見やしゃんせ、ルーソーの、と記憶をたしかめるように呟く。

「ルーソーなんて名前はありませんよ。龍三です」百吉は断言した。

「この歌を、舞台でもせいだして歌って、流行(はや)らせてくれや。それが自由民権のためになるそうだでよ。おそれ多くも板垣閣下の作りんさったもんや。自由民権とは何やと訊かれたら、この歌を教えてやったらええんや」

「百さん、もう一度教えておくれ」

役者の一人が愛想よく言ったのは、そうすれば源次の気に入ると思ったからだ。役人やら土地の顔役やら強いものの顔色を読む習性が、多くの旅役者にしみついている。

「何だっけ。あれ見やしゃんせ、龍三の？」

仲間にうながされ、百吉は反り身になって、

「牢屋の内のうきかんく……」と繰り返した。

源次は話を前につなげた。

「愛知自由党の奴らは、おらんた交親社員を、芋掘りだの山猿(やまざる)だのとあほ呼ばわりしくさる。刺客が交親社員やたらいう噂も、自由党の奴らが流したにきまっちょるわ」

ゆうは、源次から正確な答をひき出すのをあきらめた。ゆうにしたところで、自由民権という小むずかしい言葉の意味はよくわからないし、わからないからこそ訊ねたのだけれど、まさか自由を人の名前と取り違えることはない。民権はさっぱりわからない

が、自由は、手足をのばして殻(から)を踏み破り、やりたいようにやることだと、今まで思っていた。しかし、そのために牢屋に入るというのは、意味が通らない。兄さんはわかるのだろうかと、話に加わらない福之助の横顔に目をやった。福之助は、自分の考えに沈み、話をきいていないようだった。

*

板垣退助の傷は浅く、直ちに帰京したが、事件の報(しら)せはたちまち各地にひろまり、激昂(げきこう)した自由党員が、刀や鉄砲、棍棒(こんぼう)などの武器を手に、数十人、百人、二百人と群れをなして、岐阜に集結しはじめた。これを機に政府を弾劾(だんがい)し自由党をして革命党たらしめんと檄(げき)がとびかう。

その気配は、薄々ながらゆうたちにも伝わり、

「また、天下がひっくり返るんでしょうか」

御一新の記憶がよみがえり、ゆうは身慄(みぶる)いする。きつの無残な死……。

東京に帰る折がなく、桜の種子(たね)が手もとになくなったままだ。

きつは、ゆうの父佐兵衛が、ゆくゆくは禿から新造、そうして花魁へと育てあげる『小職』として、染井から買い取ってきた子であった。花魁付きにするまでは、楼主が手もとで育てる。佐兵衛が目をつけただけあって、きつはやがてはみごとな大輪の花魁になることを予想させる美しい顔立ちであった。しかし、当人はまだ自分の美貌に気づいてはおらず、無邪気に愛らしい。きょうだいは兄がひとりいるだけのゆうは、きつがいとおしくてならなかった。

廓の四季は植木職人たちの手で作られる。春は桜の樹が運びこまれ、仲之町にあでやかな桜並木が出現する。盛りを過ぎれば桜は引き抜かれ、そのあとは、溝をひいて菖蒲が植えこまれる。年の瀬が迫れば、樹屋の職人たちは青竹と松を運び入れ、松飾りをととのえる。季節の変わり目ごとに、どことも知れぬ遠いところから、そのときどきの花樹や草花を運んでくる植木職の一群は、ゆうには異域からの不思議な使者のように思えたものだった。大火にあい、深川の仮宅に移った年の暮れ、松飾りを仕立てにきた職人の親方植徳とその義弟の友吉は、きつをよく知っていた。友吉が、肌守りにときつにくれた、〝種〟……。

「しまっておきな。いいことがあるだろうよ」そう言い添えて。

七粒もらったそれを、きつはゆうにもわけてくれた。

福之助に初めてお祝儀をわたしたとき、紙包みにゆうは、その種を一粒添えた。小銭ばかりでは物足りなく、何か自分だけの特別なものをと思ったとき、きつにわけてもらった種を、思いついたのだった。いつも肌身につけていたのだから、ゆうには特別なものであるけれど、役者にとっては、何の値打ちもありはしない。むしろ、馬鹿にされた、いたずらをされたと感じるかもしれないのに、ゆうはそこまでは心づかなかった。自分の心の一部を福之助にあずけるような気持で小遣い銭の残りといっしょに、二粒の種の一つを懐紙にくるんで、舞台で手古舞いを踊る福之助に渡したのだった。

懐紙に紅で書いた〝かりたく　ささや　ゆう〟の文字をたよりに福之助がゆうに会いにきたのは、種のおかげであった。もっとも、福之助はゆうの見世の前で弟の金太郎に三味線をひかせ、顔を二つに塗りわけて名古屋山三（さんざ）と不破（ふわ）の鞘当（さやあて）を一人で演じてみせただけで、それと名乗りはしなかったのだが。

見世番の芳三（よしぞう）に頼んで、ゆうは垢離場（こりば）の楽屋に連れて行ってもらった。福之助たちのいる楽屋はゆうにとって〝特別な場所〟であった。ゆうのすべてが、許されている場所。したこと、しなかったこと。幼いころからなじみの寂寥感（せきりょうかん）、心のなかに空洞（くうどう）をかかえて生まれてきたのかと思うようなあの感覚を、いっとき忘れさせてくれる場所。

「あの種ぁ何の呪いだい。お祝儀に種をもらったなぁはじめてだぜ。捨てちまおうとしたんだが、いってえ、どういう了見で、おひねりにやくたいもねえ種も包んだのか、ちょいと心にひっかかってさ」

楽屋で初めてまともに顔をあわせたゆうに、福之助はそう言った。

「それで、来てくれたんですね」ゆうはちょっと拗ねる口調になった。

「紅で書いた文字も色っぽかったのよ。ところが、会ってみたら、こんなねんねぇだった」

ほんとに、まるでねんねだった。あのころは。

慶応四年、鳥羽伏見の戦に敗れた幕兵が、戦場の血のにおい、硝煙のにおいにまみれ江戸に逃げかえってきた。荒みきった彼らは、狼藉のかぎりをつくした。官軍が大挙して江戸に攻め上るという噂もつたわり、人々は浮き足立った。酔った敗兵が廓に白刃を振り回して暴れこみ、酒肴と女を強要するのは、ほとんど毎夜のこととなった。ゆうの身を案じた両親は、ゆうを染井に避難させた。植徳の家に世話になり、ゆうはおだやかな日々を過ごした。

「あの種は何の種なの」

「桜でさ」友吉は言ったのだった。

「なんだ、桜か。わざわざきっちゃんにくれたりしたから、よほど珍しい種かと思った」

「よほど珍しい種でやすよ」友吉はそう言った。「染井にしかない桜でさね。しかも、はじめてとれた種で」

珍しい桜の親木を友吉は示した。

「もう十年も前になりやすか、わっちはまだ二十そこそこ、伊豆のほうに親方のお供で遠出したときだった」

江戸ではみかけない桜が山腹一面に咲いているのを、友吉は見た。その実生（みしょう）の苗を、山採りしてきて溜（ため）に植えておいたら、よく育ち、花をつけるようになった。五年ほど前、はじめて採れた種を蒔（ま）いて育ててみた。華奢（きゃしゃ）な若木は去年、ようやく花をつけた。

「これが、親木にまさるきれえな花でね」友吉は感動がよみがえったように目をうるませたのだった。

「この伊豆の親木の花は、大輪だが、色は白くて淋しいんです。実生の子供は、彼岸桜のような、淡い淡い紅色なんで。うちの彼岸と混りあってできた実だったんでしょうね。何がきれえといって、お嬢さん、これまでの江戸の桜ぁ、上野にしろ向島にしろ、花と葉っぱがいっしょにでやすでしょ。伊豆のこいつはね、花が先なんです。伊豆で初めて見たとき、息をのみやしたぜ。一面、まじりけなしの花の色。まっ白でしたがね」

こいつの子供が、と友吉は言った。

「親木とそっくり同じで、まず、花がついたんですよ、お嬢さん。それも、彼岸桜のような淡い淡い紅色の花がですぜ。そうして花つきのいいことときたら、めっぽうかいもありゃあしねえ。こんな桜ってありますかい。こいつがおおきく育ったら、どんなにかみごとでしょうよ」

「これまでにない珍しい桜って、それなんだね」

「そうでさ」

「梅みたいにまず花が咲くんだね」

「それも、枝一面に房咲きでさぁ。そうして葉が出る前に散ってしまう。いっそいさぎよくてみごとでさ」

それをおまえが作ったの、とたずねるゆうに、「めっそうもない」友吉は手を振った。「おれに作れるもんですか。桜がひとりで……それとも……何でしょうかね、おれにゃあわからねえ。天のお恵みとしか言いようがねえ。大事に育てて、増える手助けをしてやるくれえのこってすね、おれにできるのは」

新しい花なので、染井の樹屋仲間は『吉野』と呼んでいます。友吉の声が、耳によみがえる。

染井で過ごした日々は、三十年の生のうちでもっともきよらかに澄んだ刻であった。旧の三月、植徳の花の溜は満開になった。樹の下にひとりで立っていた至福の季をゆうは思い出す。幾重にもかさなりあった花叢と、梢のあいだに鏤められた青い空。新しい桜は友吉が目をうるませて言ったとおり、淡い紅色の花が枝一面にたわわであった。奇瑞のような花だから、きつにもなにかいいことがあるようにと、縁起をかついで、くれてやったのだ。そう、友吉は言った。きつは、ゆきずりの旅の役者に惚れた村の娘が産んだ子だと、そのとき初めて聞いた。旅の役者は子が生まれたことも知らないのだろう。きつを産んだ娘は巣鴨に嫁いだ。きつは娘の母親に育てられ、やがて、ゆうの父に買われたのだ。やがて、客をとらされ色で稼がされるために。奇瑞の花。ゆうにとっては、文字どおり、奇瑞の花であった。この種のおかげで、福之助と縁が結ばれたのだから。しかし、きつには……。花は何の奇瑞もみせてはくれなかった。

騒ぎがいくらか下火になり、帰宅したゆうは、きつが惨殺されたことを知った。

主人夫婦に言い含められ、家のものはゆうの耳にいれないようにしていたのだが、きつの不在を不審に思ったゆうは、見世番の芳三を問いつめ聞き出した。

「洗いざらい、言いましょう」肚を据えたような芳三の声はゆうが耳をふさぎたくなるほど、冷え冷えとした。

「正月からこっち、敗けいくさで上方から逃げ帰った二本差しのやつらのひどかったこたぁお嬢さんも知っていなさいましょう。……御亭さんの指図で、おかみさんは、きっちゃんを楯にしなさった」

ゆうが染井に行く前から、それは行われていた。子供を使って泣き落としにかければ、暴れ込んできた男たちもいくらかおとなしくなる。乱入があるたびに、母のとよはきつを叩き起こし、かき抱き、子供が泣いて脅えております、お静かに、と頼みながら、酒肴を出し、頃を見計らって、金包みを渡す。荒くれたちは満足して引き上げて行く。ゆうもよく知っていた。だから……いくぶんの不安はあったのだ。

「たちの悪いのが、暴れこんできたんです。きっちゃんは毎度のことなので、あまり怖がらなくなっていたんだが、その夜ばかりは怯えきって泣き叫んだ。その泣き声がうるさいと言って……」

「刺し殺した……」思わず言ったゆうに芳三が告げた言葉はもっと惨かった。

蒲団で巻きこみ、縄で縛り上げ、運び出した。翌朝、大川の下のほうで、杭にひっかかっているのがみつかった。そう、芳三は言った。

「……溺れ死んだんだね」

あたりまえでさ。つきはなすような芳三の声を背に、ゆうは、走り出した。

きつをおいてひとり染井に難を逃れたとき、予感はすでにあったのだ。気づくまいとしていた。わたしは楼主の娘。きつは売られてきた小職。見世に残るのは当たり前のことと、わたしはあのとき思っていたのだった。

火に追われるように、ゆうはひたすら、走った。なつかしい、あたしのすべてが許される場所。

うす汚ない楽屋にかけこみ、ゆうは失神した。

翌年、深川をはなれることになったとき、ゆうは、きつの骸が埋められている寺の裏庭に行った。吉原の遊女が死んだとき、親もとが近ければ判人と親を呼んで引き渡すが、遠国の場合は、寺の裏に放り出しておく。百文ほど添えておけば、寺男が穴を掘って埋める。

　きつを埋めた場所を寺男にたずねると、庫裡（くり）の裏の藪（やぶ）だたみの隅（すみ）を寺男は指し示した。ひょろりとしたひこばえのような木が一尺ほどの高さにのびていた。いつのまにか生えていた、と寺男は言った。

　桜……。友吉の溜で見なれた桜の苗木と同じであった。ゆうはさわさわと鳥肌立った。きつが肌守りとして身につけていた種が、きつといっしょに大川の水にたっぷり浸され、土に埋められ、めざめたのだ。そうして、きつのからだを養いに、育った。育ちの早い樹であった。数年で、淡々（あわあわ）とした花をつけるまでになった。

　親のもとをとびだし、福之助とともに旅立つとき、ゆうはその種を拾い集め、壺（つぼ）に入れて持った。旅興行の先々で、ゆうは、発（た）つ前に桜の種を埋めた。

　何をしている、と福之助に聞かれ、「種を埋めているんです。兄さんの歩いたあとに花が残っていくんです」ゆうが答えると、子供じみたことを、というように、福之助は笑ったのだった。

きつの死は、癒しようのない傷になった。そう思ったのに、歳月は、少しずつ、わたしを鈍くした。

わたしはここしばらく、きつの死をほとんど心にかけなくなっていたような気がする。

いいえ、そうじゃない。声が、烈しく打ち消した。忘れているものか。そう、咎めるような鋭い声を投げたのは、ゆうの中にいるもう一人のゆうであった。

「今日で打ち揚げにするでよ」

源次が言いわたした。板垣暗殺未遂事件から十日ほどたつ。

言われなくても、とうに打ち揚げて次の乗場に移っている予定だった。旅まわりの小芝居では、一つの土地で長興行は打てない。

身動きがとれないでいるのは、板垣事件のためであった。

いつもなら、次の興行地は、頭取であるゆうが先乗りで乗り込んで、そこの仕打ちに交渉して決める。女では馬鹿にされることが多いので、弥五を伴なう。うまくいかなければ、福之助も同席する。福之助がいっしょだと、たいがい話はそう悪くない条件でまとまった。そんなとき福之助は、おめえはいつまでも甘えお嬢さんだな、と苦笑し、ゆうは、すみませんと身をすくめながら、福之助が本気で怒ってはいないと感じていた。辣腕のすれっからしであったら、福之助はいとおしんではくれないだろう。そんな気もし、福之助が甘えさせてくれるのを嬉しがる自分にも、少し気づいていた。

時には、興行中に他の土地の仕打ちが舞台を見に来て、その場で契約が決まることもあった。

下井村では、蔦安が次の乗場の世話をしてくれることになっていた。好意からではない。蔦安は双方から歩合をとるのである。ところが、板垣事件で、蔦安は芝居まで手が廻らなくなったらしい。岐阜に行ったきりである。かってに乗場を決めたら、顔をつぶしたの何のと凄まれ厄介なことになるのは知れている。源次にせっついても、親分が帰って来なさるまで待て、おれにはわからねえでよ、という答がかえってくるばかりで、日が過ぎた。

そうして突然、打ち揚げを命じられたのである。

客足が落ちる一方であった。

「小屋を開けておいても、雑用がかさむばかりでよ」

「急に言われても……。せめて、次の乗場が決まるまで、興行打たせておくんなさいよ。小屋を閉められたら、こっちは顎が干上がっちまう」

福之助は頼みこむ。ゆうも手をついた。

「お願いしますよ、源次さん」

「おれの一存で決めたことではねぇでよ」

「そこを何とか、お願いしますよ」

次の乗場を世話してくれるというから、あてにして待っていたのにな、と役者たちが、聞こえよがしに言いあう。

「何じゃあ、汝ら、客も呼べんすかたんが、でかい口叩くな」

百吉が立女形じゃな、と、これも誰ともわからぬひそひそ声だ。百吉は頬をひきつらせた。

「次の乗場はこちらの親分がということで、あてにしていたんですがねえ」

「しょうがねぁだろう。まさか、あんなだいそれたことをする奴がおると思やあすか」

「明日にでも、早速、乗場を探しますから、とにかく、行き所が決まるまで置いてやってくださいよ」

「そりゃあ、一日二日のことなら、旅籠がわりに置いてやってもええが、只飯は食わせられねぇでよ」

客の入りが薄かろうと、幕を開けている間は、小屋主の方で食べさせてくれる。打ち揚げとなったら、食物は自前で賄わなくてはならない。

「いえ、ですから、次が決まるまで幕を開けさせて」

「だちかん。今日で千秋楽や」

「そう言わずと、何とか」

「あかん」

芝居を続けさせてくれと頼みこむ福之助の声に気迫がないのは、急に入りがよくなるわけがないとわかっているからだろう。

牡丹が消えて以来、福之助は珍しく、気のない舞台を見せるようになった。福之助がどれほど熱のこもった巧みな芝居をしても、受けとめる相手役がまるで未熟では、熱演が浮き上がって、客の目にはかえって滑稽にうつりもする。座頭が舞台を投げれば、脇の役者たちもおざなりな芝居になるのは当然で、ここ二、三日の舞台ときたら、ゆうの目にも、おあしをいただいてお見せできたものじゃないとうつる。

「親方、どうでしょうね」

古顔の役者、亀吉が、とりなすように口をはさんだ。亀吉も東両国のころからの、気心の知れた仲間だ。生世話(きぜわ)の脇がことに達者で、重宝なのだけれど、女癖が悪くて時々土地の者と悶着(もんちゃく)を起こす。

「明日は木戸無料ということで、もう一日だけ興行させてもらうってのは」

よくよくゆきづまったとき、旅まわりが打つ最後の手段(て)であった。

木戸銭をとらないとなれば、見物も集まる。そのかわり、下足代の名目で、わずかな銭を申し受けるのである。見物も役者の窮状がわかるから、別に文句は言わない。もっとも、一つ所で何日もこの詐欺(さぎ)めいた〝木戸無料〟を繰返すことはできない。いわば、地元の人の情けにすがる、役者としてはまことにみじめな興行であった。それでも、仕事にあぶれるよりはましだ。

「木戸無料か。まあ、よかろう」源次は苦い顔で承知した。

重い足で、次の日、ゆうは小屋に帰って来た。弥五と連れ立って近在の仕打ちを廻ったのだが、入りが悪いと聞きつたえたのか、一座を買おうという者はいなかった。

楽屋で福之助が亀吉と演しものの相談をしていた。

他にも主だった者が数人、二人を囲んであれこれ口を出す。

これまで、狂言はいつも福之助が独りで決め、座の者に口をはさませることはなかった。

牡丹の出奔が、こんなにも兄さんの気を挫いたのか。自信を失わせたのか。

初めて知り合ったころから、人一倍鼻っ柱が強く、そうして自負心もまた強かった。

役者は世間からちやほやもてはやされる一方で、人交わりならぬもののように卑しめられもする。同じ役者の間でも、小芝居の者は、大舞台に立つ由緒正しい家柄の役者たちからは屑のようにあしらわれる。ことに福之助のような大道芸人上がりは、役者と認められもしなかった。

近頃では、演劇改良何とやらで、団十郎だの菊五郎だの、一部の役者の世間での地位はずいぶん上がったということだが、小芝居役者が卑しめられるのは相変らずだ。

口惜しい思いをしながらも、兄さんは、自分の芸に誇りを持っていた。名題役者の舞台を見ては芸を磨いてきた。誰に認められるわけでもなく、それどころか、また狂言を盗みに来たなと小屋の者に罵られながら。

ふうわりと長閑(のどか)で暖かく、それでいて負けず嫌(ぎら)いの烈しさも持つ福之助に、ゆうはこれまで心をあずけきって安らかだった。

「木戸無料となりゃあ、客が入(へえ)る。ここで一番、あっと言わせるようなやつを……」

そう口にした岩十郎は、東両国のころからの仲間で、舞台では悪役が多いが、化粧を落とせば、短気ではあるけれど人は好(よ)い。

「わかってらぁ。さっきから何度同じせりふを」亀吉が言い返した。

「見物の目ん玉をむかせたら、また人気を盛り返せる。興行が続けられる。仕打ちも買いにくるだろう、と、こうだろう、そのせりふは、おれが初っぱなに言ったことだ。次のだんどりを考えな」

「もうちっとましな大道具が揃(そろ)っていたら、吉野山ができますのにね」百吉が口をはさむ。

「狐(きつね)と猿(さる)じゃあ、酒落(しゃれ)にもならねえ」亀吉はつけつけ言う。

「へ？」

「おまえの静御前(しずか)じゃあ、山猿のお化けだってことよ」

吉野山は、義経(よしつね)の後を慕う静御前と、家来の忠信に化けた狐のからむ一幕である。

「亀兄さん、それはあんまりだ」

「牛と狐なら、もう、こん、もう来ん、こんな村には二度と来ん、だがな」

「もうちっとましな立女形が」岩十郎がぼやいたとたん、

「いるじゃありませんか」ゆうは、つい、声に出してしまった。

言ってしまってから、あ、と悔んだ。福之助をさしおいて、わたしが口を出すことではないのに。

しかし、名女形三世沢村田之助の舞台を見て盗んだ、福之助の切られお富やら蟒(うわばみ)お由(よし)やらがこのとき鮮やかに顕(た)ち、思わず声になったのだった。

金太郎が共に舞台に出ていたころは、福之助と二人で、立役、女形、どちらをもつとめていた。生世話物で悪婆(あくば)と呼ばれる、婀娜(あだ)で鉄火でいなせな毒婦役は、沢村田之助がもっとも得意とした役どころで、福之助もよく演じた。

幼いころ患(わずら)った疱瘡(ほうそう)の痕(あと)が薄あばたとなって頬に残り、丸っこい眼に愛嬌(あいきょう)のある福之助だが、化粧をすると凄艶(せいえん)な面輪(おもわ)に一変する。

旅まわりをするようになって間もなく、金太郎が去り、その後も、日高川の清姫を人形ぶりでつとめたりしていたが、次第に、立役ばかりになった。一つには、座頭にふさわしい役どころを、という理由からだが、彼が女形にまわると相手のできる立役がいないということもあった。金太郎は上背があり、立役もこなせたけれど、小柄で華奢な牡丹は、男の役といったら、せいぜい色小姓ぐらいしか人にはまらない。

また、田舎では、生世話物はあまり喜ばれず、古い義太夫物ばかりが受ける。江戸の人情風俗をうつした生世話は、地方の人は馴染みがなく、身につまされないのだろう。それで牡丹をお姫様役に立てることになるのだった。

「親方の女形か。久しいもんだなあ」

岩十郎がなつかしげに、その姿を思い浮かべる眼になった。

「しかし、ここらの奴ぁ野暮だからねえ」

亀吉は言い、大袈裟に口を押さえる。

「よし。『矢口』だ」

福之助が言い切った。

「あ、なるほど」亀吉が手を叩いた。

「親方のお舟、岩の頓兵衛。百も、台ぐらいなら、何とかなるな」

『神霊矢口渡』は、明和七年、福内鬼外によって書き下ろされた丸本時代物である。

福内鬼外の本名は平賀源内、たいそう奇矯な人だったと、話が今に伝わっている。

五段続きだが、もっとも人気がありしばしば舞台にかけられるのは、四段目、矢口の渡守頓兵衛家の場であった。

新田義貞の息、義峯が、遊女台と共に敵の討手を逃れ矢口の渡までたどり着き、台が癪を起こしたので、頓兵衛の家に、主が強欲非道な男とは知らず、一夜の宿を乞う。

頓兵衛はたまたま留守、娘のお舟が応対に出る。お舟は一目で義峯を恋い慕うようになる。お舟に横恋慕している下男の六蔵は、お舟に振られた腹癒せに、頓兵衛に、おたずね者の義峯がひそんでいることを告げる。

義峯を討ち取って恩賞にあずかろうとした頓兵衛は、あやまって娘のお舟を手にかけてしまう。

後悔するどころか、義峯と台をどこへ逃がした、白状しろと、頓兵衛はお舟を責め折檻したあげく、すでに脱出した義峯を逃がすまいと追う。

二階の太鼓を打ち鳴らせば、村の人々は義峯が捕らえられたと思い囲みを解くだろうと、お舟はよろよろと二階に上り、太鼓を打ち鳴らす。

千本桜だの八百屋お七だのをこき混ぜたような正本だが、お舟は見せ場の多い得な役で、東両国でこれを出すと、ずいぶん祝儀(はな)が多かった。福之助の兄、角蔵がそのころは座頭で、頓兵衛をつとめ、福之助はお舟、金太郎が義峯、牡丹が台を持ち役にしていた。

「義峯は誰がやるんで」

「おれですよね」亀吉が鼻を指し、

「かわいそうに。親方は、亀吉さんに思い焦(こ)がれて死になさるか」百吉がしっぺ返しで応じた。

久しぶりに、兄さんの女形が見られる。ゆうは少し胸がときめき、子供だったころと、わたしはちっとも変っていない、とおかしくなった。

*

平土間は、八分どおり見物が詰まっている。木戸無料が効いたのだろう。

これだけ頭数が集まれば、下足代もまとまった銭高になる。二、三日食いつなげそうだ。その間に次の乗場をみつけようと算段しながら、下座に坐(すわ)ったゆうは絃(いと)に撥(ばち)を当てる。

〽義峯様とは露知らず、可愛らしい殿ぶりに、恥ずかしながら心の迷い……。

「ええ、おのれはなあ、見ず知らずの男めに惚れ……」

娘のお舟に手傷を負わせたその上に、襟髪つかんで打擲する頓兵衛に、見物の間から、

じじい、酷すぎるぞ。

娘が死にゃあすが。

罵声が飛ぶ。

振袖の町娘の姿で舞台にあらわれたそのときから、見物は福之助の女への変貌に惹きつけられた様子だった。

見物ののりが良ければ役者も芝居に熱がこもり、大名題の役者が見たら、くさい、くさい、鼻もちならない、と顔をしかめるに違いない舞台になった。

頓兵衛が花道を引込んだ後、二階に上って太鼓を打とうとするお舟の福之助も、

〽よろめく足を踏みしめ踏みしめ、ようよう撥を振り上げて、打たんとしても手は届かず、のびあがりてはよろよろよろ、又起き直って飛びあがり、どんと一声かっぱと伏す……

チョボに合わせて、いささかやり過ぎだとゆうには思えるほど、大仰によろめき倒れ、のび上がり、太鼓を打とうとして思うにまかせぬさまを演じる。

その派手なこなしが見物には大受けで、女客はしきりに洟をすすり手拭いを目に当てている。

最後の幕を引いた後、福之助は、髷の乱れたさばき髪、麻の葉の振袖の娘姿のまま幕前に膝をつき、

「今日はかくも賑々しくお越しくださいまして、ありがとうございました」と頭を下げた。

「明日もまた、女形でやらあすか。見に来てやるでよ」

「お出でくださいますか。ありがとうございます。皆さま、お出でくださいますか。そうと決まれば、福之助、腕によりかけ襷がけ、皆さまの御意に叶いまするよう、何なりとあいつとめまする。何がお望みでございますか」

「重の井の子別れがいいよう。いつ見ても悲しい、いい芝居だでよう」女の声だ。

「合邦だ」だの「金閣寺をやれ」だの、声がとんだ。

「ありがとうございます。それでは、明日の狂言は、『恋女房染分手綱』重の井子別れ

にて御機嫌を伺い奉りましょう。何とぞお運びくださりまするよう、伏しておん願い上げ奉ります」

福之助はひれ伏した。

ゆうは少し淋しい気がした。お運びくださいませと頭を低くして乞い願うのは、言い馴れた口上だし、見物の機嫌気褄をとるのも旅役者の常である。しかし、以前の福之助は、同じ口上をのべても、自信に溢れ、見物を手玉にとるような感じがあった。どれほど頭を下げても、卑屈に憐れみを乞うてはいなかった。

「明日も木戸無料か」野次がとんだ。

「毎度木戸無料では、役者が干乾しになっちまいます。お飯がいただけますよう、お銭はいただかせてくださいませな」

福之助は肩をすくい上げるようにくねらせた。

翌日、福之助が舞台にかけた演しものは、『日高川』であった。

重の井子別れをやるためには、子役が二人必要である。しかも、そのうちの一人は、ほとんど主役といっていいほどの重要な役だ。福之助の一座には、あいにく子役がいない。重の井をやりますと言いながら、かってに狂言をさしかえたのだが、見物から苦情は出なかった。

田之助うつしの人形振りの清姫は、福之助も手馴れている。すらすらとこなし、見物を満足させたが、

「おゆう、おめえ、今日の絃ぁ何だ」

楽屋で化粧を落としながら、福之助は怒声を浴びせた。

ひどく弾きづらかった、と、ゆうも思う。

舞台の福之助が、何か気が入っていないように感じられ、つい、絃で煽り立てようとした。舞台と呼吸が合わず、福之助もやりにくかったのだろう。

「すみません」

客足がつき始めたのにゆうが浮き立たないのは、今日も次の乗場が決まらなかったためだ。

蔦安の息がかかっているところとは、かってに契約を結ぶことはできない。何里も離れた村にゆうは行ってみたのだが、話はまとまらなかった。

客の入りがよいので、役者たちは活気づいた。先の見通しが立たなくても、目先景気がよければ上機嫌で威勢がよくなるのが旅役者たちの常で、福之助も、せっかく寄りつ

くようになった見物を取り逃すまいと、毎日の演しものに工夫をこらす。女形ばかりでは倦きられるので、立役をつとめる狂言も混えた。客さえ入れば、何も急いでこの土地を発つことはない。

しかし、ゆうは、福之助が何か鬱屈しているように感じられてならなかった。これまでになかったことだ、とゆうは思う。それでも、口出しはしなかった。福之助はゆうよりはるかに苦労を重ね、世馴れてもいる。福之助への信頼感と甘えが、ゆうの口をつぐませる。

長五郎と名乗る男が開幕前の楽屋を訪ねて来たのは、木戸無料で客足にはずみがついてから、数日後であった。

ひょろりと細長い中しゃくれの糸瓜顔、細い目尻が下がり、背ばかりむやみに高い。

長雨は止み、表に出れば、春靄が空の色を和らげ、思いがけぬところに野花がこぼれ咲いているのに気づいたりして、ゆうは心が明るんでいた。

大阪千日前の仕打ち横井勘七の手代だと、その男は言った。

「横井の旦那の」

福之助はちょっと坐り直した。一座の者も雑談をやめ聞き耳をたてた。

興行師横井勘七の名は、ゆうたちのような流れ芸人の耳にも届いている。たいそうな遣り手だという。

大阪一の盛り場は道頓堀で、劇場も、堀に沿って東から西へ、弁天座、旭座、角座、中座、戎座と、もっとも、格式高い五座が櫓を並べ、その他にも小さい小屋は数多い。道頓堀の南の一帯千日前は、昔は、獄門、磔刑の行なわれた刑場と、墓地、焼き場ばかりの、荒寥とした土地であった。

明治三年、刑場は廃止され、焼き場と墓地は阿部野に移された。その跡地に、一旗上げようと丹波から出てきた奥田弁次郎という男が見世物小屋をかけた。刑場跡の淋しい空地に、ぽつんと一つ小屋が建っていても、なかなか客は集まらない。噂では、女房のふみというのがなかなか気働きがあり、香具師に呼びかけて夜見世を出すよう頼み廻った。香具師たちも最初は二の足を踏んだが、灯火代は自分がもつからとまでふみは言い、ようやく、二、三人が見世を出した。それが呼び水になり、またたくうちに見世物小屋や寄席が増え、道頓堀より品は落ちるが、手軽に遊べる盛り場が出現した。

横井勘七は、尾張の漁師の伜だときいている。これも、御一新の直後に、金もうけ目当てで大阪に出て来、一時、奥田の下で働いていた。千日前の刑場が廃止されたとき、お上はうずたかい骨灰の処分に困り、布告を出した。その人骨の灰の山を引き取る者には、灰の捨ててあった土地を、一坪につき金二分を添えて払い下げるというのである。勘七が、引き受けた。係の役人と結託したのだという話もある。下々の事情のよくわからぬお偉方に、骨灰の始末のつけようがないと役人を通して吹きこみ、坪二分の手当てをつけさせた。その上で、勘七が請け負った。薄気味悪い灰の山をどう処分したのか、そこまではゆうは知らないが、きれいに更地にした上で、坪一両二分の値をつけて跡地を売り捌き、巨利を得たという。その金を元手に、さまざまな興行を手がけ、名の売れた興行師にのし上がった。

千日前の小屋なら、旅芸人としては、どれほど頭を下げても出たい。その後地方まわりをするのにも箔がつき、契約の条件も有利にしやすくなる。

物欲しげにとびつくような態度をみせては足もとを見すかされ、買い叩かれるから、落ちついたふうをして相手の出方を待つ。

興行師の方でも、欲しくてならぬという顔はせず、買ってやるのだと、恩着せがましく高飛車に出る。

相手の機嫌を損じて首を横にふられては、元も子もないので、双方、かけひきの応酬、肚のさぐり合いになる。

しかし、この長五郎という男は、手放しで福之助の舞台を褒めた。

「昨日の『八重垣姫』を見た。この田舎で、あないみごとな赤姫を見られるとは思わなんだ。千日前といわず、道頓堀の五座にのせても、あれなら恥ずかしないわ」

「ありがとうございます」

畳に片手をついて、福之助は軽く会釈した。

もう少し愛想のよい顔をみせても、とゆうが思うほど、福之助はそっけなかった。

西での興行が長い。旅に出て以来、どういう廻り合わせか、興行は、東は静岡止まり、西は九州まで渡ったこともあるが、尾州から瀬戸内一帯を打って廻ることが多い。

それなのに福之助は、愛嬌にも、〝おおきに〟と西の言葉を使うことはなかった。

「どや。千日前に来んか」

長五郎は、横井勘七に命じられ、旅まわりの芝居を見て歩き、これと目をつけたのを買いつける仕事をしているのだと言った。

「大阪に連れていっても、横井の旦那の眼鏡に叶わなんだら、あかんねんけどな。そのかわり、旦那の気に入られさえしたら、千日前なら長興行が打てる」
「この女が、うちの頭取です」と、福之助はゆうを指した。
「細かい取り決めは、こいつと談合しておくんなさい」

福之助の一座が横井勘七に買われたとなると、蔦安の方が急に文句をつけ出した。蔦安自身は、まだ愛国交親社の方にかかりきりで、興行には目を向けないのだが、代貸の武吉というのが、入りが悪くて損が続いた埋め合わせに、興行の日延べをして、そのぶんのあがりは全部こっちによこせ、そうしなければ発たせない、と厳命した。三日、只働きをしろというのを、ようやく二日に切り詰めさせた。長五郎はわりあいのんびりしていて、何、そう急くことはない、日延べするなら、その間、じっくり芝居を見せてもらおうと言った。

歩合のもらえない只働きの舞台など、まるで気が乗らないところだが、横井勘七の代理が土間でみつめているとあっては、気合が入らざるを得ない。下手な芝居を見せたら、せっかくの契約を解かれてしまう。

福之助は、一日目の『源平布引滝』では木曾義賢をつとめ、二日目は南北の『お染久松色読販』で、油屋の娘お染、丁稚の久松、お染の母の貞昌尼、久松のいいなずけのお光、奥女中竹川、土手のお六、賤の女お作、と、七役の早変りを仕分けた。

けれんじみた早変りは、見物を大喜びさせた。

長五郎もさぞ満足しただろうとゆうは思ったのだが、閉ねた後の楽屋で、長五郎は、あまり感心しない顔つきであった。

「何がお気に入らないのでしょう」

ゆうが訊ねると、長五郎は気の毒そうに、衣裳がひどい、と言った。

芝居見物の楽しみの一つは、きらびやかな衣裳を見ることにある。今度の一座は衣裳葛籠を山ほど持ってきた、というようなことが、人気を呼ぶのだ。おまえさんのところは、衣裳にあまり金をかけないとみえるね。

うちの劇場は、と長五郎は続けた。道頓堀五座より格式が落ちるのは止むを得ない、しかし、新しく建てただけに、造作は綺麗だし、大道具など、東京の新富座にもひけをとらぬ立派なものが揃っている。

「田舎の粗末な小屋なら」と言いかけると、楽屋に来合わせていた蔦安の身内がいやな顔をした。長五郎は気にかけぬ口調で、

「大道具も見られんようなんを使いまわしとるさかい、衣裳がぼろかて、まあ、釣合がとれとるいうようなもんやろが」

高砂座の大道具はとりわけ粗雑で、昨日はゆうもはらはらした。幕切れ、福之助の木曾義賢が、床上二尺八寸の高足二重の縁に立ち、逆手に持った刀を腹に刺し通して自害、仁王立のまま前のめりに、真っ逆様に倒れ落ちる、仏倒しという型で決めるのだが、高足二重の造りがやわで、役者が荒い動きをする度にぎしぎし揺れ歪み、福之助も後で、あの仏倒しは怖かったと言っていた。

長五郎に指摘されて、ゆうも、たしかに衣裳への心配りがおろそかだと気づいた。

役者は芸が第一。衣裳がどれほど豪華でも、芸がなまなら、猿に小袖を着せるようなものだ。そういう福之助の気っ風がゆうにもつたわり、言わず語らずのうちに一座のものにもゆきわたっていた。

もともと、足らぬがちの銭である。少しでも手もとに余裕のあるとき、ゆうは衣裳や鬘を新しく買いととのえるより、まず、役者たちに酒や精のつく食べ物を給するように心がけてきた。

でも……美しい衣裳を見せるのも、見物衆からいただく木戸銭のうちなのだ。

「旅まわりでもよ」と、長五郎が、「衣裳自慢のがあるな。ほれ、鱗花芝居いうの、知らんか」

三州刈谷の嵐鱗花の名は、西のほうを旅する役者の間には知れ渡っている。鱗花の芝居はこけたことがない、と、評判がたっている。しかし、あれは、百姓芝居だ、と、福之助などは、いささかさげすんでいた。万人講の芝居とも呼ばれる、嵐鱗花を座頭とする一座は、在方の百姓が集まって素人芝居を催したのがはじまりで、それが次第に本職となり、一座を組んでまわり、りっぱに興行が成り立つようになったという。

江戸の本場の舞台を知っているというのが、福之助の誇りである。低くみている鱗花の名を引き合いに出され、福之助がむっとした表情をみせると、

「なに、大阪に行けば、古着でも、もう少しましな衣裳が安く手にはいる」長五郎は、慰めるように言った。

大八車に衣裳葛籠を積みこみ、水をたたえた苗代が両側にひろがる道を歩みながら、福之助の顔色は晴れやかではなかった。

牡丹の失踪が、それほど手ひどい傷を与えたのか……と、足弱の女だからと、大八車

の上に一人乗せられたゆうは、福之助の心に添おうとする。

淋しいばかりではないのだ……と、心の底にあるものがのぞけるような気がする。

旅まわりの芝居は、何かと不如意なことはあっても、福之助にとっては、何より価値のある大切なものなのだった。自分が感じるように、座の他の者も感じていると、何の疑いも持たず信じていた。

違う、と、牡丹は行為でみせつけたのだ。他の暮らしようもある、と。

それも、荒らけない政治結社の闘争、牡丹にしたところで、意味などまるでわからないそれに、あっさり見変えたのだ。

福之助が珠玉と思っているものを、泥団子同様に、牡丹は投げ捨てた。

なぜ、これが、泥団子なのだ、と福之助は納得がゆかず、まだ少し茫然としているようでもある。

わたしが兄さんの気持を推し量るように、兄さんもいっちゃんの気持をわかろうとし、あれこれ思い惑っているうちに、もっとほかの暮らしようもあるのだと、ふと、心がゆらぎ始めたのだろうか。ゆうは、そんな気がした。

そうして、旅に出た当初の初々しいみずみずしい気負いを、わたしも失くしかけているようだ、と気づいた。

気にかかるのは、目先の客の入りばかり。

兄さんの歩いたあとに、花が残っていくんです。

都の檜舞台に立つばかりが役者じゃない。野の果て、山の裾に、いっときの幻の花を絢爛と咲かせて歩く役者もいるのだ。兄さんの歩く道が、そのまま、花の道になるのだ。

そう思ったとき、若かったゆうの目には、野山に伸びる花霞の道が、本当に視えたのだった。

今、ゆうも、うしろに残してきた道を、振り返りたい気が起こり、いいえ、まだ早いよ、と断ち切った。

振り返らなくても、現実に、桜はそこここに盛りをやや過ぎた姿をみせていた。上方は山桜が多い。葉にさきがけて淡々とした花を枝一面に咲かせる『吉野』、染井の植木屋友吉の溜に、まず生まれ、きつの骸を養ないに生い育ったあの花は、みかけることがない。でも、ゆうが播いた種子は、幾つか、あるいは十幾つか、西の里々にも芽ぐみ、育ち、花をつけていることだろう。

『吉野』は、東京を中心とする一帯ではたいそうもてはやされ、継ぎ木や挿木でめざましく増え、染井吉野と名も定まったと、ゆうは聞いている。

染井吉野の花ざかりを見たい、そう思ったとき、胸の奥がきりりと痛んだ。東京を懐しがっている。ああ、兄さんも、きっと……。

ああ、今は、そんなことを考えているときじゃない。大阪まで四十里の余。

「千日前の見物がたには、どんな狂言が受けるのでしょうね」

大八車の先を行く福之助が肩を並べた長五郎に訊ねている声が、風に乗ってゆうの耳に届いた。

ゆうは目を閉じた。眼裏いっぱいに、桜吹雪が散り舞う。束の間、ゆうは酔い痴れた。

衣裳見せ

千日前を訪れるのは、これが初めてというわけではない。小屋に出たことはもちろん無く、旅の行くさ帰るさに、賑わいを横目に見ながら、何度か素通りしている。

見る度に、小屋が増え、幟や絵看板が増え、その絵看板の泥絵具の色が、互いに他の小屋より人目に立とうとするせいだろう、どぎつく毒々しくなりまさる。

素裸に緋縮緬の褌一つの大女が、片手で四斗樽を軽々と持ち上げる図や、蟒が大口を開け女を一呑みにしようとしている図など、江戸のころから浅草奥山や両国の盛り場で目にしたものと、あまり変ってはいないのだが、眼鏡をかけたドクトルが、全身に角の生えた角男を診察している図は、昔はなかった。角男は、ドクトルの前でしょんぼり泣いている。これなど、中に入れば、実物は、せいぜい首すじにこぶが一つできているくらいのもので、偉いドクトル先生のおかげで、こんなによくなりましたなどと、見物を言いくるめるのだろう。

子供のころ、見世物の絵看板が怖くてもの淋しくて厭だった、と、ゆうは思い出す。盛り場を抜け、裏通りの旅籠に、長五郎は案内した。造作のしっかりした、小綺麗な宿である。これでは宿賃がかさむのではとゆうは気になったが、長五郎が帳場に声をかけたので、口をはさむ暇がなかった。

二階の、襖一つで仕切られた八畳と六畳の二間が、一行に当てられた。弥五たちは、荷をかつぎこんだ。

一休みした後、横井の旦那に挨拶してくると、長五郎は出て行った。戻ってきたとき、はしこそうな小柄な男といっしょだった。

「横井の旦那の持ち小屋、日吉座をあずかったはる古島はんや」

長五郎の表情が何か沈んでいるように、ゆうには感じられた。

古島は床柱を背に横柄にあぐらをかき、長五郎は女中を呼んで酒肴を運ぶよう命じた。

「あんたら、もう一日早く来たら、話はすんなり決まったんやがな」

そう古島は、言った。少しも気の毒がっているふうではなかった。

「藤川千之助たらいう一座がな」と、長五郎が困ったように目尻の下がった目をしばた

たき、

「今日の昼前、古島はんとこに売り込みに来たんやそうな」

「もう、そこと、取り決めなさったんですか」

ゆうは、身をのり出した。せっかくここまで来て破約になっては、頭取としての責めを果たせない。

「いや、まだ、判ついたわけではないけどな」

「古島はん、さっきも言うたようにな、この座頭の女形いうたら、そら、みごとなもんやで。わしの目ぇ、信じたらんかいな。わしかて、横井の旦那に見込まれて、田舎まわりして、これぞというのをようようめっけたんや。わしをさしおいて、かってな取り決めしてもろたら、わやくちゃになるがな」

「おまえも旦那に目ぇかけてもろとるやろが、わしかて、日吉座をあずかっとるんやさかいな、わしの目に叶わん役者は舞台にのせられへんな」

「お目に叶うか叶わないか、まず、舞台を見ておくんなさい」

福之助が、語気を強めた。しかし、若いころのように、感情を露き出しにせず、笑顔を消さない気づかいは忘れないようになっている。

「明日、初日を開けるんでござんすか」

「いや、明日が千秋楽やさかい、明後日からや」

「どんな狂言をやりなさったんでしょう」

ゆうは訊(き)いた。

「十日替りで、初めが『蘭平物狂(らんぺいものぐるい)』に『双蝶々(ふたつちょうちょう)』、今やっているのが『日向島(ひゅうがじま)』に『毛剃(けぞり)』だ」

「ずいぶん武張ったものばかり並べたものでござんすね。それなら、その後に、うちの親方の女形は、見物衆も気分が変ってよろしいんじゃございませんか」

ゆうは食い下がった。

「そうや」と長五郎も言葉を添えた。

「古島はんかて、この親方の八重垣姫を見たったら、一目で唸(うな)るわ。それに、立役もこれまた立派や。わしは、八重垣と義賢と、二つ見とるさかいな。旅まわりでこれだけやれる役者は、まず、無いわ」

「えらい肩の入れようやな。何ぼもろたんか」

「阿呆(あほ)ぬかせ。銭金で言うとるんやないわい。わしの目ぇ信じんいうことは、横井の旦那の目ぇを信用せんいうこっちゃで。その藤川たら何たらいう役者の芝居、古島はん、あんた、見たんか」

　長五郎の語気の強さに、古島は、少したじろぎ、いや、舞台を見たわけではないが、と声が弱まった。

「長さんがそこまで言うんやったら、まあ、わしも考えんでもないが、日吉座は田舎の掛け小屋とはくらべもんにならん、立派なもんや。来がけに、小屋を見たったやろ」

「いや、日吉座の前は通らんかった」

　長五郎が言うと、

「見たら、役者がおじけづく思たんか」

　古島は毒舌を投げたが、

「ま、あんじょう気張ってもらわなあかんな」

　と続け、ゆうたちをほっとさせた。

「演しもんは八重垣でも何でもええが、うっとこは、初日は、まず、三番叟、衣裳見せのだんまり、それから本狂言と、これは動かせんしきたりや。それは承知やな」

「衣裳見せのだんまり？」

「長さん、話したあるんやろ」

「いや、それがまだ……」

長五郎は口ごもった。

「何や。言うてなかったんか。三番叟の後でな、役者が総出で、だんまりを見せるんや。衣裳をとっかえ、ひっかえしてな、こんだけええ衣裳をたんと持っとります、役者はこんだけ揃うとります、と見物衆に披露するんや。うちの小屋は、それが呼びものになっとる。見物はな、そら喜ぶで。引き抜いたりぶっ返したり着替えて出たりするたびに、きゃあきゃあ騒ぎよる。初日、こないにして人気を煽れば、後も客足がつくいうもんや」

長五郎は、福之助一座の貧弱な衣裳を見て、それを言い出しかねていたのだろうかとゆうは思い、頭取として気のきかぬことだったと身がすくんだ。

「藤川千之助は、ええのん仰山持っとるで。太夫元の見識やな。傾城の裲襠に、立派なんあったな。黒繻子に七五三縄、海老松の総縫い取りやが、その大海老が、背一杯に、こう踊っとった。あら、金がかかっとる。あんたんとこも、ええの持っとるやろな。見せてもらおか」

ゆうは返答につまり、何とか言いつくろわなくてはと焦る。福之助が、役者は芸で見せるものだ、衣裳は二の次だ、と、持ち前の考えを言いつのり始めたりしたら、せっかくの話が物別れになる。

「長さん、あんた、座頭に衣裳見せの話せなんだのは、何でや」

「ええ衣裳たんと持ったあるさかい、ことさら言わいでも、大事ない、思うたさかいな」

「ほな、見せてもらお」

「まだ、前の興行で汚れたりほころびたりしたままで」

とっさに、ゆうは言った。

「明後日の初日に間にあいますよう、今夜と明日と、せい出してととのえますから」

「そら心掛けが悪いのう。平素、衣裳の手入れ怠っとったんか」

「なんせ、人気の高い一座やよってな」長五郎が、また、とりなした。「芝居閉ねた後は、あちこちお座敷かかってなあ、衣裳つくろう暇もあらなんだんや。汚れて見苦しいさかい、今は見せられん、いうのは、ゆかしいなあ。姐はん、あの仰山な衣裳、皆で手わけしてな、鏝あてて、糸のほつれ繕うて、真っ新なようにして、明日の夜は、宿の衣桁、あるだけ借りてな、ずらりと掛け並べ、古島はんの目ぇ剝かせたりまひょな。古島はん、それでええやろ。わしの顔も立たせたってえな」

長五郎はまくしたて、古島を送り出した。

「親方、すみません。ゆきとどかなくて」

ゆうは、何か重い力で押さえつけられたように、福之助の前で頭が下がる。

「何、衣裳はこれで十分だ」

福之助が言ったとき、長五郎が戻ってきた。案じ顔はしていなかった。

「衣裳見せのことを話しておかなんださかい、めんくろうたやろな」

役者は衣裳やない、芸や、というあんたの肚が、わしには、すぐにわかったさかいな、と長五郎は福之助に目を向け、

「衣裳見せのことなど言い立てたら、あんたがつむじ曲げてな、ほんなら、出んかてええ、などと言い出しはせんかと案じてな。衣裳見せは、しきたりやさかい、やらんならんが、この貧弱な衣裳かて、ええわ、その後の芝居で、見物を十分に堪能させてくれるやろ、こない、わしも肚くくっとったんや。しかし、よその一座が先に話を持ちこんどったとなると、なあ。まず、衣裳揃えて、古島の首縦に振らせなならん。親方、あん

た、不服やろけどな」

福之助は、腹を立てたふうはなく、

「そりゃあ、衣裳は美いにこしたことはない。これを機に、少し買いととのえましょう」と物わかりのいいことを言った。

ゆうは、頭の中で、すばやく懐具合を勘定する。

高砂座の収益は、座方と四分六に配分する取り決めであった。座方六分、役者四分の割合である。木戸無料の後盛り返し、ずいぶん入りのよい日が続いたのに、不入りのときにあれも立替えた、これも座方で払ったと、いろいろ差し引かれ、芝居の取り分は思ったよりずいぶん少なかった。

凝った衣裳なら、一枚二枚しか買えないのではなかろうか。

ぎりぎり、一座が立ちゆかなくなったときのために、ゆうがひそかに蓄えている肌付金が、あることはあった。一座の者が患ったときには、この金を医薬の賄いにあてられる、そう思うと心強かった。

しかし、今は、賭けどきではあるまいか。

千日前の横井の小屋で評判をとったら、後の興行がやりやすくなる。

「長五郎さん、千日前には、古着でもけっこうな衣裳を安く手に入れられると、言ってでしたね」

　ゆうが言うと、長五郎は笑顔でうなずいた。

「親方と姐はんさえ承知なら、そら、何ぼでもありまっせ」

「でも、数を揃えるとなると、ずいぶんかかりましょうね」

「なぁに」事もなげに長五郎は手を振り、「何も、初手から正直に悉皆払うことはない。手付けだけ払うてな、残りは、千秋楽の後で座方から歩金もろてから、それで払うたらよろしがな。そしたら、一枚買う値で十枚買える」

「そんなことができるんでしょうか」

「わしが、懇意な店に話つけたるわ。わしかてな、古島への意地がある。あいつ、わしに楯つきよって。親方、衣裳より芸やいう、親方の言い分は、わしもよう得心がいく。せやけど、ええ衣裳つけたら、親方の芸が、また何倍もひき立つ。せえぜえ気張ってな、姐はん、親方のために豪勢な衣裳揃えたってや。古島にな、初日、おそれいりましたと手ぇつかせたるわ」

　そう言って、長五郎は、更に先々のことまでゆきとどいた心配りをした。

「ここで仰山な衣裳揃えても、その後、旅まわりするのに、こない数はいらん、荷厄介や、いうんやったらな、日吉座を打ち上げたら、また古着屋に売ることもでける。まあ、利ぃはないやろ。正直言うて、買うた値では売れん。しかし、貸衣裳を賃借りした思えば、損のいく話ではないやろ。衣裳は芝居の財産や。酒や博奕に使い果たすのと違う。金かけても、後に形になって残るもんやさかいな」

そうまで言われなくても、ゆうは十分乗り気になっていたのだが、あまりに隙なく先々まで読みとったような長五郎の勧め方に、ふと、不安が兆した。理由のわからない不安であった。

しかし、翌日、長五郎が教えてくれた店に行き、緋縮緬、裏紅絹、霞に枝垂桜流れ縫模様、金糸袖総付の赤姫の裲襠やら、黒繻子地に松藤、紅葉の縫模様、裾廻しは青地銀襴の傾城の衣裳、呉絽白地に飛龍乱杭波を縫いとった広袖、絖水浅黄の地に桜を縫い散らした二枚裾の振袖……と、目の前に並べられると、根が美しいものに酔いやすいゆうは、現なくなった。持ち金を使い果たす不安は、胸の底にしこっていた。

長五郎は、あれこれ無理強いはせず、ゆうが目惑いしながら選ぶのを、笑顔で眺めている。福之助も、口は出さず、ゆうが選ぶのに任せている。他の者は宿に残って、手持ちの衣裳を少しでも見ばよくするのに大童だ。

一座の者がいないので、ゆうは、つい、「兄さん」と甘えた口調になる。人前では、〝親方〟と呼ぶようにしているのだが。

「これで八重垣をやったら、映えますねえ」

あまり欲しそうな顔をしてはいけない、足元を見られる、と、前もって長五郎に言い含められている。姐はんは、どうも、こういう稼業にしては悪ずれしてへんな、と、長五郎は、苦笑しながら言ったのだった。ねんねの癖が抜けませんでね、と福之助も苦笑いで応じた。ねんねで頭取がつとまるとはね。長五郎の口調の底に、皮肉な嗤いをゆうは感じたような気がした。

これまで、切りつめて切りつめて過してきた。無駄な費えはいっさいしまいと、気持を引き締めていた。

衣裳は、座の財産になる。銭が、他の形に変るだけだ。酒や博奕のように消えてしまうわけではない。そう言いわけがつくと、はりつめた禁欲の糸が切れかかった。

物欲は薄い方だと思っていたのに、一気に、あれもこれもと、とめどなく欲しくなる。

我が身を飾るためではない。衣裳見せの賑やかしだ。中途半端にけちけちするより、思いきって華やかに。

「さしあたっては、手付けだけでいいんですね」

店の主人に念を押した。

「へ、よろしおま」

「ほな、後で宿の方に届けてな」

長五郎が言い、ゆうは、選りわけられた十枚ほどの衣裳にもう一度目をやって、三人で店を出た。

「古着いうても、芝居の衣裳ばかりを扱うとる店やさかいに、ええの、あったやろ」

「目移りしてしまって」

「笹屋のお嬢さんが買物をしているという図だったよ」

福之助がからかった。笑いを含んだやさしい声音だが、何だかはりがない、とゆうは感じた。旅役者としては晴れの大舞台といえる小屋に出られる直前なのに。

「日吉座を、外だけでもちょとのぞいてゆくか?」

　長五郎が誘った。ゆうは福之助が答えるのを待った。頭取の職分以外のことは、常に、福之助に従うことにしている。

「いや、どのみち、今夜、小屋に荷を運び入れてもらわなならんな。いま、わざわざ寄り道することもあらへんな」

　長五郎の言葉尻を、ゆうは捉え、

「それじゃ、うちが出させてもらえるんですね」声が浮き立った。

「今夜から楽屋入りできますんですね」

「後で、古島を宿に連れてくさかいな、さっき買うた衣裳ずらずらぁと並べたってな。ほたら、あいつも、何も言えへんわ。わしが言わせん。衣裳が揃うたら鬼に金棒や。いっこも文句つけるとこはあらへん。ほてから、証文に判ついてな、明日は初日や。気ばってや」

「お役所に届けを出すのは」

「明日でええやろ。幕開けの前に、あんじょうしとってや。小屋との判つく前に、役所に鑑札料先払いせんかてよろしわ」

　頼もしく、長五郎は言い、

「ほな、後で古島と行くさかいな」

と、途中で別れた。

長五郎が去ると、福之助は呻き声とも吐息ともつかぬ声を洩らした。額が蒼黒く、汗を滲ませているのにゆうは気づいた。

「兄さん、気分でも……？」

「いや」

福之助は首を振り、ゆうの肩に手をおき、ゆっくり足を進めた。熱でも出たのか風邪をひいたのだろうかと、その指先にゆうは触れてみた。熱くはないようだった。

「宿に帰ったら、少し横になってくださいね」

ゆうが言うと、福之助は、短い咽声で答えた。


繕いを終え、鏝で皺をのばした衣裳が、衣桁にかかっていた。古びてはいるけれど、手入れをすれば、まだ見られる。手もとの苦しい中を買いととのえたものだし、舞台で長年使ってきたのだから、一つ一つに、ゆうは愛着を持っている。

「いいのが手に入りましたか」

亀吉が、皆の気持を代表するように、早速訊いた。

「じきに、店の者が届けにくるよ」

「手付けだけで、品物を先渡しするって、承知したんですか。さすがに、横井の旦那の顔だな」

「そうだねえ。ふつうは、後金を払うまで、品物は渡してくれないものだけれどねえ。でも、おかげで、十二枚、工面がついたよ」

「姐さん、嬉しそうだね。姐さんが着るわけじゃないのに」弥五が、自分まで嬉しそうな声を出す。

「親方、横にならなくていいんですか」

ゆうは問いかけ、福之助の顔色がさっきよりだいぶよくなっているのを見て、ほっとした。

「どうかしなさったんで？」

「さっき何だか、ひどく蒼い顔を」

ゆうが言いかけると、「馬鹿」と、福之助はゆうの口を封じ、

「衣裳のほかのものは、すぐに小屋に運びこめるようにしておけよ。開いてはないだろ

うな」

「小道具の葛籠は縛ったままでさ」

「今夜から、日吉座の楽屋泊まりだ」

強いて元気をよそおっている。福之助の声を、ゆうは、そう感じた。しかし、座の者の前で、いま、弱音は吐けないという福之助の気持も汲みとっていた。——風邪だったら、早く軀を休めた方がいいのだけれど……。

そう思いながらゆうは台所に立ち、宿の女中に頼んで熱い茶を淹れてもらった。

福之助は一口飲んで、顔をしかめた。よほどまずいお茶だったのかしら。福之助が畳においた湯呑をとり、試してみた。悪い味ではなかった。いつも、もっとひどい安物の葉を使っている。

「あれ見やしゃんせ、龍三の」百吉がくちずさみながら、窓の外を見下ろした。

「あ、来ましたよ。あれじゃないかな。ほら、荷を背負ってこっちに来る」

百吉のけたたましい声に、役者たちは窓に首を並べた。

「姐さん、ほら」と弥五がゆうに場所を空けた。

駄菓子屋だの提灯屋だのが軒を並べる狭い路を行きかう人の中に、唐草の大風呂敷の包みを背負った丁稚(でっち)小僧らしいのが、宿の方に近づいてくる。

「おおい、こっちだ。早く来い」百吉がのり出して招く。丁稚は目を上げた。けげんそうな色を浮かべ、またうつむいて、歩み去って行った。

「早とちりしやがって」亀吉は百吉の頭を小突いた。

無為に、時が経(た)った。

「衣裳が届く前に長五郎さんが古島さんを連れてきちまうと、具合が悪うござんすね。わたし、ちょっと催促に行ってきます。弥五さん、いっしょに来ておくれ。おまえに背負ってもらって運んだ方が早い」

「何、姐さんがわざわざ出向かなくても、わたしが弥五と」

亀吉が申し出た。

「そうかい。それじゃ、御苦労さんだけど」

ゆうは言ったが、やはり落ち着かず、出て行く二人の後を追った。

「要らんようになったて、あんたとこの人が来て言うたさかい、手付けは返(かや)しましたで」

古着屋の主人は、愛想のない声を投げた。あれもこれもと大買物をして手付けを渡したときとは別人のような仏頂面だ。

「え、誰がそんなことを」

「誰が、て、最前あんたらといっしょに来た、顎の長い、あら、あんたらの先乗りやろ」

「長五郎さんのことですか」

「名など、知らんで」

さっき、いっしょに来た顎の長い男、といえば、長五郎以外にはいない。

衣裳が要らなくなったというのは、日吉座に出られなくなったということか……。

「あの人は、うちの座の者ではなくて、日吉座の座主の、横井勘七旦那の下で働いているお人なんです」

「横井の旦那なら、よう知ってま」

「長五郎さんは、こちらと懇意だときいていたんですが」

「いやぁ、知りまへんで。さよか。横井の旦那んとこの人か。最初、一人でうちに来たったとき、これからうっとこの座頭と頭取が衣裳選びに来るよって、あんじょう見せたってや、言うさかい、てっきり、あんたらんとこの人やと思た」

「そうですか……。手付けだけ払えば、残りは興行が終わって歩金をもらってから払えばいいというありがたいお話だったので、よほどお親しいのかと」

「何やて。手付けだけ払えば、残りは興行終わってから？　冗談言わんといてほしわ。高い物を、手付けだけで渡す阿呆がおるものか。宿に届けたら、残りは悉皆払ういう約束やったろが。ほんまなら、そっちゃから約束破ったんやさかい、手付けは返さんでもええわけのもんなんや。そやろ。せやけど、ほんの四半刻かそこらのことやさかい、わしも目ぇつぶって、そっくり返したったんや。大事な高いもんを、さんざんひっくり返して、ああでもない、こうでもないと弄ってな、そのあげく、手付けまで払うたんを、要らんようになったでは、こっちも気分ええことないけどな、日吉座の芝居に出るつもりが、何やら他の一座がかかることに話が決まってもうて、衣裳要らんことになったとしょんぼりしとるさかい、わしも仏心起こしたんや」

「日吉座に出られないようになったと……。そうですか……」

「さ、さ、あんたら、何も買う気ないんやったら、場所ふさげや。出てってもらお」

弥五の図体が怖いのだろう。主人は少し後ろに身を引きながら怒声をあげ、店の若い衆たちが寄ってきた。

最初から悪意があって騙したのか、古島とはりあって、自分が目をつけた福之助の一座を舞台にのせたいと焦ったあまりの勇み足か。

家並みの間に見えるはんなりと明るい春の空が、昏みを帯びてゆうの目に映った。

「長五郎さんと、ゆきちがいになっちまったんだ」

弥五は自分自身を納得させるように、力をこめて言う。

「きっと、今ごろ長五郎さんは宿に行っているよ。面目なくてすぐには顔を出せなかったのだ。あんなに大口叩いたのだものな。なに、姐さん、日吉座ばかりが小屋じゃねえ。力を落とさねえで」

手付けのかねを騙し取るのが、あの男の最初からの目的だとしたら……もう、取り返しはつかない。

「仕組んだ狂言かねえ」亀吉もその疑いを口にしたが、

「しかし、あっさり尻の割れることだ。ばれたら、あの男、横井の旦那のもとを追い出される羽目になるだろう。割に合わない話だ」

「長五郎が横井の旦那の身内というのも嘘っ八だとしたら……」心に浮かんだことが声になった。

「でも、姐さん、日吉座の古島さんが、はっきり……」

「古島さんが日吉座の帳元だというのも、ひょっとしたら……」

「そうだとしたら、二人ともてえした役者だ。まさか姐さん」

「日吉座に行ってみるよ」

　ゆうは言った。

「亀さん、おまえは、一足先に宿に帰っておくれ。長五郎さんが手付けを返しに来ていればいいけれど、雲隠れだったら親方に話してね、探し出す算段を」

「日吉座には、わたしが行ってきましょう」

「いいえ、これはわたしの仕事だから。弥五さん、用心棒を頼むよ」

　日吉座は、長五郎が自慢げに言ったとおり、道頓堀の劇場にもひけをとらぬ造作であった。

　仕切場に顔を出し、帳元の古島さんに会わせてくださいと言いながら、ゆうは、福之助の一座が前にもこっぴどく騙されたのを思い出していた。あのときは、ゆうはまだ、好きかってに一座について行っただけで、すべてを取りしきっていたのは角蔵だった。

あの事件がきっかけで、福之助は旅まわりに身を投じる決意をし、ゆうはそれをかえって喜んだほどだったのだけれど、今度は事情が違っていた。

騙されたとしたら、わたしに責めがある。勘定場で古島を待ちながら、座方の男に、

「こちらでは、初日に、衣裳見せだんまりというのをしなさるとか」

訊ねると、そうや、と座方はうなずいた。

「明日が藤川いう一座の初日や。見て行き」

その点は、長五郎は嘘をついていなかった。持ち逃げではない、出演がだめになっただけなのだ、とゆうは自分を安心させようとしたが、藤川一座の出演は半月も前から決まっていたことだと聞かされた。

更に、小肥りの五十がらみの見知らぬ男が、

「わしに何の用だ」

とあらわれるに及んで、最悪の事態なのだと、認めざるを得なくなった。

悔むのを、ゆうは、止めた。一座の財布をあずけられているのに、うかうかと口車にのせられ、虎の子を巻き上げられたという事実は、悔もうと嘆こうと変りはしない。差し当たってしなくてはならないのは、宿替えであった。一日四銭、五銭で泊まれる木賃宿に移らねばならない。その後、仕打ちに渡りをつけなくてはならないが、大阪の仕打ちはこすからそうで怕い。

宿の前まで来ると、亀吉たちが大八車に荷を積みこんで発つ仕度をしていた。

「やはり二人とも、成田屋跣の役者だったよ」

ゆうは苦笑とともに言った。

「あんまりきれいに騙されちまって、おかしくなる」

「古島というのも偽者でしたかい」

亀吉も、投げやりに笑った。

「本物に見参したよ。長五郎という男も、古島さんの名を騙った男も、本物の古島さんはまるで心当たりがないとさ」

「あいつら、初手っから、鴨を探していたんですね。このあたりの芝居の内幕に、けっこう詳しい奴なんでしょうね」

「藤川という一座が、次に興行すると知っていたのだからねえ」

「本物の帳元さんが、〝日吉座の名を使われたのは業腹だ。そいつら、横井一家の手でふんづかまえてやる〟と、こういう話には」

「残念ながらね。わたしも、ただ黙って引き下がるのも口惜しいから、帳元さんにずいぶん頼んでみたんだよ。これも何かの御縁と思って、うちの一座を日吉座の舞台にのせてもらえませんか、と」

「口下手な姐さんにしては大出来だ」

「半年も先まで、決まっていると突き放された。どこか、小屋主さんに引き合わせてはもらえないかと頼んでみたのだけれど……、忙しいと、相手にされなかった。明日、もう一度行ってみるよ。親方は階上かい？」

ゆうが訊くと、亀吉はすっと近寄って声をひそめた。

「親方は、どうも、ここが良くねえようだが」

亀吉の指は、胸を指していた。

「労咳？　どうして」

ゆうの声は、我知らず尖った。そうであったら、身近にいるわたしが、まっ先に気づくはずだ。顔色がすぐれないとは思ったが……。

「いえ、高砂座で、義賢の仏倒しをやりなさったでしょう。あのとき、よほどひどくここを打ったようで。胸の骨に罅(ひび)でも入ってなけりゃいいんですが」

ゆうは足がすくんだ。手付けのかねを騙し取られたことよりも、衝撃ははるかに大きかった。かねは失ってもまた稼(かせ)げる。亀吉が気づいている福之助の怪我(けが)に、どうして、わたしは……。

「親方に言ったら、そんなぶまを、おれがするか、と怒られましてね」

福之助の気性としては、怪我はつまり、役者が仏倒しに失敗した結果だ、役者の恥だ、ということなのだろう。千日前の小屋に出られると、皆が勇み立っているときに、座頭が軀の不調を口にして水を注(さ)してはならないと、意地をはっていたのだろう、そう、ゆうは察し、いたたまれなくなった。

「日吉座に出られないとなったら、こんな贅沢(ぜいたく)な旅籠(はたご)にはいられない、姐さんが戻(もど)ったらすぐに発てるように荷をまとめておけと言いなさって、岩十郎が、いま、ちょいと宿賃の工面に、質屋(ななつや)に」

「親方は部屋だね」

念を押し、帳場の脇の梯子段を駆け上ろうとして、ゆうは足を止め、息を鎮めた。福之助にならって、さりげない態度をとっていなくてはと思った。

五月闇

千日前、下大和橋のあたりは、軒の傾いた家が密集し、日が落ちると、密売婦がそここで往来の人の袖を引く。

『御安宿』の木札を軒行灯の下に掲げた木賃宿も、このあたりに多い。

泊まるのは旅人ばかりではなかった。二畳敷き一月五十銭の家賃もまとめては払えぬその日稼ぎが塒にしている。

宿代は四銭、五銭、六銭、七銭などにわかれ、『別に上等間あり』とうたう宿もあるが、上等間といっても、たかが知れている。もとより素泊まりの値で、食事代は別である。宿の裏手の溝川沿いに、小さい竈が並び、客はここで自炊する。宿でも炊いた飯を一合売りし、おかずも、煮物や酢和えの皿盛りを二銭、三銭で売る。

近辺には飯屋も多い。ふちが欠け罅のはいった丼に黒っぽい飯を盛り、薄い味噌汁は一杯五厘。投げ棄てられた魚のはらわたがどぶ泥に混じり、腐臭が充満している。

『紅葉屋』と、名前ばかりは綺麗な木賃宿に、その日のうちに、福之助の一行は移った。

座の者のいないところで、「兄さん、大丈夫ですか」たずねるゆうに、「何が」福之助は素知らぬふうに応じた。

「具合が悪かったら」

横になっていてくださいね、と続けようとすると、「わかった、わかった」福之助は遮り、「夕飯は、はずんでやれよ」と命じた。

手もとにあるわずかな銭で、青菜やら油揚やらを買い、川べりの竈に大鍋をかけ、ゆうは雑炊を炊いた。十八人の大世帯である。手のこんだものは作れない。

煮えこぼれる鍋の味見をしているゆうの傍に、野良犬と乞食が寄ってきた。黒い影のような乞食は薪の火に足もとを赤く染め、無言で空の椀を突き出した。

「あげられないよ」

甘い顔を見せると、何人も集まってきて、しつっこくつきまとわれると、これまでの経験で知った。すげない態度をとるとき、初めのころは、うしろめたい思いがしたが、この頃は馴れた。

福之助が身を痛めつけて稼いだ銭でととのえた飯だ。まず、座の者の腹を満たさねばならない。

乞食は、隣りの竈で煮炊きをしている女の傍に移っていった。

弥五の手を借り、大鍋を部屋に運びこんだ。安酒で酒盛りが始まっていた。手痛い詐欺にあったというのに、しめっぽい雰囲気ではなかった。泣き言を言う者も一人二人おりはするけれど、他の者が相手にしないので、愚痴はほそぼそと消える。たちの悪いのにひっかかるのはこれが初めてというわけではない。その度に沈み込み嘆くより、陽気に騒いで忘れてしまうほうが得だ、今日何とか過ごせれば、明日はまた、何とかなるものさ。誰もがそう心得ている。身についた芸のあることが彼らの強みであった。

私は、頑丈な防波堤に護られている……そう、ゆうは、今さらのように気づく。荒波を遮る石の堤は、福之助であり、一座の役者たちもまた、堤の一環をなしていてくれた。ゆうの頭取ぶりは役者たちから見たら、ずいぶんたどたどしく、歯がゆいかぎりのことだろう。欲の乏しい人たちばかりだから、荒稼ぎの下手なゆうの采配でも文句は言わないのだ。今度のことでも、誰もゆうに咎めだてする目はむけない。一人前の頭取とは見倣していないからだ。何よりもまず宿替えをしなくてはとゆうは思いつき、上分別だと思ったのだけれど、ゆうが指図する前に、福之助がてきぱきと段取りをすすめていた。ほんのりとゆうを包んでいた夢の薄衣を、誰もはぎとろうとはしない。しかし、いやでも、淡い衣は、綻び、破れて行く。裂けた破れ衣をまとった姿を福之助に曝すのが辛いと、ゆうは思った。

福之助がさりげなく座をはずすのがゆうの眼の隅に映った。だいぶ酒は飲んだようなのに、顔色は土のようだ。ゆうは、そっと、後に続いた。ふだん、福之助は、そう辛抱強いわけではない。しかし、今は、皆の興を冷ますまいと気を遣っている。それだけ、容態が悪いのではないのか。ゆうは、そんな不安をもった。

「手水ですか」つとめて明るい声を出す。

「いや、どこか空いた部屋で横になる」

灯もない黴くさい部屋に入ると、福之助は、くたりと倒れた。

「お医者を呼んで来ます。亀さんに頼みますから」

走り出ようとして、「大丈夫か」という掠れた声をきいた。

え、と足を止め、医者の払いのことを言っているのだと気づいた。

「大丈夫ですとも」

「衣裳(いしょう)は手放すな」福之助は、そう言った。

二階に上がり、亀吉を手招いて、廊下に呼び出した。

「亀さん、お医者を」

すぐに、亀吉は、様子を察した。福之助が蒼(あお)い顔で出て行くのを見ていたのだろう。

「親方、よほど具合が?」

声から酔いが消えた。

「確かな医者を宿の衆にきいて、ひとっ走り行ってきます」

もうちっと早く医者に見せたほうがよかったのに。そう、捨て科白(ぜりふ)のように、亀吉は呟いた。何か腹に据(す)えかねたというふうな声音であった。

私が迂闊(うかつ)だった。心の中だけで、ゆうは詫(わ)びた。言葉に出してしまえば弁解じみる。言葉で詫びればすむというものではなかった。

「頼んだよ」

言いおいて、福之助が休んでいる部屋に入ろうとすると、

「あんた、座敷、かってに使うたらあかんがな」

廊下を通りかかった宿の女が咎めた。

「すみません。病人が出ましたんで、上の部屋では皆が騒いでいて休めませんので、ちょっと……」

「ほな、お使い」女は気安く言ったが、この部屋の代金は四銭だとつけ加えた。

ほんのわずかの間に福之助の顔は一変していた。瞼は蒼黒く窪み、頬に翳が濃く、少し開いた口から喘ぎがこぼれた。

福之助の急変はすぐ一座の者たちに伝わり、集まってくるのを、ゆうは押し留め、岩十郎と弥五だけを呼び入れた。

二人ともただ黙っていてくれた。言葉は何の役にも立たないと、二人はわきまえているようだった。喋りたいことは口もとまで溢れそうになっているに違いない。

親方が、仏倒しで胸を打ったのに気がついていたかい、と、ゆうも、もう少し気分に余裕があれば、二人にたずねたりしただろう。

「姐さん、何、案じることたぁ、ありやせんよ」ようやく、岩十郎が、沈黙が息苦しくなったように言った。「ちょっと、疲れが出なすっただけですよ」

ゆうは頷き、目顔で、それ以上の話を止めた。

亀吉が連れてきた医者は、昔ながらの町医者であった。この頃は、西欧の医学を修めた立派な医師もいるというが、おそろしく高価な薬代をとられる。江戸のころから町医者は特別な資格はいらず、自分で医者と名乗ればそれで通用していた。

白髪混じりの薄い髪をくわいに結った小柄な医者は、風邪をこじらせたのだろうと言い、薬箱から出した粉薬を、薄暗がりの中で、目をしょぼしょぼさせながら、小さい秤で計りわけた。

「胸をひどく打ったことがあるのですが」ゆうは口をはさんだ。「打ち身か。それなら、膏薬を、処方しよう」そう言って医者がくれたのは芥子粉であった。医者に命じられたとおり、熱湯で溶いた芥子粉を布に塗り、胸に貼ると、刺すように滲みると福之助はいやがった。

こんな手当でよいのだろうか。ゆうは不安でならないけれど、顔にだすわけにはいかない。親のもとにいたころ、瘡毒を染されかけ、順天堂に駆けつけたことを、ゆうは思い出していた。あのとき診てくれた医者は、年は若いが、蘭学を身につけており、たいそう頼もしかった。近ければ、すぐにでも、病院に連れて行くのだけれど……。

大阪にだって、もう少しましな医者はいるはずだ。ただの風邪とはゆうにはとても、思えなかった。

軀の中にじっとひそんでいた病が一気に噴き出したように、熱が上がった。氷は手に入らない。井戸水を盥に汲み込み、ゆうは、濡れ手拭いで、一晩じゅう、福之助の額を冷やし続けた。薄闇の中で、ゆうにできることはそれだけであった。

朝になれば、きっと熱も下がり、気分がよくなりますよ。朝の光にはその力があると、ゆうは、信じようとつとめた。

寝ついて三日目、

「このままでは、出銭がかさむばかりだ。ひとまず、座を解こう」

そう、福之助は言いだした。芥子の膏薬は、胸の皮膚が爛れ、水泡までできたので、止めていた。ゆうと亀吉、岩十郎、弥五、東両国のときからの仲間ばかりを呼んで、福之助は言い渡したのである。

「親方、冗談はやめてくれ」亀吉は笑い捨てようとした。

福之助は話を打ち切るように手を振った。声を出すと胸が痛むので、身振りで示す。

「姐さんは親方を看取るので手がはなせねえから、わたしだの岩だの、手分けして、小屋をあたっています。じきに、興行先もみつかるだろうから、親方は、のんびり養生していてください。二、三日寝こんだくらいで、座を解くとは親方らしくもねえ気の弱い話だ」

「そうですよ」弥五や岩十郎も言葉を添える。「風邪だというじゃありませんか。十日ものんびり寝ていてごらんなさい。親方も舞台に立たずにはいられなくなるに決まってまさ」

福之助はゆうに目で指図し、顔を壁のほうに向けた。

前もって福之助から言い含められていたゆうは、亀吉たちを二階に連れ戻った。ほかの者たちのいるところでは、騒ぎが大きくなるばかりだろう、飲み屋ででも話したいところなのだけれど、懐に余裕がない。

皆が所在なげに花札など引いている部屋で、

「もう、どうにもたちゆかないのだよ」

ゆうが言いかけると、

「親方の按配は、そんなに悪いんですかい」亀吉が、いつになく尖った声で遮った。

「よほど悪いねえ。あの藪医者が言うような、風邪なんかではないようだ。息をするたびに、胸が痛くて難儀していなさるのだよ。あの意地っ張りの親方が座を解くと自分から言い出したのはよくよくのことだと思っておくれ」

亀吉がむっと黙りこんでいるので、ゆうは、続けた。

「こう言っては、腹が立つだろうが、親方が舞台に立てないのでは、入りが薄いのは目にみえている。狂言も立てられない。いえ、もちろん、亀さんも岩さんも、よい役者だけれど……」

客を呼ぶには花がなさすぎる。

「いったん、座を解いて、ばらばらになれば、それぞれ、どこかの座に駆け込みができるだろう」

福之助の一座にも、余所でのあぶれた役者がときどき駆け込んで来る。そういうのは、腰が落ち着かないものが多いが。

「衣裳や小道具を売り払えば、当座食いつなぐくらいの給金は皆に渡せると思うのだよ」

そうして、福之助が養生するためのかねも残るだろう……。

ゆうを取り巻いた座の者たちが、案の定騒ぎ始めた。

「姐さん」亀吉がゆうに目を据え、膝を進めた。

「それは、親方の考えですか」

「親方の考えだけれど、わたしも、それが、一番よい方策だと思う」

「姐さんに」亀吉の声音に容赦ないものをゆうは感じた。「一度言いたかった。何で、親方の按配にもうちっと目を配っていてくれなかったんです。姐さんがついていなさるからと、こっちは口出しは控えていた」

亀吉に言われる前にゆうが十分に自分を責めていた。しかしゆうがそれを言えば、亀吉の怒りは捌け口を失ってしまう。

「親方の強情っ張り、意地っ張りは、姐さんだって、よく承知だろうに。そこを上手に扱って陰から助けてこそ、おかみさんでしょうが」

愚痴混じりの罵声を、ゆうは黙って受けた。とうに浴びせられていて当然な言葉の数々であった。これまで、ゆうを護るために、彼らが防波堤となって身に受けてきた風波。それが今、叩きつけられている。そう、ゆうは思った。

「親方は、姐さんにとっちゃあ大事なご亭主だろうが、この亀吉にも、両国以来の、心底大切なお人でね」亀吉は言いつのった。

ほかの者も、亀吉をなだめたり、愚痴をこぼしたり、ひとしきり騒ぎ立てた。一番先に冷静さを取り戻したのも、亀吉であった。

「一座を解いて養生するのは、この際、親方の身のためには、まあ、一番よいことだ。そいつは間違いねえ。姐さん、つい、荒いことを言っちまったが、また、一座を組むときには、必ず必ず声をかけてくださいよ」

亀吉の声が和らいだので、ほかの者も、ほっとしたように、冗談口が出始める。

肴にされるのは百吉で、おまえ、よその芝居に入って立女形をやれるなどと思うなよ。せいぜい、靫猿の、猿の役でも稽古しておけ、とからかわれ、本気で萎れた。

「こないなぼろ、引き取ってもしょむないわ」古着屋は手に取りもしない。

「おや、目のないことを」ゆうは、穏やかに、しかし、声音に、じわりと力を込める。腹を括るとずいぶんしぶとくなれるものだと、内心呆れてもいる。

目いっぱい値切ろうとする手練れの古着屋を相手に、ゆうも後にひかず、粘る。座の者に少しでも余分な給料を渡した上に、福之助の養生のためのかねも十分に残さなくてはならない。いつもいい加減なところで引き下がっていた。争うことの苦手な性分だと思い込み、それでいいのだ、福之助は、そういう私を好いてくれていると思っていた。いいえ、福之助を慕い抜いたそのために、ずいぶん思い切ったこともしたのだった、と、ゆうは、久々に、そのころの烈しさを思い返した。福之助に寄り添って甘えて過ごす満ち足りた快い日々に、私は、鈍重なほど懶惰になっていた。ふうわりと長閑な福之助にふさわしいふうわりした女でいたいと、烈しさは自分の目にも見せないでいるうちに、大切なときにまで鈍くなっていた。

　ここでは退けない。そう、ゆうは思う。衣裳の一枚一枚に愛着がある。それを着けた福之助の舞台姿が顕つ。不思議に金太郎とともに舞台に立っていたころの福之助ばかりが思い出された。もしかしたら、一番倖せだったのは、あのころで、その後は、余生のような……、そんな考えがふと浮かび、とんでもないことを、と、ゆうは、目の前にひろげた古びた衣裳の数々に目を向けた。

＊

衣裳も小道具も、新たに整えるとなったら、たいそうな物入りなのに、古物は、ゆうがどれほど粘っても、十把ひとからげ、新調の衣裳一枚にもあたらぬ値にしかならなかった。

悔やむまい、と決心していたのに、時が経つほど腹立たしさが増し、自分の甘さ、愚かさが、やりきれなくなる。福之助が枕が上がらぬとあっては、どの道興行を続けるのは難しく、座を解くことになったのだろうけれど、騙し取られた銭が今あれば、何をおいても福之助をよい医者にみせることはできる。

座のものは散り散りに他の芝居にわかれていった。身の振りようのつかぬもののためには、さすが繁華な街だけに、役者宿という便利なところがある。仕事にあぶれた役者の、いわば、溜まりである。千日前でも地方の小屋でも、人手が足りなくなったり大部屋役者が必要となると、そこに行き、あぶれ役者の中から適当なものを物色する。話が決まれば、役者は、手にした前金の中から宿賃を払って行く。

ゆうは福之助と、更に安い長屋に移った。病人では、役者宿でも置いてはくれない。歩行の叶わぬ福之助は大八車に横たわり、最後まで残った亀吉と岩十郎、弥五が長屋まで車を曳いた。

「姐さんから、親方にもう一度、頼んでくださいよ」

梶棒を曳きながら、亀吉は幾度も口にしたことを、くり返す。

「稼ぎ手が要るじゃありませんか。あたしが、土方、人足なんでもやります。いっしょに置いてやってくださいよ」

「わたしだって、亀さんがいてくれたら、どんなにか心強いのだけれど……」

亀は役者で食べてゆけると、福之助が許さないのだった。

三人とも仕事の口が決まっていた。それぞれ、あちらこちらの田舎の芝居に買われたのである。

溝川沿いの裏長屋は、おさだまりの九尺二間よりまだ狭い。畳二枚に半坪の土間。これだけは手放さなかった布団を敷いて先ず福之助を休ませた。東両国回向院裏のなかば腐りかけた長屋で育った福之助は、別に驚きもしないし、ゆうもみじめな小屋暮らしになじんではいたけれど、陽の当たる風とおしのよい部屋に休ませたら、熱も下がるのではないか、胸の不快な痛みも薄らぐのではないか、と、福之助に詫び入りたくなる。すみません、を口にしないのは、福之助を煩がらせるだけとわきまえているからだ。

向かいと軒が触れ合いそうな路地を褌一つの裸の男が走って行く。

「せめて、今夜一晩あたしもここにと思ったが、とても三人は無理だね」

亀吉は、土間にしゃがみ、網代が剝き出しになった壁をみまわす。

「それじゃ、軀がよくなったら、声をかけるから」

「へえ、とんできます。みんな、呼び集めて」

岩十郎が言い、外に出ようとしたとき、さっきの裸の男が走り戻ってきた。

「どないしたってんね、そのなり」通りすがりの女のがさがさした声に、

「曲げるもん、あらへんさかいな、褌曲げたってん。褌かて五銭やで。五銭」男はわめいて走り過ぎた。

笑いかけ、福之助は、う、と眉をしかめた。


翌朝、「おばはん、行くで」子供の声にゆうは起こされた。

急いで身仕度をする。竈の火種を掻き立て、前の夜煮ておいた粥の入った土鍋をのせ、「兄さん、行ってきますから」声をかけて外に出た。

返事はなかった。病みついた自分を不甲斐ないと、福之助が内心歯ぎしりしているのを、ゆうは感じる。

子供は、足踏みして待っていた。

昨日、井戸ばたに集まっている隣近所の女たちに挨拶したついでに、何か女でも日銭の稼げる仕事はないでしょうか、と聞いた。

「そやな。あんたなら、飲み屋でも小料理屋でも、使うてくれはるやろけどな」

さしあたって心当たりはないなァ、と女たちは、骨の細いゆうの手に目を投げ、「力仕事はでけへんやろしな」

「いえ、明日からでも、お銭がいるので……」長屋の家賃は日払いである。悠長に気に入った仕事を探す余裕はなかった。

「『衛生』やったら、ええやんか」十ぐらいの男の子が、ませた口をはさんだ。

「おばはん、『衛生』やったらな、わい、連れてったるで。わいも、毎日、ええ稼ぎしとってん。三十五銭や。ほてから、鼠捕ったら、仰山くれはるで」

「衛生って、何なの」

「いうたら、掃除や」

掃除ならたやすい。ゆうが笑顔になると、子供は、「ほな、明日の朝早いで」得意げに身を反らしたのだった。

太市というその子が、先立ちになって案内したのは、一膳飯屋の前だ。店は暖簾も出さず、格子戸を閉ざしたままだが、ぼろをまとった人々が二、三十人集まっていた。男がほとんどだが、女や子供も混じる。

「沖へ行くん、おらんか」

「桟橋へ行くん、おらんか」

大声で呼ぶ男のまわりに、人々が群がる。

「あら、ちがう。荒仕事や」

太市はゆうの袖を引き、

「衛生おらんか、衛生」と呼ばわるほうに連れて行った。

人集めの男に引き連れられ、たどり着いた市役所の門前に、荷車がずらりと並んでいた。二十台はある。方々から集められてきた男や女、子供たちは、すでに手慣れているとみえ、指示も待たず、さっさと、一台の車に十二、三人ずつに分かれ、四斗樽や桶などを積みこみはじめている。まごつきながら、ゆうもまわりの人々にならって、竹箒を乗せようとすると、「なんや、われとこ三本も持ていくつもりか」頭ごなしに怒鳴られた。

「おばはん、あかん。車一つに箒は二本や」太市が走り寄り、怒鳴った男に、おっちゃん、かんにんしてや。このおばはん、新米なんや、と口添えした。

「あのな、おばちゃん、四斗樽は三個、桶は四つ、箒が二本に筵と叺は三枚ずつと決まっとるんや」口早に教える。

「姐さん」聞きなれた声が、耳もとでした。空耳かと一瞬思った。まさか、亀吉がこの日雇の群れに加わっているとは、思いもしなかった。考えてみれば、昨日、ゆうが近所の人たちに挨拶しているとき、亀吉たちは、まだ声の届くところにいたのだった。

「こんな働き口があるのなら、あたしも一つ、と思ってね」

「亀さん、芝居のほうは？」

「遠すぎるんでね。このあたりに腰を据えますすよ」

亀吉はほかのものに話をつけ、交替して、ゆうと同じ組に加わった。

人数が揃ったとみえ、市役所の下っぱの官員と巡査がそれぞれ一人総監督につき、そろそろ動き出した。

ゆうが移った長屋よりさらにみすぼらしい不潔な長屋のあることを、初めて知った。

その一郭はトタン板で囲われていた。

「鼠逃さんためや。掃除すると、鼠が逃げ出てくるよってな。鼠な、ほかに逃がしたらあかんで」

「そうや」と、同じ組の男が話に割り込んだ。「おまえら、新顔やさかい、教えとくがな、掃除はそこそこでええんやで。役人の目ぇにつくとこだけ拭(ふ)いたったらええ。うっとこの分さえすめば、ほかを待たんかて帰れるさかいな。そのかわり、鼠は捕らえなあかんで。掃除はな、まめにやろうが、手ぇ抜こうが、もらう銭は変らんが、鼠は一匹なんぼで、役所がひきとる。それを、組のものであんじょう分けるんや。十匹も捕ってみ。ええ銭になるで」ええか、鼠は逃がすなよ、と男は念を押した。

旅まわりの汚ない小屋の楽屋で、鼠にはなじんでいる。目の前を走られても、悲鳴をあげもしないけれど、手で摑(つか)んだことはなかった。べったり濡(ぬ)れたような肌触(はだざわ)りや、生暖かい感触を想像しただけでもぞっとするが、銭になるのなら、と、気を奮い立たせた。

その鼠と同じ色合いのなんとも薄汚ない上衣(うわぎ)を渡された。両手から両足まで一つに続いている。

「亀さん、これじゃあ、先代萩の大鼠だ」ゆうは思わず笑い、亀吉は、すっぽんからせり上がる仁木弾正のみえをきった。よう、よう、とまわりのものが喜び、「まるで、ほんまもんの役者や」と感嘆するものもいて、亀吉は苦笑した。

コロリ（コレラ）流行っとるよってな、あまり汚ないとこは消毒たらいうのするんや。馴れたものがゆうに教える。これ着るのもな、コロリうつらんためやて。せやけど、何や、気色悪いわなあ。

五軒をゆうたちの組は割り当てられた。濡れ雑巾で拭くのかと思ったら、いやな臭いのする昇汞水というのをあてがわれた。

ほとんど家具らしいものもないけれど、箪笥などをざっと拭って運び出す。それ、鼠や！　逃すなよ！　声があがった。壁の穴にもぐりこんだやんか。穴、こそげて、大きいせなあかん。おまえら、わいの家壊すつもりか。どきさらせ。鼠や。

ゆうはつきとばされ、うろうろするばかりで、一匹も手捕りにできなかったけれど、組のものは、合わせて十二匹の収穫があった。

「姐さん、こりゃあ駄目だ」

市役所に帰る車について歩きながら、亀吉は言った。

「衛生どころか、ごみの風呂に浸かってきたようなものだ。親方にコロリをうつすことになっちゃあ大変だ」

市役所の前に、人夫請負いの仕事師が、板の上に銭を並べて待っている。三十五銭ずつ一かためにしてあり、摑んでよこすのだが、顔なじみや気に入っているのには二銭から五銭ぐらい余分に渡している。

ほう、別嬪やないか。掃き溜めに何とかやな。ゆうの手に一摑みの小銭が余分にのせられた。

「こんなに貰っちまっていいのかしら。ほかの人の貰い分が足りなく……」

「いいんですよ」亀吉はささやいた。「聞いた話では、役所は、一人頭、六十銭くれているんだそうで。請負い人がたっぷり懐に入れてるんでさ。姐さん、あと十銭もふんだくっておやんなさい」そう言って、いや、いけねえ、と手を振った。「この仕事は今日かぎりにしましょうよ。なんだかコロリがうつりそうで、いけねえ」

*

竈の前に屈みこみ、ゆうは団扇で火を煽りたてる。噴き出す汗が、のどから胸乳の間を流れ落ち、帯で締めた境に溜まる。

手にした渋団扇で胸元に風を送ってみるけれど、厨に籠もった熱い空気が動くばかりだ。

板前のいらいらした怒声がとぶ。刺身に汗垂らすな。怒鳴りつけられているのは下働きの小僧だ。

こう蒸し暑うては叶わんわ。誰の口からも、同じ愚痴がこぼれる。暑い暑い言いなや。よけい暑うなる。

仕事を転々と変え、ゆうは、半月前から、料理屋『大野屋』の洗い方に傭われているのだが、ここも長くは腰を落ち着けられないと、いささか気が重い。女とみれば手を出したがる手合いがどこにもいる。隙が多いのかしらと情けなくなる。

「ああ、好かん。また歌うとるわ」ゆうと同じ下働きの女が顔をしかめた。

外を通り過ぎる子供たちの歌声が、ゆうの耳にもさっきから聞こえている。ゆうも、みぶるいするほど嫌いな流行り唄だ。

いやだ、いやだよ、巡査はいやだ

「巡査コレラの先走り……」何気なく声を合わせた小僧は、「縁起の悪い声出しくさって」板前に殴り倒された。

ちょいと、ちょいと

子供たちの無心な歌声は続く。

つとめすりゃこそ、おかいこぐるみ
親は薦(こも)まいて、門に立つ。
ちょいと、ちょいと……

列をなして、ちょいと、ちょいと、と歌いながら、道行く人を手招くのだ。死神のように。

コレラが蔓延(まんえん)している。コレラとわかれば、さっそく、避病院に隔離されるが、病院はどこも満員で、運ばれた病人は、筵の上にころがされ、ろくな手当もされず、死んでゆく。病院に連れこまれたら、寿命のあるものでも殺されてしまう、皆、そう言っている。それでも巡査は市中を巡邏し、病人を摘発する。病院で死ぬとすぐ火葬にされるのだが、まだ息のあるものでも、大八車に積みこんで焼き場に運び、十把ひとからげに焼く。骸が悲鳴をあげたので、人夫は、気が狂れた。そんな噂がひろまっている。

――兄さんの病も、コレラよりはよほどましだ。ゆうは、思う。

倒れてから三月近くなるが、いっこうはかばかしくない。

日暮れどきになると、熱が上がり始める。それとともに、胸部の痛みが増し、息苦しそうに喘ぐ。労咳だろうかとも思うが、

労咳なら、血を吐くだろうじゃないか、おれァそんなしみったれた病にとっつかれやしない。胸の骨に罅が入ったのだ、と、福之助は、自分で判断し、しばらくおとなしく寝ていりゃあ罅がくっついてなおるさ、と、気軽に言う。

病院の医者にみてもらうとなったら、どんな安い医者でも、診察料が、最低二円、薬代も含めたら四円にはなるときいては、うかつに頼めない。穴籠もりして苛酷な季節をやりすごす無力なけもののようにじっと蹲って、福之助の言う〝骨の罅〟が癒えるの

を待つほかはなかった。

暑気が増すのと、コレラの流行は、足並みを合わせた。

大阪を逃げ出して、悪疫のはやっていない田舎にでも、と思う。しかし、長旅ができるくらいなら、とうに舞台に立っている。病の巣窟のど真ん中に腰を据え、身動きがならない。亀吉は、折りあるごとに様子をみにたずねてくる。脇の達者なのを買われて、亀吉だけは、千日前の横井の芝居に買われた。一座は半月から一月ぐらいで変るのだが、亀吉は、小屋に居着いて、その時々の芝居に役をもらっている。もともと女には手が早く、それで悶着を起こすことが多かった。醜男だが、年増の女にけっこうもてる。小遣いをくれる贔屓もついたとみえ、たずねてくるときは、精のつきそうな食べ物だの、薬だの、せっせと運びこむ。蟻だな、と、福之助は笑う。

もうちっと、金回りのいい女に食いついて、親方の薬代ぐらいひねりださせます。

おれよりもてる気でいやがる。くったくない福之助の笑い声が、ゆうには嬉しかった。

八月に入ると、コレラは猖獗をきわめた。

高熱をだし、嘔吐や腹下しが激しく始まったら、助かりようはないと、周囲のものが、まず諦め、伝染を恐れて、役所の荷車が運びに来るのを待たず遺棄するものが続出していた。

「親方をおいて逃げるんじゃありやせんぜ。金になる話なので」

亀吉は誤解しないでくれと言いたげに、声に力をこめる。

「わかっているよ、亀さん」

千日前の小屋に出ていた一座の座頭が、亀吉を気に入り、地方まわりに連れてゆくと、支度金をはずんだのだ。まあ、言ってみりゃあ、身売りでさあ。亀吉は、銭の包みをゆうの前におしやった。

＊

『人参三臓円』

と筆太に記し、すこし細字で効能書きが並べ立ててある。

『一、腹力なきによし、一、脾の弱りによし、一、肺の弱りによし、一、腎臓の弱りによし、一、腰膝冷ゆるによし、一、盗汗によし、一、動悸するによし、一、痰咳によし、一、虚労によし、一、下痢によし、一、血の道によし、一、病後の補いによし、その外総て内部より発する症に用いておおいによし』

暖簾をわけて覗くと、おこしやす、愛想のいい声が迎えた。

「いえ、あの……、こちらで下女をお入り用だと、桂庵さんでききましたので。添え状もあります」

「なんや」客ではないのかと、声は現金にそっけなくなった。十五、六の男の子だ。「裏へまわっておくれ。おかみさんに取り次いでおくから」

「そら、難儀やなあ」

連れ合いが病でと言うと、おかみのお初は、心から同情した顔で、剃り後の青い眉根を寄せた。

「けど、そやったら、あんた、住み込み困るんちがうか」

店は福之助が休んでいる長屋からさほど遠くない。住み込みでも、暇々に様子をみに立ち寄れるのではないか、と虫のいいことを考えていたのだけれど、いざとなると言い出しにくい。はい……と口ごもった。

料理屋の下洗いも、男に言い寄られるのをかわすのがわずらわしく、とうとう止(や)めるはめになった。色里に育ちながら、ゆうは、男のあしらいはいまだに不器用なままだ。

荒れ狂う悪疫に、市中は何か殺気だった気配が満ちてきていた。この店は、おかみの人柄(ひとがら)のせいか、のんびりしている。こんなところで働けたらと思うのだが、長奉公は困るの、暇なときは様子をみに家に帰らせてくれのと、こちらの望みが気まま過ぎて、頼む前から、ゆうは、諦めかけていた。

「病人かかえてやったら、心配やろな。うっとこは、小さいのんおるわけやなし、あんたの甲斐性(かいしょう)で手が空いたら、世話に寄ったかて、かめへんえ」

思いやりのある言葉に、ありがとうございます、ゆうは、畳に手をついた。

「給金は相場どおりでええな？　年十円で」

「あの……、おかみさん、申し訳ございませんが、私は、長奉公はできないんでございます。連れ合いの按配(あんばい)がよくなりましたら、すぐにも、発(た)たなくてはなりませんので」

「どこへ？」

「どこといって決まってはおりませんのです。連れ合いは旅まわりの役者でござんして、一座をもっておりましたんですが、患（わずら）いましたために、座を解く羽目になりまして。連れ合いは根っからの芝居者で、舞台に立つのが何よりの」

「役者かい」おかみの声音に、ほんのわずか、侮（あなど）りを、ゆうは感じた。それとともに、好奇心も。

「あんたも、芝居を？」

「いいえ、女ですから、舞台にはたてません。裏方ばかりでございます」

「近頃（ちかごろ）は、女役者もおってやないか」

長奉公できないのでは、と、即座にお払い箱になるかと思ったが、お初は、「はな、月払いにしたげよか」と、どこまでも親切だった。

「月に八十銭でええやろ」

一年分は、九円六十銭。四十銭損になるけれど、こちらも身勝手なことを言うのだから仕方がない。

「それから」と、お初は愛想のいい笑顔で、「あんたな、病人には、うっとこの『人参三臓円』のましたったら、そら、よう効くえ」

「胸の骨に罅が入ったのにも効きますでしょうか」

「そらもう、な。店の引き札見たったやろ。総て内部より発する症に用いておおいによし、とあったやろ。切り傷やったら、あきまへん。切り傷には、真治膏いう、これもまた、よう効くあぶら薬があってやけど、軀のなかの病やったら、人参三臓円にまさるものなしや。大きい病院のえらい先生がたも、うっとこの三臓円使うたはる」

「そんなに……、そんなに効きますんですか。あの……よほどお高いんでしょうか」

「ま、そこらの、袂くそ丸めたようなんとは、違うわな。そやけど、あんたが買えへん値ぇやないよってな。使うてみる気ぃあるなら、あんじょうしたげたってもよろしえ」

「はい、それは、効きますものなら、是非とも」

「効かんもんなら、何ですすめます」

「申し訳ございません。是非、のませてやりとうございます」

お初は小僧を呼び立て、店から薬を持ってこさせた。

塗りの小さい箱に鬱金の布を敷き、丸薬が五粒、恭しく納まっていた。

「一日一粒。それ以上はあかん。精がつきすぎるよってな。病いうもんは、軀が弱うなっとるやろ。そやさかい、いっぺんに精つけたら、軀の方が負けてしまう。少しずつ、大事にあつこうて、精つけてやらなあかんのえ」

「それで、いかほど……」

十銭や、とおかみは言った。「そない高うもあらへんやろ」

五粒で十銭。毎日一粒ずつのむと、一月に六十銭かかる勘定だ。八十銭の給金のあらかたは、消えてしまう。家賃も払わねばならないし、食べ物の代も……と、心のなかで算盤（そろばん）をいれながら、それでも、何とか福之助に……と思う。

「何日位のみましたら」

「それは、人それぞれやさかい、何ともいえんわな。ま、十日ものんでみ、みちがえるように精がついて、顔の色もようなるえ」

福之助は幾分快方にむかっている。亀吉が田舎まわりの一座に身売りした銭を一部おいていったので、滋養のあるものを摂（と）ることができた。そのおかげもあるし、逸（はや）る気持を辛抱強く押さえて安静にしていたので、骨の罅も癒（い）え、治り始める時期にさしかかっているということもあるのだろう。ここで、効験あらたかな薬の助けを借りれば、一気に全快するかも……。そんな希望が湧（わ）く。

「おかみさん、そのお薬でございますが、お給金の前借りをさせていただいて、五粒だけでも、早速ちょうだいするわけにはいきませんでしょうか」

愛想のいいお初の顔が、微妙に冷たくなった。

「高い薬をな、初目見得のあんたに、あっさりわたすわけにもいかんやろが。お目見得泥棒いうのんもあるよってな。いえ、あんたがそうやいうわけやないねんけどな」

「あの、それでは、五日も働きましたら……」

「そら、あんたの働きようによっては、あんじょう考えたげよ」

鬱金色の布の上にのせられた丸薬の箱の蓋を、お初はもったいらしい手付きで閉めた。

＊

湿気を帯びて蒸し暑い空に、薄黒い煙りが、今日も立ちのぼる。

阿部野の焼き場だけでは間に合わず、コレラによる死者の野焼き場があちらこちらに設けられた。東京の千住小塚原の焼き場は、赤煉瓦西洋造りの火屋が建てられ、焼器械を用いるので、たいそう衛生的だというが、こちらはまだ、穴や溝を掘り、薪や藁を積み重ねただけの粗末なもので、風向きによっては悪臭が市中を覆い、うっすらと灰が舞う。

平常、火葬は、薪代やら、謝礼金やら、出費がかさむので、富裕な家でなくてはできない。上等は一円七十五銭、中等一円五十銭、下等七十五銭が、公に決められた、ほとけ一体あたりの火葬料である。裕福な家では、五円払って特別な別火屋で焼く。しかし、今の場合、金がないから土葬というわけにはゆかず、貧しい死者も、強制的に大八車に積み上げられ、野焼き場に運ばれる。

盛り場は、いっこうさびれず、道頓堀も千日前も自棄ぎみの乱騒ぎで賑わっている。お初の店では、コレラの予防によく効くという謳い文句で、神雪散というのを売り出し、三臓円と抱き合わせ客に勧め、よく売れている。

お初は、道頓堀で薬種問屋を営んでいる林平六というものの妾で、この小さい出店を任されているのだという事情が、四、五日も働くうちに、ゆうにものみこめてきた。

番頭をおかず、小僧ひとり使っているだけなのは、店が、小体で人手が多くは要らないということもあるけれど、「旦那がけちなんや」と、小僧の富松はゆうに耳打ちした。

「あんたも神雪散をのんでおいたら、安心でっせ」お初は、半ば強要する。そのぶんはまた、給金から差し引かれることになる。

「私はともかく、うちのひとには」

「そや、そや、よう、そこに気ぃついた」お初はにこにこして、うなずいた。

「からだが弱っとるもんは、伝染病にとりつかれやすいさかい、早うに用心せなあかん。神雪散のませたり。ほんま、よう、いままでうつらなんだな」

三臓円よりさらに高価な、一包五十銭という散薬、神雪散を、給金の前渡しやでと念を押されて、ゆうが手にしたのは、七月も半ばを過ぎてからであった。

一刻も早くのんでほしくて、使いに出た途中を寄り道し、長屋をのぞいた。気分がいいと退屈しのぎに近間を散策していることもあるので、会えるかどうか危ぶんだが、福之助は肘枕でうたたねしていた。

病人くさいのは厭だと言って、熱が上がらなくなったこのごろは、いつ見ても無精髭をあたり、こざっぱりと身騎麗にしている。

かたわらに身を横たえ、顔をすり寄せると、福之助の腕が、ゆうを抱き込んだ。

「あれ、起きていたんですか」

腕に、男を感じさせる力がこもった。

「そんなにして、骨の傷にさわらないんですか」小声で言いながら、ゆうも、いっそう身を寄せた。

「このぶんなら、じきに、発てそうだ」

「無理しないでくださいね」

「そう言いながら、そわそわしてるじゃないか。明日にでも、とびたちたい顔だ」

「こんなにして、痛くありませんか」

「痛え、痛え」とおおげさに、福之助は、ゆうを笑わせた。

「おかみさんによい薬をもらいました」すぐにのませようと、湯呑をとりに立とうとすると、「まあ、あとでいいやな」福之助は、ゆうの腕をつかみ、もう一度引き寄せ、痛う、と、冗談ではなく眉をしかめた。


福之助の汚れた肌着や浴衣を抱えて井戸端に行った。

下駄を臀の下に敷き、盥の前にしゃがみこんで力をこめて揉み洗いながら、倖せの予感を感じた。福之助の肌のにおいがゆうの身にまといつく。からだの力がまだ甦ってはおらず、福之助は歯がゆがったけれど、福之助の腕の中にくつろげただけで充分に嬉しかった。もうじき……と思う。

一夜流れの仇夢も、別れは惜しき人心……

浄瑠璃のひと節を我知らず、小声に口ずさんでいる。
三味の音。賑やかな囃子。あでやかによそおった、福之助。
まして馴れ初めもう五年、子までなしたる半七さん
　別れという字はきいてさえ、胸にしみじみ悲しいと……

　数日後の昼下がり、裏で洗い物をしているゆうの耳にざわめきが聞こえた。

店の前に、人だかりしている気配が伝わる。ざわめきは次第に大きくなり、声もはっきりしてくる。


「よう、薬をわけておくれ」

「コロリの予防の特効薬いうのんを、おくれよう」

「このさいやんか、しわいこと言わんと、わけてやっておくれよう」

「くれへんのやったら、火ぃつけたるで」

　陰々とした声がうねる。

「戸を閉めておしまい」と小僧に命じるお初の声がし、

「おゆう、あんたも手伝うてやってや」呼び立てられた。

店の土間に行き、ゆうはたじろいだ。半裸の男や乳飲み子を抱えたみすぼらしいなりの女が十数人、店の前に集まり、わめいている。「薬おくれ」「コロリの特効薬おくれ」の声に、殺気がこもる。

戸を閉めようとする手に小石が当たった。

続いて礫がばらばらと投げこまれ、先立ったひとりが、敷居を踏み越えかけた。

そのとき、けたたましい半鐘の乱打が耳を打った。

火事！　礫を投げる手が一瞬止まる。

「打ち壊しやぁ！」「巡査ぶっ殺したれ」

「早う、戸を」お初にせきたてられ、富松と慌ただしく戸を閉め、しんばり棒をかう。

「打ち壊しや」の声が高まり、「開けろ、開けんかい」怒号とともに戸が打ち叩かれる。

ぎしぎしと戸はきしんだ。

「簞笥ここに運び。戸、破られんように、内側にあてがっとき。裏もしっかり閉めてや」

こまめに動きまわりながら、お初は口迅に指図する。

場合によっては、わたしは、打ち壊しの仲間に入っているところだと、ゆうは思った。

コレラの恐怖と、予防や死者埋葬にあたる警官、吏員、医者の高飛車な横柄な態度が、市中の人々を狂暴にしつつあった。米の値は急騰し、コレラを伝染させるからと、生魚、果物の売買が制限され、かげで売られるそれらの値も暴騰している。コレラ死者の運搬を指揮する巡査が襲われそれをきっかけに打ち壊しが始まり、金持ちの家や、米屋、薬屋が襲撃される騒ぎが、このところ、市中のあちらこちらで起きている。とうとうこの辺りも始まったのだ。箪笥だの長持だの防御に役立ちそうなものを戸の内側に運び、叫び声、罵声に打たれながら騒ぎの鎮まるのを待った。陽が落ちても、半鐘の音は続いた。お初とともに中二階に上り、連子格子の隙間から覗くと、どこか焼き討ちにあったのか、空が赤く、火の粉が散っていた。

福之助は、襲撃される側にはいないのだから、と思うと気が安らいだ。大事ないだろう。血気にはやって、騒ぎの仲間に加わるような兄さんでもない。金ちゃんなら、と、ゆうは、思い出す。面白ずくで、仲間入りもしかねないけれど……。

夜が更けるとともに、騒ぎは下火になったようだ。明け方、ゆうは、とろとろ眠った。翌日、お初は、用心して、店の大戸は開けないでいた。

「なんちゅうわからずやばかり揃っとるんや。うちなど襲わんかてなあ、ええやないか。阿漕な商いしとるわけやなし。富、迂闊に戸開けたらあかんえ。せやけど、お得意さんやったら、あんじょうしたらな、あかんさかいな、よう気ぃつけてや」

激しく戸を叩く音が三人を脅かした。

「又や！」富松は身をすくめた。

お初に顎で指図され、

「はい、どなたさん？」

土間に下り、ゆうは声をかけた。

「福之助たらいうのんのお嬶、ここにおってやろ」

「はい、わたしですが」

戸は開けるなと、お初が目顔で止める。ゆうは胸騒ぎがした。福之助の容態が、急に悪化したのか。わざわざ名指しで会いにきた用件といえば、それ以外に思いつかない。

戸を細く開けた。

「うちのひとが、何か……」

「死んどるで」声は言った。

呼びに来た男の顔に見覚えがあった。長屋の住人のひとりで、ぼろ買いを仕事にしている。

ゆうは店の外に踏み出した。

「あんたの亭主な、打っ殺されて、川べりに転がっとるわ」

こっちや、と先立ちながら、言う。

からかわれていると、ゆうは思った。それとも、わたしをおびき出して……。おびき出して、どうしようというのか。なんの益もない。ゆうは、その考えをすぐに捨てた。

「小父さん、冗談はやめてくださいよ」声が尖ったが、やはり暴動に巻きこまれたのか、と、胸を衝かれた。官憲に逆らって、打ち殺されたのか。

「冗談やないわ。あんた、からかいに、わざわざ、来るかいな。ほんまはな、わいかて、かかりあいには、なりたないんや。せやけど、道端にほかされたままにしとくの、あまり、惨い思うてな。親切心から、知らせに来てやったんや」

「どうして、うちの人が……」足が速くなる。

「川に毒を流したんやて」

そやさかい、皆に叩き殺された。

男はそう言った。

「そんな馬鹿な」笑いと悲鳴がいっしょになって、咽を迸った。

溝川のほとりは、乱闘のあとを語るように足跡が入り乱れ、折れた棒切れや、血に濡れた石くれが散乱し、血と泥が、一部分むっくりうずたかくなっているのが、人の姿だと、ようやく、ゆうは認めた。

「な、あんたの亭主やろ。ほな、わい、これで行くさかいな」

立ち去ろうとする男の帯がわりの荒縄をゆうは摑み、引き止めた。

「手を貸してくださいい。長屋まで運ばなくては」

「あかん。この男な、毒流したいうて憎まれて、こないなことになったんやで。わいが手ぇ貸したら、わいまで憎まれるやんか」

「とんでもない間違いです。うちの人が、そんな……」

「ま、だれかに頼んでみ」

「小父さん、見たんですか、うちの人が、毒をなにするところを」

「いや……」男は口ごもった。

「お願いします。あとで、神雪散を店から持ってきて、小父さんにあげます。長屋に連れ帰るのに手を貸してくださいまし」

「こない汚れとるの背負うのん困るな」

顔をしかめながら、男は、福之助を背にした。


長屋の路地に入ると、冷ややかな、そうして好奇心を含んだ目が、あちらこちらから注がれるのを感じた。

「ほとけになったもん、放(ほ)かしてもおけへんよってな」男は、咎(とが)めるような周囲の目に、一々弁解する。戸口にたどりつくと、思いのほか丁寧な手付きで、骸(むくろ)を下ろし、

「ほな、神雪散忘れんといてや」とゆうの耳もとに囁(ささや)き、外に出たが、立ち去りはせず、集まってきた近所のものと何か話し合っている。長屋のものたちは、ざわざわ喋(しゃべ)りながら戸口の前にたむろして覗き込み、ゆうが目を向けると、つ、と視線をそらした。

「うちの人をこんなにしたのは、誰(だれ)なんだよ」ふいに、声が咽を衝いた。

「誰だい。誰なんだよ。おまえたちか」絶叫した。

「わてらやないわ」ぼそぼそと声が応じた。

「知らんやつらのしたことやわ」

「わいら、何も知らん、なぁ」顔を見合わせ、ゆうに聞こえよがしに言い交す。

「出て行きな。見世物じゃないいや」

こんなときに、芝居じみた決まり文句の啖呵が口をつくのが、不思議だった。胸のなかに混沌としたものがふくれ上がり、その激情は、ゆうの思考を離れて、かってに、罵声を噴き上がらせた。

たじろいで、野次馬は顔をひっこめた。板戸を閉ざし、ゆうは、福之助の傍らに突っ伏した。


夢のなかにあるように時が経った。夢じゃない、福之助の死は現実なのだ。ときに、愕然と、そう思い、途端に、からだじゅうから血がひいて、全身の苦しさに身悶え、あぁ、と声を出すと、少しは苦痛が薄らぐような錯覚を持つ。

ああ、ああ、と、からだのどこから出るともしれぬ野太い声にゆうは身を委ねる。

そうして、何かに突き動かされるように身をよじった。

ふいに、福之助の軀の上に覆い被さった。しんと冷たい軀に、ぬくもりを移そうとしていた。そうしながら、役に立たないことをしていると、気持のすみでは、わかっていた。わたしは狂っている。福之助の裂けた浴衣の前をおしひろげ、肌と肌をあわせ、よみがえれと叫ぶわたしは、狂っている。狂いきってしまいたい。

哀(かな)しみの意識もなく、激烈な肉体の苦痛が、ゆうを叫ばせ、吠(ほ)えさせた。

酔いが我を失わせるように、叫び、吠え、のたうつことが、ゆうを亡我におとしいれた。軀は、かってに、疲れるとやすみ、また、新たな力を得て、猛(たけ)った。

「兄さん、兄さん」口を衝く譫言(うわごと)を、ゆうは制(と)めようがない。

福之助に軀を愛されるとき、我知らず咽から噴き上がる声のように、言葉は迸り出る。叫びが、いつか、喋り声に変っているのだった。

「じきに旅まわりに出るって言っていたじゃありませんか。兄さんの女形(おやま)を、わたし、見たくって。あの、わたしが、馬鹿だったから……。兄さんに苦労かけちまって。ほんとに、兄さんはわたしにあやまらせてもくれないんだもの。すみません、て、言わせてくれたら、わたしは気が少しは楽になるんですよう。でも、そんなこっちゃすまないんでしたよねえ。あやまってすむような、なまやさしいしくじりじゃ、なかった。あのお銭(あし)があれば、兄さんの骨の罅(ひび)だって、とうに……。すみません。兄さんの嫌(きら)いな愚痴をとうとう言っちまった。でも、たまには、言わせてくださいよう。ゆうが馬鹿だったって。あんな奴に騙されて……。せっかく……」

泣き声になっていた。泣くって、なんて楽なんだろう。心のすみで思った。愚痴も泣き声も自分を甘やかし、言い訳をつくるだけのことだとわきまえていたから、これまで、押さえてきた。堤を突き崩して水が溢れるように、ゆうは、とめどなくかき口説いた。

ゆうが、吠え、泣き、身をよじり、荒れ騒いでいるあいだ、福之助のからだは、ただ、横たわっていた。そう気づいたとき、もう、取り返しようもなく、福之助は失われたのだ、と、あらためて、ゆうは、思った。

そうして、〈福之助が川に毒を流した〉という、決して有りえない話が、ようやく意識にのぼった。

しかし、戸を開けて外の陽に身を曝し、他人を難詰する気力が湧いてこない。傷ついた獣のように、薄闇に蹲り、すすり泣き、ときに吠え、少し冷静になると、兄さんがなんで毒を、究明して、汚名を晴らさなくては、と思い、また、混沌のなかに身を埋めた。

全身を棍棒で叩きくだかれたような疲労感が、ゆうを捉えていた。

「何とかしなくてはいけないんだ」起き直ってつぶやき、また、横になる。手がたえず福之助のからだに触れているのを、ゆうは意識しない。

何とかしなくてはいけないんだ……。ようやく、ふわりと立ち上がった。土間に下り、下駄をつっかけるのも物憂く裸足のまま外に出た。廂間の空はほのかに暮れなずみ、青い細帯のようだ。煮物のにおいが路地にたちこめていた。

落ちかかった壁で仕切られた隣家をのぞくと、顔を寄せあって鍋をつついている子供もまじえた家族が、脅えたような目をゆうに向けた。

「うちの人、毒なんか持ってやしません。どうして、こんなことになったんでしょう」

ぼうぼうと、風のような頼りない声が出る。明確な思考力はまだ戻らず、咽から出る声にゆうは、任せた。

「うっとこに、そないなこと、もちかけられても、どもならんわ」くろずんだ下帯ひとつの男が、箸を持った手を振り回した。

「わてら、何も関わりあらへん」女房らしい女が言い切る。

「でも、川に毒を流したと、おまえさんたちが怒って打ち殺したというじゃありませんか」

「わからんやっちゃな。わいら、何も知らんいうとるやんか」男が声を荒らげ、「去ね」四つか五つの子供が幼い声を張り上げた。

「坊や、見たのかい、うちの人が毒を流しているところを」

「子供にけったいなこと聞きなや」

「せっかくの飯がまずうなるよってな、去んでもらお」

「誰にきいたらわかるんでしょうねえ」ゆうはしゃがみ込みたいほど萎えた脚に力をこめ、辛うじて立っている。

「そこにおられたら、きずつのうて、叶わんわ。去に」

飯をねだる乞食を同じようなそっけなさで追い払ったことが、ふと思い出された。

ふわ、と歩き出した。

油障子を開け放した家を覗き込んでは、福之助は、毒を投じたりはしない、いったい、どういうことなのか、ゆうは尋ね、追い払われ、ただふらふらとさまよい歩く。

「教えたろか」見知らぬ男に抱きつかれ、死に物狂いで突き飛ばしたのが、かすかに意識に残った。

正気づいたとき、川べりで雨に打たれていた。

まるで記憶がとぎれたわけではない。さまよい歩き、道行く人に、福之助は、毒など持ってはいないと訴えたり、福之助を打ち殺したのは誰なのかと詰(なじ)ったりしていた己れの姿が紗幕(しゃまく)の向こうの淡い影のように、見える。

着物の前はだらしなくはだけていた。濡れた髪が重い。元結(もとゆい)をちぎり、長く垂れた髪を両手でしごくと、泥水がしたたり落ちた。いつから降りだしたのか、わからない。うっすらと、空は明るいが、人影はなかった。

仄明(ほのあか)るい空の方角から、夜明けなのだと気づいた。

濡れとおった着物の前を合わせ、福之助の遺骸(いがい)が、長屋に置き放しになっているのを思い出した。枕辺(まくらべ)につきそい、線香をあげ、通夜(つや)をせねばならなかったのに、夜さり、狂い歩いていたのだ。脹(ふく)ら脛(はぎ)まで泥まみれの素足に、濡れた単衣(ひとえ)がまつわる。

何も考えまいと、ゆうはつとめた。どうして、福之助が、あり得ない疑いをかけられたのか、その理不尽さを思うと、また、狂いそうな恐れをおぼえる。

荒れ騒ぐ己れを鎮めるためには、何も考えず、世間の習わしどおりに、おだやかに供養をするほかはなさそうだ。歩きながら、念仏を口にしてみたが、悪罵のように言葉は猛った。

早暁の長屋は、寝静まっていた。つい間近に死者が横たわっていることなど、気にとめるものはひとりもいないのだろうか。

厚い鱗のように福之助の肌をおおった血と泥は、乾き罅割れて、干涸びた泥田を思わせた。ゆうは井戸端で、手拭いを濡らし、ついでに汚れた自分の手足を洗った。単衣を着替え、福之助の傍らに坐り、ともすれば噴き上げそうになる荒々しさを押し鎮めながら、静かに拭い浄めた。

「わいは何も知らん」ゆうに福之助の死を告げにきてくれたぼろ買いの弥太も、そうくり返す。

弥太の住まいは、福之助とゆうの家の筋向かいであった。気になったのか顔をのぞかせたところを、ゆうが、執拗にとらえて、問うたのである。

「でも、誰かがそう言ったから、おじさんも知っているわけでしょう」

拭い浄め、浴衣(ゆかた)も、洗い晒(ざら)しのものに着替えさせたけれど、福之助の顔や手足には、傷が無数に残っている。弥太は、気味悪そうに目をそむけ、

「誰いうてもなあ、皆がそういうとるんやわして。それより、神雪散くれるいうの嘘(うそ)やないやろな。はよ、くれんかいな」

「葬(とむら)いをすませたら、お店からもらってきます」

そう言ったとき、あ、と思い当たった。毒と見間違えられたのは、神雪散か！

しかし……、それを、川に流したというのは……。高価な薬を、福之助が川に投じるはずはない。

気分のよくなった福之助が、川端に涼みに出、ついでに、薬をのもうとする。通りかかった顔見知りのものが、それは何の薬か、と尋ねる。何気なく、コロリにかからぬ予防薬だと、福之助は言う。分けてくれ。少ししかない大切な薬だ、人に分けるほどはない、と、福之助がことわる。

そんな場面が思い浮かんだ。

くれ、やれない、の争いになる。薬の包みが川に落ちる。ちょうどそのとき、他(ほか)のものが通りかかる。腹立ちまぎれに、男は、福之助が、毒を川にぶち入れた、自分はそれ

をとめようとしたのだ、と、でまかせを言った。二、三のものが聞きつけた。

皆、気が立っている。福之助はよそ者で、馴染がない。たちまち、枯れ草に火がついた騒ぎになる。最初でたらめを言ったものは、責任逃れのために、騒ぎを煽り立てたことだろう。あちらこちらで暴動が起きている最中だ。ひとつ、きっかけがあれば、わけもなく騒ぎは狂暴化する。

順序立ててそんなふうに考えられるほど、ゆうは、落ち着きを取り戻してきていた。しかし、必ずそうだという証拠は何もない。全身から絞り出すような吐息をついた。

「おゆうはん」と、富松がやってきたのは、そのときだった。

福之助の遺骸が先ず目に入り、

「ひゃあ、ほんま、ごねはってん」頓狂な声を上げた。

「いっこも戻って来ぃひんさかい、おかみはんが、様子みてき、いわはって。せやけど、このほとけはん、えらい顔やな。傷だらけやんか。喧嘩でもしはったんか」

「富さん、こういうわけだから、二、三日、ゆうはお暇をいただくと、おかみさんに言ってください」

とりあえずそう言ったが、二、三日どころか、福之助の養生ということがないのなら、仕事をする気はまるで起きない。

「富さんも弥太さんも、すみませんが、帰ってください」ゆうは、突っ伏した。

「えらい手前勝手やな。わいは、ここにおりたいこと、いっこも、あらへんで。ああたら、こうたら、たずねるよって、去のうにも去ねへんやったやんか」不平がましく弥太は言い、「この女な、ちいと、おかしなったで」と、富松に指で頭を指し示した。

　翌日、役場のものが、遺体の始末を早くしろと言いにきた。蒸し暑さのなかで、骸は臭い(におい)を漂わせはじめていた。始末しろといわれても、檀那寺(だんなでら)もない。どうしたものか、と、ぼんやり、ゆうは、目を福之助に向けていた。

　福之助のからだが、溶けくずれてゆく。なろうことなら、ともに、溶け消えたい。

「弔う寺がないのなら、こっちで焼いたるが」

「お願いします」力の抜けた声で、ゆうは頭を下げた。

「ほな、運ぶで。あとで文句言わんな」

「わたしも一緒にまいります。骨を拾わなくては」

「骨？」と役人は、鼻の先で笑った。

「どれが誰の骨かわからんで。知らんコロリの骨持ち帰るようになってもええのなら、拾うて行き」

「コロリのほとけさんといっしょに焼くんですか」

「当たり前やんか」

「骨はみな入り混じって……」

「そや」

「それは困ります」

「ほな、どこぞの寺に頼んで、埋めてもらい」そっけなく、役人は言い捨てた。

「わたしどもは、この土地のものではないので、どこにも知り合いのお寺さまはないんでございます」袖の下を包めば、うまく取り計ってくれるに違いないと思うのだが、あいにく、余分な持ち合わせなどない。

「お寺さんを探して頼んでみますので、いましばらく、お目こぼしを」

「今日じゅうに埋めなあかんで。言うとるうちにも、腐れてゆくやんけ」

「はい、夕方までに必ず」

どうしてもやらねばならぬ事ができたのは、ゆうにすこし気力を与えた。目的ははっきりしている。あれこれ思い惑うことはいらない。道をたずねては寺をおとずれ、埋葬を頼んだ。行き倒れも同然とあって、どこもいい顔はしない。お布施の取りようがないからだ。

ようやく、墓地の隅に穴を掘ってもよいという寺がみつかったときは、陽が落ちかかっていた。

しかし、遺骸を運ぶのも、穴を掘るのも、寺の方では、手を貸してくれるわけではない。

こんなときに、弥五だの、岩十郎だの、亀吉だのがいてくれたら、と、散り散りなものたちの顔が、せつないほど懐しく顫つ。

大八車ひとつにしても、死人を運ぶとなると、快く貸してくれるところはなかった。あちらこちら、頼みまわり、ようやく一台借り、二十丁ほどの道を曳き歩いた。福之助のからだは一枚残っていた衣裳で覆った。前屈みになり、力をこめた。

埋葬を許されたところは、石が五つ六つ、地に半ば埋められたり転がったりしており、それらは無縁仏の墓じるしだと、寺の下男が教えた。

すでに陽は落ちきっていた。

鍬（くわ）を借り、柄（え）を土につきたてた提灯（ちょうちん）のわずかな明かりを頼りに、ゆうは穴を掘り始めた。青苔（あおごけ）に覆われた土は鍬の先をはねかえした。掘り返された土に鏤（ちりば）められた骨の細片が、淡く光る。力仕事に一心になっている間は、それが、福之助の軀（からだ）を埋めるためのものなのだということも意識の底に沈み、ほとんど無心に鍬を振った。寺男が手を貸そうとするのを、ゆうは断わった。しばらく手をつかねて眺（なが）めていた寺男はやがて、見飽きたとみえ、去った。

爛漫（らんまん）の桜が、ふいに目の前に姿をあらわす。視野を覆い、葩（はな）を散りこぼす。幻惑されながら、ゆうは掘り続け、――きつの桜だ……、きつも、無縁墓に埋められた……。きつのからだは、花となった。福之助を変形させる種は、もう手もとにはない。穴の底にしずかに横たえるには、ゆうは非力に過ぎ、ほとんど突き転ばして落とさねばならなかった。自分も穴の底に降り、福之助のからだを仰臥（ぎょうが）させ、古い衣裳で覆ったときは、ゆうも泥（どろ）まみれになっていた。

提灯の灯明（ほあか）りは穴の底まではとどかず、ぼろをまとった薄黒いかたまりとしか見えぬ福之助の傍（かたわ）らに、ゆうはうずくまった。烈（はげ）しく流れ落ちる汗が、水底にあるように、全身を濡らしていた。穴の壁に身をもたせかけ、目を閉じた。

みぶるいして、目覚めた。穴の上の空はうっすら明るみ、ぼろのかたまりとゆうに青ずんだ弱い光を投げかけていた。不愉快な臭いが鼻をついた。それが、福之助の腐臭であると気づいたとき、錯乱がふたたびゆうをやさしく抱き包んだ。

*

襟(えり)くびをなでるのが、枝垂(しだ)れた柳の枝と承知しながら、福之助の指だとも感じている。

頬(ほお)に痛みを感じた。思わず手をあて、はなすと、指先にわずかに血がついていた。礫(つぶて)でも当たったのだろうか。ぼんやり思ってから、そうだ、石を投げられたのだ、と気づいた。気持がしゃんとした。たびたび、小石だの木切れだの土くれだの投げつけられるのになれていた。

血のついた手を洗おうと、川べりに身をかがめると、そそけ髪の女が暗鬱(あんうつ)な目を水面から放った。

わたしなのだね。ようやく、ゆうは認めた。

福之助を葬ってから、どれほど時がたったのか。

その間のことが、意識にないわけではない。空腹になると、ふらふらと物乞いに歩いた。たいがいは、川岸にうずくまって呆けていた。その姿は夢の中の他人のように現実感を欠いてはいるけれど、思い浮かべることができる。あの人は、毒なんていれやしないんですよ。道行く人にそんなことを呟きかけている自分も視える。羞恥心も意欲も、その間、欠落していた。酔いが深いとき、己れが何をしているかわかってはいながら、とりとめなく愚かになる。そんな状態といくらか似ていた。夢心地に似た錯乱は、ゆうをゆるやかに癒していた。狂いきる前に、覚醒に連れ戻された。そう、感じた。

水に手をさしいれる。女の影が揺れ、砕けた。濡れた手でそそけた髪をなでつける。傍らに人の気配がした。ゆうは少しみがまえた。うすぼんやりと、男に身を慰まれた己れが視える。見も知らぬ男と福之助が、そのとき重なっていたようでもある。

醒めた今は、望んでも陶酔の中には入れない。しらじらとした冷静さをゆうはもてあます。

姐さん。呼びかけられ、ゆうは振り向いた。

「腹へったでしょう」亀吉は竹の皮の包みを手渡した。

そういえば、亀吉は何度か食べ物を持ってきてくれた。うっすら思い出す。

「亀さん、興行は？」

まともな声が出た。しかし、言葉はふわりと口をついただけで、いま亀吉が何をしているのか、はっきりわかっているわけではなかった。

「九月は、ずっと、こっちでさ」そう言って、亀吉は何か悲しそうな顔になった。

「姐さん、何度もいうようだが、こんなところで寝起きしていちゃあ、軀によくねえ。今日はおとなしく、おれと長屋に戻っておくんなさいよ」

「そうだね」手をひかれるままに、ゆうは立ち上がった。

「いやぁ、今日は素直だねえ、姐さん」

何度となく、長屋に戻ろうと迎えにくる亀吉に、親方の供養をしているんだから、あんな疑いをかけられたままじゃぁ、わたしは堪忍（かんにん）ならないよ、と言い返し、柳の葉を一片一片千切っては川に流していたのは、施餓鬼（せがき）のつもりだったのだ。そうして、川端を去る気にならず、野伏せりのように、地べたに寝ていた。

呆けていたあいだのことは、視えながら、輪郭のぼやけた影のようだ。

亀吉は逃げられては困るというふうに、ゆうの手を自分の手のなかに包みこんで歩く。その手に、男が女に誘いをかける特殊な力が加わったように感じ、ゆうは我知らず手を引き抜いた。亀吉は一瞬、狼狽と不快さを眉根にみせた。そう、ゆうには思えた。亀吉に抱かれた姿が視えた。福之助に抱かれる心地で、何人の男に……。それをみつめるのが恐ろしく、ゆうは、川面に目を投げる。

しかし、抱いてくれるとき、男たちは、みな、やさしかった。その感覚は、しっかりと残っている。

長屋は掃除が行き届いていた。

「亀さん、おまえが？」

亀吉はさぐるような目をむけた。

「姐さん、ちっと呆けていなさるのはわかってるが、どのくれえ、正気なのかね。心もとないねえ。おとなしく戻ってくれなさるからと気をゆるしているとふいといなくなっちまうんだから。今度ぁ家出しねえでくださいよ。それでねえとあたしはおちおち芝居にも出られねえ」

幾度か同じようなことがくり返されたのだったと、うっすら意識する。

手にしていた竹の皮包みをゆうは開き、「亀さん、おまえも食べるかい」と誘った。

狂いがいつ深まり、いつおさまったのか、明確な境界は、ゆうにもわからない。

しかし、確実に、癒えた。そう、ゆうは自覚する。

覚めれば、生き始めねばならなかった。その生には、福之助はいない。そう、ゆうは強く思う。耐えがたい痛みに似た辛さが胸を嚙む。とろりとした夢ともうつつともつかぬ心地のなかに浸りこんでいたときが、忌まわしい時期であったにもかかわらず、そうして、二度とああはなりたくないと思うにもかかわらず、慕わしくさえある。

病み上がりのようにおぼつかない足を、ゆうは、踏み出す。

＊

堪忍しておくれ。ゆうは身をよじった。

「なぜ」いささか憤然と亀吉はなじり、肩にまわした手に力をこめ、右手はゆうの懐に強引に割りこもうとする。

呆けていたあいだ、幾度も亀吉に犯されていた。犯されたといえば、亀吉は心外であろう。ゆうは少しの抵抗もせず、求められれば身をゆだねたのだったから。

そうして、正気づいてからも、酔って肌(はだ)を求める亀吉を拒まなかった。ゆうが呆けているあいだ、亀吉は、ゆうの身過ぎの面倒をみてきたのだった。旅に出るわけにはいかないので、横井勘七の小屋で働いている。小屋にかかる一座に頼み、脇(わき)の役をつとめ、達者だから重宝がられ、仕事が途切れることはないようだった。ゆうがようやく人並になってからも、亀吉はそのまま、横井の小屋で芝居をつとめている。長屋に帰ってくるときは、いつも、泥酔(でいすい)に近い酔いかたで、ゆうのからだを力ずくで、求めた。

「なぜだよ。ええ、なぜだ。よう、おゆう。いつだってやらせていたじゃねえか」

「堪忍しておくれ」ゆうはあとずさる。

亀吉を突き放さなかったのは、世話になったという礼心が、邪険なあしらいをためらわせたゆえだった。亀吉に肌をあわせられたからといって、正気にかえってからは、からだが騒ぐことはなく、どうでもいい、となぶられるにまかせていた。しかし、身のうちが次第に火照(ほて)りはじめるのを感じたとき、ゆうは愕然(がくぜん)とし、もう二度と……と心を固めた。

——芳三に抱いておくれと、帯を解いたことがあった……。迫る亀吉の手を払いながら、ゆうは思い出す。あのとき、芳三は、ゆうのからだの火照りをしずめ、自分は性の極限に解き放たずに耐えきったのだった。福之助にはじめてからだの蜜色の悦びを教えられ、その後、福之助が望まぬ以上、二度と逢うまいと思い定めていたとき、これもはじめて口にした異人のビヤ酒のほろ酔いに、ゆうは、身の火照りに堪えきれなくなったのだった。

芳三のあのすがすがしさにくらべ、わたしのからだは何とだらしがないのだろう。

芳三にむごいことをしたと、今ではわかる。そうして、いままた、亀吉にむごいことをしている。

しかし、わずかでも、からだが悦びを感じたからは、決して肌を許すことはできない。なしくずしにだらしなく、成り行きにまかせるのは、少女のころのゆうが潔癖に嫌ったことだった。福之助との暮らしのなかに、潔癖に拒否せねばならぬようなことはないままに、おだやかに過ごしていた。

「亀さん、許しておくれ」という声も出ぬほど、男の力で押えつけられ、死にもの狂いでゆうはもがく。ゆうの抵抗が亀吉をいっそうそそりたてた。

殺すか死ぬかせねば、逃れられないのか。目の前にせまった亀吉の顔が、つ、と遠のき、のしかかる力がゆるんだ。ゆうは跳ね起き、逃げ走ろうとして足がもつれ、ころんだ。襲われると身をすくめたが、亀吉はこの機をつかもうとはせず、「もういいよ、おゆうさん」荒い息を吐きながら言った。

部屋のすみに身を退さらせ、襟もとを掻きあわせるゆうに、「おゆうさん、いま、嚙みつこうとして、ためらったな」亀吉は言った。

「姐さんにそこまでさせちゃあ、ならねえよな。嚙みつくなんざ、な。親方に怒られちまわあな」

首を垂れ、亀吉は口をつぐんだ。そうして、ふいと走り出ていった。

*

頭上にひろがる椎の枝が、夏の陽ざしをさえぎり、降り注ぐ蟬の声が、根方に腰を下ろしたゆうと赤ん坊を包む。

ひとりを背に負い、もうひとりは前に抱いている。襟もとをひろげると、抱かれた赤ん坊は、乳の気配を知って、顔をすりよせ、小さい口が乳首をさがして尖る。背負われたほうが、泣きわめきはじめた。ゆうは片手で乳をのませながら、あいた手でおぶい紐を解き、背の子を前にまわし、両の乳首をひとつずつ、与える。

くいくいと逞しく赤ん坊が乳を吸うのにつれて、からだのなかの血が乳首に流れ集まるように感じる。ゆうの精気をすべて吸い取ろうというように、赤ん坊は、小さい足の指の先にまで力をこめる。ひ弱い手が思いもよらぬ強さでゆうの乳房を押しこくる。やがて、赤ん坊は、どちらも満ち足りた眠りにおちた。ひとりはゆうの子、もうひとりは、ゆうの雇い主の子どもである。

ゆうは、赤ん坊を根方の下草の上に寝かせ、ひたいの汗を手拭いでおさえてやり、浴衣の襟もとをなおす。乳首にじんじんとした感触がまだ残っている。

蒸し暑さをのがれ、木陰に集まってきている子守っ子たちは、背中にくくりつけられた赤ん坊の重みで足もとをふらつかせながら、だるそうに木陰を歩きまわる。立ち止まると背の赤ん坊が、そっくり返ってむずかるのだ。

みごもったことにゆうが気づいたのは、去年の初冬だった。

これまでに、度々、みごもりながら流れている。とりたてて子が欲しいとも思わずに過ごしてきた。福之助は子を望んでいたが、ゆうを責めはしなかった。ひとところに腰をおちつけることのない旅暮らしが、胎内に子をはぐくむには苛酷すぎるのだろうと、それとなく、いたわってさえくれたのだった。

誰(だれ)の子なのか。そう思ったとき、ゆうは、自制の絆(きずな)の断ち切れていた、呆けきった己れを、視た。

ゆうが烈(はげ)しく拒んで以来、亀吉は長屋で供寝するのをやめた。千日前の小屋に寝泊まりし、ゆうの食べ代だけはとどけてくれた。福之助の女房(にょうぼう)だから、大事にしてくれるのだ、とゆうはわかっている。ゆうが拒めばあれ以上手荒な事をするのは控えたのも、福之助がゆうを大事にしていたのを身にしみて知っていればこそだ。亀吉が、流れものの常で、こすからいところもあるけれど、同時に気のいい、あまり体面にこだわらない気性であることも、ゆうに幸いした。気の荒い、あるいは、自負心の強い相手であれば、ゆうはどのような目にあわされても、仕方のないところであった。世話になり、身も許しながら、とつぜん、牙(きば)をむいたのだ。

秋口、「姐(あね)さん、あたしは旅で稼(かせ)ぐことになったよ」亀吉が告げた。

「今つとめている一座から誘われてね」

ひところ、おゆうと呼び捨てもした亀吉がふたたび姐さんと呼ぶようになったのは、福之助の女房であることを忘れまいと、自戒のためなのだろう。

　千日前の茶店でゆうは働き、どうにかその日の糊口はしのげていた。身ひとつ、かつがつ食べてゆくだけなら、何とでもなる。亀吉に去られるのは淋しかった。福之助の記憶を共有する最後のひとりが、消えるのだ。「また、戻ってきまさぁね。達者でいておくんなさい」いささか芝居がかって、亀吉は言った。ゆうに、亀吉はいささか複雑な感情をもっているようだった。福之助のような、おおらかないつくしみの気持一色ではなかった。福之助の死はゆうの不手際が一因となっていると責めずにはいられぬ恨みがましさが、亀吉の心の底にあるのを、ゆうはおりにふれ、感じた。それでいて、恨み、憎しみが凝り固まるわけではなく、不自由がないようにと、細かい気配りもみせる。旅に出ることで、亀吉は、自分でもおさまりのつかない気持に結着をつけるつもりなのだろう。そう、ゆうは察した。

　衣裳や小道具の行李を積み上げた大八車を曳く旅の一行に加わって大阪を離れる亀吉をゆうは見送った。みぞおちが苦しく、妙にからだがだるく、亀吉を好いているわけでもないのに、どうしてこう、からだに応えるのだろうと、はがゆく思いながら、長屋に帰りついたゆうは、こみあげる吐き気にたえられず、土間にかがみこんだ。そうして、もしや、と思い当たったのだった。

働いて日銭を手に入れなければ食べられないので、つわりをこらえながら、仕事は続けた。福之助の子だ。日数を数えればありえないことなのだけれど、ゆうには、そうとしか感じられない。理屈で考えれば、亀吉か、あるいは呆けているときに身をまかせた誰ともわからぬ男の、子であった。

「亀さん、親方の子が生まれるよ」そう、喜びを持って告げられたら、とゆうは思った。亀吉は声のとどかぬところにいる。まことに福之助の子が生まれ出るのであれば、亀吉ばかりではない、岩十郎だの、弥五だの、仲間たちがどれほど嬉しがることか。しかし、ゆうがいくら福之助の子と感じても、他のものに通用することではなかった。男にだらしのないふしだらな女。——それが他人の目に映るわたしであり、もしかしたら、それは幾分の真実であるかもしれない……。理性の絆の断ち切れたとき、本然の姿が立ち顕れるのだとしたら、福之助と錯覚していたのだといいわけしても、通りはしない。福之助ではない、あかの他人なのだと、そのときゆうの目は、わきまえてもいたのだから。

「兄さん、おまえの子です」

腹のふくらみが人目につくようになるにつれ、父無し子をはらんだと、侮蔑やからかいの声がゆうに集まった。他人の声が少しも気にならぬ自分に、ゆうは少し驚いた。いよいよ生み落とすまぎわまで、立ち働き、五月闇、ゆうは産気づいた。子を産むとなると、近所の女たちは思いのほか親切だった。とりあげ婆さんを呼んできたり、湯を沸かしたり、甲斐甲斐しく手を貸してくれた。女の子であった。しわだらけの赤い小さい顔に、ゆうは、福之助の面ざしをさがした。男の子であったら、いっそう福之助をしのべるものを、と思ったが、初めて持った子はゆうを夢中にさせた。しかし、ときに、同じ性である我が身と思い比べ、小さい吐息がもれた。

七日は床につき、そのあいだも近所の女たちが手助けしてくれた。乳は溢れるほど迸り出、片方を吸われているあいだにもう片方から滴り落ちた。指でぬぐった乳を口に含み、こんなまずいものが、赤ん坊には甘露なのだね、と不思議だった。

肥立ちは早く、床をはなれると、赤ん坊を背にくくりつけ、もとの店に働きに出た。

「お乳母の口があるんやが、どや」店の主に話をもちこまれた。

「芝居の仕打ちしたはる、堀川太兵衛いう旦那のこれが」と主は小指を立て、「東横堀の東詰で、飯屋だしたはる。おふじさんいうんやが、これが、やや産んだはええが、乳が出えへんで困ったはるんやて。ええお手当くれはるいうで。おまえ、細っこいからだのわりに乳はようけ出るやんか」〝ひさ〟と名づけた赤子ひとりでは飲みきれず、絞って捨てている乳であった。

ひさ、は、寿の字をあててある。福之助の〝福〟にゆかりの文字をえらんだ。

華著なからだつきであったのに、ひさをみごもってこのかた、腰がたくましく張り、腿も太くなった。そうして、胸乳はまるで別のいのちを持った生き物のようにつつしみなく突出し、折りたたんであてがった手拭いが、たえず濡れているほど、しまりなく乳を湧き出させる。

「よござんす。お役に立ちますなら」快諾した。自分の子を育てながら収入を得るには願ってもない仕事口と思われた。相手が芝居の仕打ちというのも、縁を感じた。

東横堀東詰の通りは、二つ井戸町の通りと丁字形にまじわる。二つ井戸の地名は二尺角の板石で囲んだ二つの井戸に由来し、その一方は清冽な水が湧き出し、付近の人々の飲み水に用いられている。東詰は道幅が狭く、飲み屋、食べ物屋、寄席などが軒を並べて密集し、裏の川岸は荷揚げ場で、諸方から駄馬が集まり、馬方の休み場になっている。

丁字をつくる細い道筋は両側に魚屋が籠を並べて市を立て買い出しの人々で混み合う。

堀川の妾、おふじは、白い牛を思わせた。のったりと大きなからだを懶惰に横たえ、ひさを背負ったまま膝をついてお目見えのあいさつをするゆうに、起き上がりもせず、ほな、たのむよ、母衣蚊帳のなかで泣きわめいている赤ん坊を顎でさした。

「あんたとこの子ぉ、なんぼになる」

「三月でございます」

「もう、首すわっとるんやな。うっとこも、かれこれ三月やけどな。よう肥えとるな。男か」

「いえ、女です」

「うっとこは男や。細こいよって、たんと飲ましたってや。あんた、わかっとるやろな、まず、お主(しゅう)の子に飲ませたらなあかんえ。市が腹くちいなったら、おのが子に残りを飲ませるんやで」

「坊ちゃんは市さんといいなさるんですか」

「あんた、東京もんやな。坊ちゃんたら言いいな。水溜(みずた)まりに落ちるようで、げん悪いやんか。坊ン言い」

牡丹の呼び名と同じ名を持つ赤ん坊を母衣蚊帳越しにのぞいていると、「早よおもてに連れ出して乳のませたらんかいな。やかましいて叶(かな)んわ」おふじは団扇(うちわ)の先で追い立てた。


葉もれ陽が斑(まだら)な模様をゆらめかす二人の赤ん坊の顔を、ゆうはつくづく眺(なが)める。福之助との旅の暮らしにゆうは満ち足りており、子どもに心を奪(と)られる日々は思いもしなかった。福之助が消え、仲間たちが散り散りになり、最後のひとりだった亀吉も去り、生まれてはじめてただ孤(ひと)りになったとき、ふたりの子に恵まれた。ゆうはとりとめなく、福之助のおもざしをひさの上にさがし、ふと気づくと、市に牡丹を重ねたりしていた。

冷静に考えれば、ひさに福之助の血が流れていないことは明らかなのだ。父親は誰ともわからぬ、ゆうのみだらな血のあかし。福之助を思い重ねて躯をかわしたのだから、ひさは福之助の子。それを嘘と感じたとき、わたしはこの子を憎むようになるだろうか。ちらと兆した思いを、ゆうは、とんでもないと、頭を振って追い払った。

市が弱々しく泣き出した。ひさは一度にめいっぱい飲み、あとはぐっすり眠るので手がかからないが、市は少し飲んでは眠り、また泣き出す。泣き声に甘えがまじっているようにゆうには感じられ、こんなに小さくても、甘える手くだは心得ているのかしら、とおかしくなる。こしゃくな、と思う気持も少しあった。

二人きょうだいの末に育ち、赤ん坊を身近に見ることの少なかったゆうは、物珍しく眺めながら、赤ん坊の反応を、一人前のおとな並みにみてしまったりする。福之助は子供をほしがっていた……。

乳房をふくませると、市は泣きやんでむしゃぶりついた。ひたすら女だった躯が母親になってゆく。ゆうはその変化に少しとまどいながら、貪欲に乳を吸われる快さを味わう。

＊

「たあ」と初めてひさが喋(しゃべ)った。冷たい厨(くりや)の床を這(は)いまわりながら、ゆうの顔を見上げて、そう言ったのである。声をたてるといえば泣くか笑うかだけだったのに、はっきり意味のある言葉を口にした。

目鼻がずいぶんしっかりしてきた。眉(まゆ)が濃く目がくっきりしているので、知らぬものは男の子と見間違える。膝に抱いた市のほうが顔立ちはやさしい。風邪をひかさぬようにとおふじが綿入れを重ね着させるので、ころころ着膨れ、着物のあいだから色白の小さい顔をのぞかせている。

「かあちゃん、と言いましたよ」

「あほ」朋輩(ほうばい)の下女は、雑巾(ぞうきん)がけの手を休めて笑った。「たあ、ゆうただけやんか」

「わたしの顔を見て言ったんですもの。かあちゃんと言ったつもりなんです。まだ舌がまわらないから」ゆうは膝の上の市をゆすってあやしながら、ひさを頼もしく眺める。

「あかんぼは、たあたあだあだあ言うもんなんや。これでなんぼになったかいな。七月(ななつき)か」

下女のおさくは膝の上と床の上、二人の嬰児を見くらべ、「市坊ンは小んこいなぁ。おかみさんが、いうたはったよ。おゆうどんはひさにばかり乳飲ませとるん違うか、て」

「おかみさんはわたしにもときどきそんなに言いなさいますけれど、おさくさんだって知っているじゃありませんか。ふたりとも、同じようにしています。依怙贔屓なんて、これっぽっちも」

ひさは里子に出し、市の養育に専念したらどや、と、おふじはときどき、口にする。ゆうは聞き流していた。

「それが、あかん。同じにしたらあかんにゃ。まず、坊ンや。ま、かげで何したかてええねんけどな、おかみさんと旦さんの前では、おのが子ぉほかして、市坊ンの世話ばかりしとるいうところ見せなあかんにゃ。あんたかてな、ひさちゃんのほうが何ぼかかわいやろ。そら人情ちゅうもんや。そやさかい、あんたは同じようにしとるつもりでも、やはり、おのが子ぉに目も手もよけいいくん違うか。坊ンに八分、ひさちゃんに二分、そのくらいのつもりでおって、傍目にはようやく五分五分なんや」

「はい、おおきに」冗談のようにゆうは聞いた。二人とも可愛くてならない。依怙贔屓なんて、しろといわれてもできるものじゃない。

「あんたな、火事に逢うたと思ってみ」

「はい、はい」

「どないして逃げる」

一人を背に一人を抱いて。いつもそうしている。

「舟に乗っとってな」おさくは追及をゆるめない。「舟ひっくらかえったと思ってみ。どっちゃを助ける。二人いちどに抱いたら泳げへんで」

「わたしは泳ぎは不得手だから、どっちも助けられませんよ」ゆうは笑いながら市をあやす。

「おゆうどん、おかみさんが呼んだはるよ」小間使いの小女が奥から来て告げた。

市を膝に、ひさを傍らにおいてかしこまったゆうに、

「おひさのな、里子に出す先、みつかったよ」長火鉢の前に膝をくずしたおふじは、そう言った。「明日にもひきとりにくるさかい、そのつもりでおってや」

「里子に。いえ、それはおことわりしたんですのに」

「ことわるやて」おふじは、あっけにとられたように、身をそらした。

「主のいうことに、さからうんか」

「前に、はっきりおことわり申したじゃございませんか」

「恐ろし口きくなあ。あんた、誰にむかってものいうとる。断わるやて？　どういう了見や。わてがな、苦労して里親めっけたってんえ。ほな、わては手ぇひくさかいな、自分で里親さがして来」

「いえ、あの、ひさを里子にやるのは困るんでございます」

「なんでやね。お乳母いうたらな、おのれの子にかまけとったらあかんのえ。とにかく、明日、里親がくるさかい、含んどいてや」

「それでしたら、わたし、お暇をいただきます」反射的に口をついた。

「そうか」おふじの顔がすいと冷たくなった。「ほな、やめてもらおか。お主の子ぉの面倒よう見んお乳母やったら、いらんよってな」

「申しわけございません」ゆうは、はっとして手をついた。市と別れる。それは、ひさと生き別れるのと同じ辛さだと、とっさに感じた。

「市坊ちゃんのお世話に行き届かないところがございましたら、重々お詫びいたします。どうぞ、ひさともどども、もうしばらく置いてやってくださいまし。坊ちゃんもよくなついてですから、お暇は辛うございます」

「なんや。暇取るというた口の下から、こんどは置いてくれ、か。あのな、わてが出て行け言うたんやないで。わてはな、おひさをよそにやり、言うただけやで。暇とる言うたんはあんたやさかいな。お主の子とおのれの子と、あんたがどない扱うとるか、一目でわかるやないか。市はまるで飯もらえん継子のように痩せとって、あんたの実子はこない肥えとるのはどういうことや。乳が足らんとしか思えへんな。そやさかい、おひさはよそへやって、市にたっぷり飲ませたっていうとるねや」

「坊ちゃんはあまり飲んでくださらないんです。生まれつき食が細くておいでです。それでも、風邪もひきなさらないし、腹下しもなさらないところをみると、芯はお丈夫なんじゃありませんか」ゆうは必死で並べ立てた。

「あんた、主のいうことがきけへんのか。おひさは里子にやり、言うとんのえ。あんたかてそのほうが楽やろが」おふじは、ゆうのために、すすめているのだ、という口調になった。「ひさはずいぶん重うなったやろ」

「いえ、わたしは大丈夫でございます」

「ひさを里子に出すか、やめてもらうか、どちらかやな」おふじは突っ撥ねた。

「あの、少し考えさせてくださいまし」

「東京もんはこれやから好かん。学者さまやあるまいし、考えるたらいうことがあるかいな。おひさ、里子に出せなんだら、いますぐ、去んでもらお」

「はい……」

「はい、て、何やね。あのな、里親はな、子ぉの好きなひとでな、ようけ面倒みるいうとるえ。おひさにもええ話や思うよ。な、そうし」

「すみません。一晩考えさせてくださいまし」

「明日は里親がくるいうのに、一晩考えてことわられても困るがな」

ひさをとるか、市をとるか、決断を迫られ、ゆうは頭のなかが熱くなった。

ふと、――こんな迷いが生じるのは、ひさが福之助の実の子ではないからか……そう思い当たった。母親なら迷うまでもない、だれが、実の子を人手にまかせ、他人の子の世話をするものか。ひさへの愛情が不足しているから、迷うのではないか。そう思ったとき、

「お暇をいただきます」ゆうは強く言った。

おふじのほうがうろたえた顔をみせた。

「考え直してみ。ここを出て、赤子連れで、どないして食べていく？　うっとこのようなお乳母の口はそうそうあらへんえ。な、悪いことは言わん。おひさをあずけてな、市の世話したってや」機嫌をとるように声をやわらげた。

「わたしがやめたら、こちらさんも困るんじゃござんせんか」ゆうは反撃した。そうして、粘り腰の自分に驚いた。福之助は嫌がるだろうな……と思った。逆ねじをくわせたり、相手の弱点につけいって皮肉を言ったり、そんなゆうであったら、あれほど可愛がってはくれなかっただろう。一座の利益を守るときには、まるで役立たずの頭取だったのに、ひとりになり、子どものこととなったら、醜い駆け引きも平気で出来る。少し悲しく思いながら、

「こちらもお乳母さんの代わりが、そうすぐには」

「そうわかっとるんやったら、困らせんといてほしな」おふじは泣き落としにかかる。暇を出すと言えばゆうが思い直すと、おふじのほうも計算していたらしい。

「うっとこもな、あんた、掘り出しもんや思うてな、ずいぶん大事にしたってんよ。ふつうやったらな、最初から、乳母の子ぉは里子に出させるもんなんえ」

相手が少し弱腰になったとみて、ゆうは、さらに攻めた。

「ひさを置いていただけますのなら、この先もどんなにか一生懸命、ご奉公させていただきます。でも、どうしても、ひさを里子にということでしたら、お暇をいただきます」

「考えとこ」こんどはおふじのほうが、一足退いた。

右に市、左にひさ、ふたりとも寝入った。両側からぬくもりが伝わる。

それでもわたしは、ひさを選んだのだ。そう思うと、市の触れている側の乳房の奥がうずくように痛む。

ひさが可愛くてならぬからというより、他人の子とわが子を同等にみる自分が母親としてひさにすまないようで、強引にひさを選んだ。

真実、福之助の子であったら、なんで迷おう。えたいの知れぬ男にからだをいたぶられ、生まれた、子。心の底に、その気持がひそんでいたのだ。少しも福之助のおもかげを持たぬ、子。福之助の子は決して持つことはできないのだ。ゆうはあらためてそれを、思った。からだの中に刃をつきたてられたように感じた。福之助と過した甘美な日々が胸苦しく顚つ。福之助のお静、金太郎の礼三郎。福之助の白井権八、金太郎の小紫。燦爛と艶やかな、繻子、縮緬、錦織りの押絵細工。ゆうはほとんど、夢の中にあるように、何もせず、視ていればよかった。ただひとつの激しい行動は、福之助にからだを愛してもらったことだ。金で身を売る相手と知って、わずかばかりの小遣い銭に簪、笄をそえて、黙ってさしだすのが精一杯だった。実のないどぶ板太夫。男地獄。男傾城。世間はそう呼ぶおでこ役者。その男地獄に抱かれたとき、わたしが視たものは何だったのか。

この上なく美しい浄いもの。福之助という生身の一人の男を超えたもの。永劫という言葉であらわせるようなものが、あの瞬間、福之助の顔を借りて、姿を垣間見せた。その実感はいまだに鮮やかだ。

あの浄福感を与えてくれた福之助だ。死んだ後も、ほかの男のからだを借りて、わたしを愛してくれないわけがない。無理にもそう思いこもうとしている自分に気づいた。ひさにとっては迷惑な話だろう。ひさは、ひさ。わたしに愛されようと愛されまいと、ひさは生きていかねばならない。……そうなのだね。ゆうはひさの寝顔に目をむける。傍らで、市がぐずり声を出した。ゆうが胸をひろげると、乳首を探す市のやわらかい唇が触れる。

ひさをよそにやることはできない。……となると、本当に暇をとらされるだろうか。近ごろの物の値の上がりようはひどい。ひさを抱えて、どうやって暮らしを立てたらいいのか。

それを思うと、気が沈んだ。市の乳母をしているかぎり、食べること、住むことには困らない。おふじがいうとおり、乳母の口が都合よくすぐにみつかるとは思えなかった。しかし、おふじにしても、ゆうにかわる乳母を、今ただちにみつけられはしないだろう。代わりがみつかるまでは、こちらの言い分をとおせそうだ。強情な、いやな女と不愉快がられ、居辛い思いをしなくてはならないだろうけれど。

明日にでも代わりがあらわれれば、ひさを抱いて出てゆかねばならない。

市ちゃん、どうして、もっと肥えてくれないんです。少し吸ってまたとろとろと眠りはじめた市の頰(ほお)に、ゆうは頰をつけた。

＊

『山梨県では、下等の百姓馬士、車夫などが連合して彼(か)の長脇差(ながわきざし)といへる博徒(ばくと)の頭分を頭領に戴(いただ)きて、先に九州に出来たる東洋社会党よりも今一層凶暴を極めたる恐るべき一党派を作ってゐる』
『武蔵、上野古より博徒多しと聞けば此輩曾て恒産なく流集困厄を極むるの時に当たり小民を煽動して事を起こすは容易なるべし』
『晒木綿・刀・銃及び糧食等とも思しきものを買込み専ら其の準備を為す様子……頭分と言ふは何れも他国の者にて率ね博徒の類なり』

新聞はさかんに、博徒が小民を煽動して暴動を促すさまを伝える。それらの記事がゆうの目に触れることはほとんどないけれど、農村の不穏な状態はうっすらと感じられる。

明治十四年から、大蔵卿松方正義の手によって始められたデフレ政策は、農民に大きい打撃を与えた。地方税は倍増し、農民の多くは先祖伝来の零細な土地を手放さなければ税金も払えず、自作農は小作に転落し、小作農は貧窮の底に落ちて日雇で稼がねばならず、一方、富農は貸し金の代償に土地を没収して肥え太り、貧富の落差は急激に拡大しつつあった。各地で農民の騒擾事件が勃発し、自由党の過激派と連携した一揆が頻発している。

それに対抗して、官憲は博徒の検挙に力を入れはじめた。国事改良の軍資金徴集と称して、強盗押し込みが、大阪、名古屋近辺にあらわれるようになり、ゆうは、御一新のころの世情を思い重ねる。

十一月、ゆうも名におぼえのある近藤実左衛門が名古屋で検挙された。その噂（うわさ）を聞いたとき、ゆうは反射的に牡丹を思った。近藤実左衛門が領袖（りょうしゅう）のひとりである愛国交親社の主催した撃剣会が、牡丹が姿を消すきっかけになった。入れあげた萩野浅吉といっしょに暮らしているのだろうか。実左衛門が検挙されたとあっては、子分の萩野浅吉も無事ではすまなかったのではあるまいか。しかし、牡丹の身を案じるのは、やめた。牡丹が自分で選んだことなのだ。おそらく牡丹はかけがえのないときを持ったのだろう。老い朽ちるまで添い遂げることができなかったからといって、不倖せ（ふしあわ）とはいえない。

このころ、板垣退助は変節して、政商のひもつきの資金で洋行し、自由党は弱体化をよぎなくされた。東北の会津では、県令の酷政に反抗して決起した農民や、自由党員が一斉（いっせい）検挙され、政府は自由民権運動の圧殺にかかった。

乳母のかわりがないままに、ゆうは主家を追われることはなく、年が明けた。

家のたてこんだこの界隈に、季節の気配をつたえる花樹は乏しいが、川沿いに柳は愛らしい芽ぶきをみせた。ふたりの子供が動きまわるようになったので、ゆうは片時も目がはなせない。身が軽いだけに市のほうがつたい歩きをはじめたのは早く、まる一年に満たないうちにささえがなくても歩くようになった。ほどなくひさも追いつき、両方で思い思いのほうに歩くので、ゆうは始終追いまわっている。

各地の一揆と博徒の狩り込みは、いっそう激化し、五月、政府は巡査にサーベルの一斉佩用を許した。

市がゆうによくなつき、からだは小さく食は細くても病弱ではないのに安心したのか、おふじも乳母を代えるとは言わなくなった。それでも、いつまでもいるわけにはいかないと、ゆうは思いはじめている。ひさとふたりの生業をたてなくてはならない。ゆうはひさをいじけさせたくなかった。ここにいれば、どうしても、ひさは市に遠慮して一歩さがった使用人の位置に身をおかねばならぬ。福之助は、たとえしがない旅まわりと他人には見られようと、決して、卑屈にはならなかった。一座の頭であったのだ。そうして、頭としての実力を持っていたではないか。笹屋の娘として育てられたゆうの矜持もあった。外から見れば卑しい遊女屋だけれど、廓のなかにあっては、ゆうは〃お嬢さん〟であった。まわりから立てられて育った。それはゆうに、驕慢ともいえる誇りを植えつけていた。ひさにも、のびやかな心を持たせたかった。ひさの生は、わたしによって、あるていど決められる。わたしはこの子の宿命の一部なのだ。わたしが親を切ったように、ひさもいつかはわたしを切るのだろう。おまえのおとっつぁんは、すばらしい役者だったのだよ。ひさに言いたい言葉を、口のなかでゆうは味わった。


「おまえの死んだ亭主いうのんは役者やったな」

そう、おふじの旦那、堀川太兵衛が言ったのは、年が変わって明治十七年の正月、七草をすぎたころであった。七日までは正妻のいる本宅で過した太兵衛は、八日の夜からおふじの妾宅に泊まりこんでいる。——三十を過ぎた。男に言い寄られるほど若くはない……と、ゆうは思うのだが、太兵衛の目が、不愉快な艶を帯びて、腰にそそがれるのを感じる。男の目をうとましく思いながら、からだはしなやかに反応するのが、ゆうは哀しい。福之助のほかの男には目もくれぬと思っているのに、男の気をそそる色気が我が身にあると知るのは、嫌ではない。それも、哀しかった。

子供はふたりとも寝入った。手のあいたゆうに、太兵衛は酒の酌を命じた。おふじが不機嫌なのは当然で、ゆうは引き下がるきっかけを探す。

おふじへの太兵衛の寵愛は薄れてきているらしく、ゆうが住みこむようになって以来、訪れは少なかった。市への関心も太兵衛は薄いらしい。妾はほかに何人もおり、子供も珍しくもないのだろう。おふじは無理やり太兵衛を引きこみ、意地でも本宅へは帰すまい、ほかの妾宅へも行かすまいとしている。

「おゆう、おまえ、もうええさかい、下がり」おふじが口をはさむのを、

「喧しい」太兵衛は茶碗を突き出しておふじに酒を注がせ、「横井の仕打ちを騙る奴にだまされたんやて？」

「はい」

「おまえ、頭取やっとったんやて？」

「はい」

「ほな、弥五いう男知らんか」

「弥五……。あの、弥五さんをどうして」浮かせかけていた腰をゆうは落とし、坐り直した。

「そうか。やはり、おまえの一座におったもんか。からだだけは関取のように大きい」

「はい、そうです。大きいけれど気はやさしい」

「気がやさしいかどうか、そこまでは知らんがな、大阪は好かんいうて、うっとこのもんと喧嘩しとったわ」

「それで、弥五さんは今、どこに……」

「会わしたろか」

「はい、ぜひとも」

おふじが疑わしげな目でゆうと太兵衛を見比べた。おかみさんの機嫌を損ねると、ここに居辛くなる。しかし、弥五の消息は聞き出さずにはいられない。

「弥五さんはどこにいるんでござんすか」

「おまえは江戸前やな。歯切れのええことな」太兵衛の好色な目からゆうは身をさけようと我知らず後じさる。

「千日前のわいの小屋に今かかっとる中村藤松の芝居のもんのなかに東京もんがおってな、以前は富田福之助たらいう一座におって、何や詐欺におうて、一座はばらばら、中村に拾われたとかいう話きいてな、富田いうたら、たしか、おまえの死んだ亭主の名やったなと」

「はい。弥五さんは、いま、千日前に……」

「そうや。明日にでも訪ねてみるか」

「ありがとうございます。ぜひ」

「わいが連れていったろ」

「冗談いわんとき」おふじが声を甲走らせた。「わてかて、芝居見物などようけせんのに。わては留守番で、下女は芝居でっか」

「ほな、おまえも連れてったろやないか」

「そんなら、髪も結わんならんし……」と言いながら、おふじはそわそわと浮き立った。

「道頓堀の芝居と違うわ。千日前の芝居に、身ぃやつさんかてええ」

「おゆう連れて行くのやったら、市もひさもいっしょやろ。やかましいて、おちおち芝居みておれへんわ」

「わたしは弥五さんに会えさえすればいいんでございます。楽屋で弥五さんに会ったらお先に家に帰ります、坊ちゃんたちを連れて」

「ああ、そらええな。ほな、そうし」旦さん、道頓堀の芝居もたまには見せたってえな。おふじは鼻声をだした。

　出番を終えたとみえ、弥五は大きな背をまるめ、手のひらにはいりそうな鏡の前で顔を落としていた。福之助の座にいたときは内木戸を引き受けていただけで、舞台に立ったことはなかった。

「弥五さん、役者がつとまるのかい」背後に立って声をかけると、弥五の背が、ふるえた。おそるおそるというように振り向き、ゆうと目が合った。

　弥五は息をひき、全身で驚愕(きょうがく)と喜びをあらわした。

「親方の……」弥五の目は、ふたりの子供に移る。

「こっちがね」ゆうはひさを少し押しやるようにした。物怖(ものお)じしない目でひさはうす汚ない楽屋を見回す。市はゆうの背に顔をかくす。

　紅白粉(べにおしろい)のにおいが懐(なつ)しくゆうを包んだ。

　正月いっぱい千日前で興行していた弥五は月が変ると次ぎの興行地に発(た)っていった。

弥五は福之助の死の事情を聞き知っていた。毒を流したなどというのは根も葉もない流言と、役所の調べで判明し、汚名は晴れているけれど、恨み憎しみを打ちつける相手がいない。ゆうの心のなかで、憎しみの対象は、長五郎と名乗ったあのいかさま師に凝集してきていた。長五郎を罵倒することは、ゆう自身を罵ることにほかならない。長五郎にてもなく騙され、一座を窮地に陥れたのは、頭取のゆうだったのだから。しかし、ゆうは自分を責めるのは止めようとする。長五郎にすべての責めを負わすことで、ゆうは、辛うじて、気持を平らかにしていられる。姐さん、彼奴は、きっと、今も同じようなことをして、弱い芝居者を鴨にしているにちがいありませんよ。旅のあいだにもし彼奴をみつけたら、只じゃあおかねえ。弥五はそう言っていた。亀さんの消息は聞かないかい。同じ旅まわりだ、どっかで行き合うこともあるでしょうよ。みんなの顔が揃ったら、親方の追善興行をやらなくてはね、姐さん。そんときゃあ、彼奴のそっ首を手向けてえもんですね。忠臣蔵のようなことを、弥五は口にしたのだった。

子供浄瑠璃

五月十五日、群馬自由党の過激な一団が、妙義山麓に数千の農民を結集させ、蜂起したがたちまち撃破され、逮捕者は投獄されたという噂が、大阪のゆうの耳にも届いた。政府の密偵をピストルで射殺した秩父自由党員の村上何とかという男が、逮捕されたというような話も流れた。

夏の盛り、八月十日、八王子南方の御殿峠に、窮民一万が蜂起したが、これもたちまち鎮圧された。過激派が爆弾の製造を研究していることが、明らかになり、政府は弾圧の手を強めた。

ゆうの目は子供と自分に向いていた。怒濤が逆巻くような世のなかの動きも、身近に災難として降りかかってこなければ、何か遠いものに思える。

福之助が逝って二度目の夏……と思いながら、茶店の葭簀のかげの床几に腰を下ろし、市とひさに、ゆうはところてんを食べさせる。ひとつとって、半分ずつ、小皿にわける。一箸ずつかわるがわる口に入れてやり、燕のようだとおかしくなる。福之助がいたころ、子供にこんなことをしている自分など思いもしなかった。ふと、人の視線を感じた。見回すと、店の前に立った乞食のような風体の男が、すいと目をそらせ、踵をかえそうとし、思い直したように、向き直った。牡丹と気づくまでに少し間があった。相手はとうにゆうとわかっていたようだ。

「いっちゃん？」半信半疑で、ゆうは声をかけた。

「姐さん、おひさしゅう」頭をさげた身のこなしはやはり女形のものであった。

「こっちにいたのかい。ちっとも知らなかったよう」半年前に弥五にめぐりあったばかりだ。そうして、今また、牡丹。散り散りの仲間が寄り集まる兆しだろうか。

「まあ、ここにおかけな。何か食べないかえ」ところてんでも、と言いかけ、もっと腹の足しになるものの方がいいのではと、「安倍川にしようか」

「おごってもらえるんでしたら」牡丹は杯を持つ手つきをした。その仕草も、生世話の年増女のそれであった。

「いっちゃん、いつごろから、大阪にきていたんだえ。この正月には、弥五が千日前に出ていたんだよ。知ってかえ」

「いえ、ついこの四、五日前にこっちには来たんで。双子を産みなさったとは知らなかった。親方はどこで興行を」

「いえね、親方は……」

かいつまんで、ゆうは告げた。思いの外冷静な声が出た。

「そうですか。それでもこんな後継ぎを」牡丹の目が市にむけられているのを見て、「いえ、これはわたしが奉公しているところの坊ちゃんさ」

「姐さんが奉公……。どこに」

「ついそこだよ。東横堀のね」道筋を教え、「ゆっくり訪ねてきておくれと言いたいんだけれど、わたしも奉公の身でね、気ままはできないのだよ。いっちゃん、おまえは、あの、まだ、あの萩野さんといったっけ、あのお人と……」

「はい」と、牡丹は肩をくねらせた。

「気を悪くしないでおくれよ。あまり楽な暮らしではないようだねえ。わたしも充分なことはできないのだけれど」

からだをよじり、手つきが見えないようにして小銭を紙に包み、渡そうとすると、

「姐さん、あたしはこれでも、乞食はしちゃあいないんです」牡丹は首を振った。怒っ

ている表情ではなかった。

「でも……、何で暮らしをたてているのかい」

「まあ、何やかやと」言葉をにごし、大人の話にあきた市がぐずり始めたのをきっかけに牡丹は去った。

しかし、すぐその翌日、牡丹はゆうを訪ねてきた。ちょうど、おふじは留守なので、ゆうは部屋にあげて、またしばらく話しこんだ。牡丹が辞去するのと一足違いでおふじが帰宅した。ほどなく太兵衛が来たのでおふじは上機嫌で、下女に命じ酒肴をととのえさせた。

「泥棒猫っ」

蚊遣りの土器がゆうに飛んだ。灰が飛び散った。辛うじてよけると、枕がもろに顔に当たった。

「あほ」太兵衛の手がおふじの頬を張る。おふじは太兵衛にむしゃぶりついた。

やれやれ、修羅場だねえ。ゆうは少しずつ後じさる。寝所にしのんできた太兵衛は、おふじにあとをつけられているのに気づかなかったのだ。市が泣き出した。ひさは起き上がって眺めている。

「おかみさん、旦那さん、喧嘩はお寝間でやってもらえませんか。坊ちゃんがひきつけを起こしますよ」

太兵衛がかってに夜這をきめこみ、そのとたんにぼろを出したのだから、ゆうは何一つおふじにはばかるところはない。おふじと太兵衛がもつれあい罵りあいながら出ていったあと、ゆうは市に乳首をふくませてなだめた。とうに乳離れしてよいのだし、ほとんど乳の出はとまっているのだけれど、市もひさも乳を吸うのをやめない。ひさもにじり寄って、ゆうの胸をさぐる。両側に抱きよせ、「誰がよ、誰がよ」とあやしながら、うとうとと眠りに入った。

――襖に心張り棒でもかっておいたほうがいいかしら。そう思ったが、起き上がるのがおっくうで、半ば夢に浸りかけた瞼の裏に、楽屋でてきぱき指図をしている自分の姿が見えた。幟がはためく。威勢よい太鼓。三味線の音。ゆうは撥をいれる。

騒ぎ立つ見物。ああ、名古屋の初日だ。演し物は『幡随長兵衛精進俎板』、金太郎もいっしょの初めての旅だった。

初日は木戸無料とあって、見物が殺到し、わめきちらして、幕は開いてもせりふも聞こえない。傾城姿の艶やかな金太郎が、なよやかに舞台にあらわれ、裾をたくしあげて、静かにしやがれ、どんと床を蹴ったのだ。客が気をのまれてしずまり、再び怒号がとぼうとする寸前、しとやかに膝をつき、愛らしい笑顔で、御当地の皆々さまに御願い申し上げ奉りまする。初お目見えの手前ども、未熟者にはござりますれど、お江戸も今では東京と、名もあらたまの初下り、お目まだるいとは存じまするが……即興のせりふだった。もし、権八さんェ。袖にむかって呼びかければ、すらりとあらわれるのは、若衆白井権八に扮した福之助だ。引かれ廓の花の雨、濡るるも知らぬこの身には、色は思案のほかじゃなあ。耳にさわやかなせりふまわしをゆうは聴き、兄さん……声に出しそうになったとき、人の気配を枕頭に感じた。

　太兵衛か、また、性懲りもなく……。真っ暗にするとひさが嫌がるので、行灯の灯はともしてある。主人の手前、市が暗いと怯えるということにごまかしてあって、ゆうは市にいささか申し訳ない。ほかのことは、大胆すぎるくらいなひさなのに、夜の闇だけは、駄目なのだった。

　身じまいを直し、起き上がろうとする頬に冷たいものが触れた。

　弱い行灯の明かりに、顔を覆った黒い人影が三つ、そうして、頬に押しつけられた刃のきらめきを見た。

　とっさに、ゆうは、市とひさを抱き抱えようとした。刃がぐいと突き出され、思わず身を引くと、そのすきにもう一人が子供をひっさらい、その喉頸に短刀の刃先をあてた。

　主人のところに案内しろ、とゆうに刃を突きつけたほうが、低い声で迫った。「おれたちは、国事に奔走しているものだ」二人の背後に立った大柄な者が言った。「軍資金を借用する」昔、聞いた文句だ。子供を人質にとられていなかったら、同じようなことを言うものだと、思わず笑いかけたかも知れない。しかし、ゆうの脳裏に、惨殺されたきつが浮かんだ。子供が泣き出したら……殺される。

　短刀を突きつけられているのは、市であった。まだ眠りから醒めきらないので、恐ろしさも感じないのだろう。ひさも、ゆうに抱かれて心地好さそうだ。

「乱暴になさると、子供が泣きます。皆が目をさましては困るんじゃありませんか」声が慄えた。「お静かに」

「いっこうかまわん」頭だったひとりが言った。「起き出して騒げば、子供を」刺す身振りをみせた。

「それでは、もとも子もないじゃありませんか」うわずった声がひとりでに咽を出る。「お金が欲しいのでしょう。それでしたら、穏便にすませたほうが、そちらのためにもよろしいのじゃござんせんか」

「なるほど、江戸者だな」ゆうに刃を突きつけている男が、市を抱き抱え短刀を擬した賊をかえりみた。小柄なその賊は、ちょっとうろたえたように首を振った。相手の言葉を制止したように見えた。

「案内しろ」頭はゆうの言葉を無視し、命じた。

あんた、恐ろしひとやなぁ。まとまった金を手に賊が引き上げた後、ようやく人心地がついたおふじが、ゆうにむかって先ず口にしたのは、それであった。

自分の子はかばい、市を賊に渡した。もう一刻もうちに置くことはでけへん。去んでもらお。

賊が市を人質にとったのは、そのときの成り行きで、ゆうが差し出したわけではない。おふじにどのように罵られてもそのことでひけめはないけれど、

——あれは……牡丹ではなかったのか。その疑いが胸から去らない。顔はわからなかった。だから、小柄なからだつき、それだけであれば、どことなく似ていたと思うだ

けなのだけれど、

〝なるほど、江戸者だな〟と言った頭の言葉。そうして、うろたえて制止した小柄な賊の態度。それが、疑惑を持たせた。初めて押し入った賊に、どうしてゆうが江戸者とわかるのだ。萩野浅吉は、先に捕縛された愛国交親社の幹部である博徒、近藤実左衛門の身内である。あの三人のなかに萩野もいたのかもしれない。そうであれば、国事に奔走、その軍資金という言葉もあながちでたらめではない。

疑いたくはなかった。疑う自分が淋しくなる。もしかしたら、牡丹にたいして抱くわずかな敵意。それが、悪意のある疑念を引き起こしたのではないのか。ゆうは自分を責める。

福之助の手を振り切り、一座を捨てたこと。そうして、連れ戻そうといつになく必死な福之助をみて兆したかすかな嫉妬。

すぐにも出て行け、といきりたつおふじを、こない真夜中に追い出すわけにもいかんやろ、太兵衛はなだめ、おふじは妬心を煽り立てられ、いっそう逆上した。そうして、おゆうが手引きしたのに違いないとまで言い出した。調べに来ていた巡査の耳に入り、ゆうの取り調べは厳しいものになった。存じません、いっこうにわたくしにはわかりません。そう言い張りながら、いっちゃんだったのだろうか、牡丹か、あれは……。ゆうは思い惑う……。

*

道頓堀は、堀に沿って西から東に、戎座（えびすざ）、中座、角座、旭座、弁天座と五つの櫓（やぐら）が並ぶ。戎座、中座、角座は上方でもっとも格が高く、旭座、弁天座はやや落ちる。

どの小屋も座つきの茶屋を持つのは江戸のころの芝居町と同様である。東京は小屋のありようもずいぶん変わり、茶屋を廃したところもあるけれど、大阪ではまだ芝居茶屋を通さねば桟敷（さじき）は手に入らない。払いは節季勘定で、一見客（いちげんきゃく）はとらない。茶屋になじみのない現金払いの一見客のためには、本家茶屋というのがあった。小屋の座主が経営する茶屋である。現金払いは野暮だといって、通人は本家茶屋をあまり利用しない。芝居茶屋は色ごとの仲立ちもする。色町『島の内』の茶屋に客を取り持ったり芸妓（げいこ）を呼んで遊興をさせもする。

「はい、こうおいでなさいまし」ゆうはすでにほろ酔いの客を案内し、小屋の木戸口を通る。

「へい、川松さん、おおきに」大声で茶屋の名を呼びあげる大木戸に通り札を渡し、桟敷に客をみちびく。

川松は角座の座主、大清の親方と呼ばれる狹客出の和田清七の持ち茶屋である。角座はつい先頃大規模な改築をしたばかりで、安普請だが、木の香はすがすがしく、清潔である。大阪の小屋は東京にくらべ、旧式で、下足のまま場内に入る習慣のせいで、道頓堀の大劇場でも場末の小屋のように汚ないのだが、新しい大清の小屋は、表口に式台を設け、場内に天井を張り、しかも追いこみの土間をなくして平場全部を〝割り〟にしたので、客の評判がよい。

太兵衛の夜逗と、強盗にひさではなく市が人質に取られたということのために、おふじはゆうを追い出す決心を固め、太兵衛も弱みがあるのでかばいきれず、暇を出した。しかし、かげで手をまわし、角座のお茶子の口を世話してくれた。そのかわり、おふじに知れぬようによそで逢おうという太兵衛の肚は読めたが、その誘いはどうにか突っ撥ねている。太兵衛もどうでもというほど強い執心ではないようで、ゆうは助かっているけれど、男を狂わす力はないのかと、ふと鏡を見たりもした。

戎橋の近くの長屋に移った。ひさは茶屋に連れて行き、厨で遊ばせておく。お茶子の仕事は客の案内だけではない。お茶子頭の指図で、客の桟敷に料理を運び、手焙り火鉢で酒の燗をつけ、酌をし、閉ねれば茶屋に案内し、桟敷の後片付けをし、茶屋にとってかえして夜食の給仕をし、くるくるとこまめに動きまわらねばならない。その日その日はめまぐるしく過ぎるが、仕事に慣れてくると、ゆうは、――このまま日が過ぎるのでは……何か物足りなさをおぼえる。

福之助によってあまりに満ち足りた日々を識った、そのためだろうか。わたしは、贅沢なんだ。そう、ゆうは思う。物や金では得られない『贅沢』を、ゆうは望んでいた。

ぐっすり寝入ったひさを背に負い、人足の絶えた川岸を家路につきながら、このまま外の力に流されて日を送るのは……嫌だ、と苛立たしさが波立つ。

それは、気力がよみがえり、満ちてきていることでもあった。

戎橋すじは、芝居が閉ねた直後はいっとき人で賑わうが、陽が落ちたあとは屋形船の通いも絶え、畑の黍や麦の葉末が風にさやぐ音が淋しい。繁華に店がならぶのはほんの一側で、少しはずれると空き地や畑が広がる。

長屋に帰り着き、ひさを蒲団に下ろし、まだからだには余力が残っている。福之助と旅をしているときは、浮き草にたとえられる暮らしでありながら、流されているという感じは持たなかった。我から選びとった暮らしであり、福之助の歩む道がゆうの気持と合致していたから、福之助に身をまかせきってやすらかだったのだ。これからは自分で棹ささねば。帯をとき、ひさの傍らに添い寝して、ゆうは、市が隣にいないのを、肌淋しく感じた。

小屋に出る前に、ゆうはひさの手をひき洗濯物を入れた盥を抱えて、戎橋の橋詰に行く。

腰紐の先をひさの腰に結び、一端を自分の腰に結んで、川岸に屈み込む。水はぬるみ、芽ぶいた柳の枝が汀に揺れる。

大阪の、道頓堀の川端にしゃがみこんで、子供を紐でくくりつけて洗濯している自分の姿を、ゆうは少し離れたところから眺めているような気分になる。ついさきごろまでは思いもしなかった状態であった。これは、仮の暮らしだ。ほんのいっときのことだ。

福之助との旅のあいだ、いるべき場所にいる、そう感じられた。その満ち足りた気持のなかで、生の寂しさをひっそりと感得しもしたのだけれど、雑駁な日常のなかに、いつか、日常を超えたものへの感覚を忘れ去っていた。

福之助のいない今、わたしのいるべき場所は――心の満足する暮らしは、何なのだろう。

水に入っていこうとするひさを、紐をぐいとひいて引き止める。危ないよ。声はやさしいけれど、どこか上の空だと感じる。ゆうは久しぶりに、幼い頃を思い出していた。母に芯から甘えた憶えがない。それでも母は邪険だったわけではないのだ。子供は貪欲に母親の心の全部が自分にそそがれることを望む。母は自分の快楽にも目を向け、それがわたしには冷たさと映ったのだったろうか。

わたしもひさに冷たい。そう、ゆうは思う。かたときも手放せぬほどいとおしくてならぬという気持が欠けているのではないか。乳を吸われているあいだ、いとしいと頬擦りもしたけれど、そうして、ときには可愛くて抱きしめることもあるけれど、世の常の母親はもっと盲目的に子供を溺愛するのではないだろうか。子供もそれを望んでいるのではあるまいか。――わたしも母に抱きしめられていたかった……。

ひさには淋しい思いはさせまい。そう思う。しかし、わたしの愛情が薄いからではないのか、淋しい思いをさせまいと、ことさらに気を張るというのは。

福之助とのあいだに子供がいたら、福之助はさぞ子煩悩な父親になったことだろう。

わたしのお父っつぁんがそうだったように。わたしが邪険に叱ろうと、福之助のおおらかなやさしさに包まれて、子供はのびやかに育ったことだろう。

母親であるには、わたしは何かが欠けているんじゃないだろうか。

わたしは、自分が満ち足りたい。子供だけでは満たされない。そのわたしの冷たさはひさはまだそれとわからなくとも、心に染みこんでいるのではあるまいか。辛い思いだけはしないでおくれよ。そう願いながら、その辛さを与えているのはわたしではないのか、そう、ゆうは思い、せつなくなった。しかし、自分の気持ぐらい手に負えないものはない。

ひさ、おまえだけでは、かあちゃんは満足できないんだよ。どうしようねえ。濯ぎあげ絞り上げた洗い物を桶に入れ、帰るよ、ゆうは手招いた。紐をほどき、片手に桶を抱えあいた手をのべた。ひさは道を心得、ゆうの手を払っておぼつかない足で走り出し、ころんだ。

九月、茨城県、筑波山の北、加波山に、『自由の魁』『自由之友』『圧制政府転覆』『一死報国』などと大書した旗が翻った。警官隊との攻防に破れ、壊滅した。自由党はこれを契機に、十月末、解党した。引き続いて、秩父郡風布村の山中で、大規模な武装蜂起があり、軍隊が出動した。そんな噂を伝え聞くとき、

――あの強盗はいっちゃんだったのかねえ。ゆうは、思う。ときが経つにつれ、敵意は薄れ、萩野さんといっしょで、いっちゃんは、今、満ち足りているのかもしれないねえ。そんな気がした。

ひさは日一日と、昨日できなかったことが今日は苦もなくできるというふうで、茶屋の厨でいたずらをしては、奉公人たちにどなりつけられている。

あまりめまぐるしいと、背にくくりつけてしまうのだが、ひさはいやがって暴れた。まるまると肥えた足がゆうの背を蹴った。ひとなつっこいのが幸いして、ときには文句もいわれ、突き飛ばさんばかりに邪魔にされることもあるけれど、手が空けば猫かわいがりにしてくれる女たちに事欠かない。市は、どうしているだろう、と思うと、せつなく乳首がうずいた。

川松のお茶子頭、おきんに、堀川の旦那の世話にならないか、とはっきり切り出されたのは、秩父事件の噂がまだ尾をひいている霜月の半ばであった。

おきんは、川松の主(あるじ)であり角座の座主である大清・和田清七の手がついているので、並みのお茶子頭より権限が大きい。

ことわると、堀川の旦那さんは、おふじさんを失(の)うして、困ったはる、と、おきんは言った。

「どうして、また」思わず口をついた。

「わからんもんやなあ、ひとの寿命て。風邪ひかはってな、三日か四日患(わず)ろおたと思たら、あっけなく、亡(の)うならはったんやて」

おふじの生死に、さして感慨のない自分にゆうは気づき、――やはりわたしはどこか冷たいのだろうか……と思ったが、すぐに、市のことが気がかりになった。

「おひさと同い年の坊やが」言いかけると、

「それや、そのことや」おきんは身をのりださんばかりに、

「そやさかい、あんたに、戻ってきてほし、いうたはるねんで。な、あの坊ン、あんたにえらい懐(なつ)いとったんやてな。ここにおるよりあんたかて楽やろ。ほんまいうてな、あんたが子連れで働いとるの、うちは、迷惑しとってん。堀川はんから、うちの旦那はんにあんじょうしたってほし、いうて頼まれたさかい、いままで、目ぇつぶっとったけど

な、ほんま、困っとったんやわ。ひさちゃんも、これから、あんた、手ぇかかるで。ちょこまか動くさかいな。いつまでも、背にひっくくってもおけへんやろ。そうかて、好きにさせといたら、何するかわからんで。堀川の旦那はん、あんたに前からおぼしめしがあったんやろ。おふじさんの手前、あんたを外に出さんならなんだ。邪魔なやつがおらんようになったさかい、て、そう、言うたはったえ」

なだめすかすおきんの言葉を、とちゅうから、ゆうは聞いていなかった。のべつしゃべりたてるおきんが、息をついだとき、

「そのお話はことわらせていただきます」ゆうは言った。

娘のころ、親にすすめられる見合いの話を強情に拒みとおしたことを思い出し、いつまでも同じようなことがつきまとう、と、思わず苦笑めいたものが口もとに浮かぶのを、おきんは見咎め、

「何やね、おまえは」荒い声をあげた。

堀川太兵衛の誘いかけを拒む。そのことばかりが心を占め、母親を失った市を思いやることをゆうは忘れていた。

ことわる、と言ったゆうに、おきんは、これから先もここで働くつもりなら、ひさを里子に出すなりなんなりして、ひとりになれ、と命じたのだった。

それは困ります。

ほな、やめてもらお。おきんはそっけなく言った。子連れのあんたを迷惑承知でおいたのは、堀川の旦那の声がかりだったからだ。堀川の旦那はあんたを引き取ると言っているのに、それにそむくのなら、うちで、あんたの世話をする義理はない。

「ごめんよ」長屋に帰りつき、ねむりこんでいるひさに添い寝しながら、ゆうは話しかける。かあちゃんは、いやなことは、いやなんだよ。

妾でも、太兵衛の世話を受ければ、ひさの暮らしも安穏（あんのん）になるかもしれない。「それでもね、おまえに楽をさせるために」自分を犠牲にすることが、できないのだ。生まれついての我儘（わがまま）な気性だね。

おきんに、どうぞこのまま働かせてくださいと、手をついて頼むこともしなかった。

明日から、仕事にくるな、と、おきんに言われた。そう言えば、ゆうが泣きついてくると思っているのかもしれない。実際、子連れのお茶子では使いにくいだろう。働き手はいくらでもいるから、ゆうがやめても、川松のほうはいっこう困りはしない。

「このさいね、流されないで、思いきってやりたいことをやってみようと、決めたんだよ。そうなると、おまえも苦労だけどねえ」

福之助と暮らしているとき子供が欲しいと少しも思わなかったのは、

——わたしは、この暮らしが好きでならないけれど、子供はものごころついたらどう思うか……。

その不安も意識の底にあったのだ、と、認める。

最初から選びようのない生を、子供に与えるのが怖かった。

浮き草にたとえられる暮らしを、ゆうは、自分から望んで、選び取った。

江戸のころ、役者は、小団次や田之助のような大名題（おおなだい）でさえ、公（おおやけ）の文書に一匹、二匹、と記された。明治の世になって、役者の地位も少しあがったようだけれど、それは、由緒（ゆいしょ）ある名題役者のことであって、漂泊の芸人はいまだに蔑（さげす）まれ、世間は受け入れるのを拒む。

「それなのに、おまえを生んでしまった。とうぶん、かあちゃんの巻き添えだよ、ひさは」

ひさびさに、ゆうは、いとしくてならぬものを、ひさの寝顔におぼえた。辛い戦いをともにたたかう仲間、という感情のこもったいとおしさであった。

＊

「興行師に？」

大清は、笑い捨てた。

大清に面と向き合うのは、ゆうは初めてである。ひさを連れ、本宅に押しかけた。人見知りで、内気で、臆病なくせに、ときに、とんでもなく大胆な行動に突っ走る。福之助のもとに走り、抱かれ、そのあと、かってに眉を落とし、歯を染めたのも、そうだった。兄さんに迷惑はかけません、わたしひとりの心意気だと思ってください。あのときは、やみくもにそうしたが、さすがにこのごろは、思い詰めると周囲が見えなくなる自分に気づくようになっていた。

しかし、爆発的な行動に走るまでに、じわじわと考え抜く時間は持っている。浮わついた思いつきじゃあない。そう言い切れた。

大清こと和田清七は、御一新前は、大坂西町奉行の部屋頭だったということだ。

五十を少し越えた年頃に見える。顎がくびれ、下腹は布袋のようにたるみ、ほとんど禿げ上がった頭のわずかな髪を後頭部になでつけ、女物らしい縮緬の袷の上にどてらを羽織り、長火鉢の前に大あぐらをかいて、若い衆に肩をもませながらの応対であった。

「〝興行師〟て、何や」そっけなく言いながら、目はゆうのからだを這う。

「高物（見世物）でもやろういうんか、おまえが」

芝居を取りしきる興行師は、これまで、〝仕打ち〟とか〝芝居師〟とか呼ばれていた。興行師という呼称が一般的になったのは、最近のことである。

「堀川のが執心だというから、会うてみる気になったが、女のくせに仕打ちをやろうとは、おまえ、すこしおかしいいん違うか」

ひさに目をむけ、

「堀川の世話になるのが気ぃすすまなんだら、わいが、面倒みたろうやないか。おまえのようなんに、仕打ちたら荒い仕事はでけんわ」

「以前は、小さい一座ではござんすが、頭取をしておりました」

「頭取いうても、旅まわりのやろ」

ゆうの事情をいくらかは知っているようで、

「それも、何や、だまされて一座つぶしたいうやんか。そんなんが、仕打ちでけるか。

仕打ちはな、まず、不人情に徹せなあかん。弱いもんはとことんいたぶる。知ったかぶりで、嘘つきで、人をだますのをなんとも思わんのが、仕打ちや。そうでのうては、つとまらへんのやで。おまえ、不人情な面がまえには見えんの」

「旦那さまも、不人情なんですか」

「そうや」平然と、大清はうなずいた。

「わいらはな、役者と見物を手玉にとらなあかん。おまえも幕内におったんなら、役者いうもんを知っとるやろが。自惚れが強うて、我儘で、嫉妬深うて、他人の悪口いうのが好きで、身勝手で、他人の銭でええ目みるのが当たり前や思うとる、手におえん世間知らずが、役者や。見物はまたな、銭惜しみして、安い銭で目いっぱいおもろいものを見せいちゅうんや。そのあいだに立って、うまい商いするのは、こら、並大抵やないで。東京の守田勘弥、知っとるやろ」

「お名前は」

「あら、たいへんな仕打ちや。親の代からの仕打ちやが、父親がな、手習いの始めに教えこんだんが、借金証文の書きようやったと、こら、同業のもんならだれでも聞いとる一つ話や。他人さんの銭金を、どれだけうまいこと引き出すかが、仕打ちの伎倆や。金主も、そうあっさりとは出さんわ。それを、だまし、すかし、絞れるだけ絞りとらなあかん。義理たら人情たら、人並なことというとったら、踏まれ蹴られて、二度と立てんようになる」

「でも、旦那さんは、高島屋さんに、たいそう人情のあついもてなしをなすったと聞いています」

角座の座頭、高島屋市川右団次は、御一新前、江戸で大人気のあった小団次の実子である。右団次の母は、道頓堀の茶屋の娘だった。右団次が幼いころ小団次は妻を離別し、ひとり江戸に去った。右団次は母のもとで育ち、長じて角座に出勤するようになり、大清の力添えで、人気をあげた。

一昨年、右団次は自宅から火を出し、近隣九十軒あまりが類焼した。そのため大阪で舞台にたつのを遠慮せざるを得なくなった右団次は、上京し新富座に出勤したが、東京での評はよくなかった。ゆうは、そのていどの事情は聞き知っていた。

東京で不遇の右団次を、

「角の芝居を立派に造り直して、その披露(ひろう)という名目で、高島屋さんがこちらに帰りやすくしてあげなすったと聞いています。不人情なおひとにできることではございません」

「だから、おまえは、甘い」ほとんど表情を動かしもせず、大清は、

「高島屋は銭になるさかい、肩入れしとる。客を呼べんようになったら」

むっくりと太い手を、横に払った。

「高島屋かてそれは承知や。そやさかい、芝居に精魂こめる。役者は客をよんでなんぼや。そういうことや。おまえのようなやわな女の手におえるこっちゃない。酔狂にもほどがある。去に」顎をしゃくった。

「わたしは、役者を泣かせない仕打ちになろうと思うんでございます」

笑いとばされるのは覚悟で、ゆうは言った。思いがけずおちついた声が出た。

「きれいな口をきくの」苦笑さえ、大清は、しない。

「おまえのような世間知らずを相手にしとっても、しょむないわ。な、わいの世話にならんかい」

ゆうは少し、後じさった。

「不人情な、うそつきの仕打ちに、わたしどもの一座は泣かされました。それゆえ」

「そら、おまえらがあほなんや」大清はにべもなく、かぶせた。

ゆうはかまわず続けた。

「わたしの亭主（ていしゅ）が早死にしましたのも、もとはといえば、その」

「あほの愚痴話を聞いとる暇はない。あ、これ、あかん」

床の間に這い上がり、置物の大黒に手をのばすひさを、大清はどなりつけ、

「この子のほうが、おまえより、根性がありそうやな」ようやく声に笑いがまじり、「おまえがどうでも芝居の仕打ちをしたいなら、後ろ楯（だて）になったろ。それが、望みで訪ねてきたんやろ」

言いながら、ゆうの手首に手を延ばし、そのかわり身を任せろ、という下心を、露骨にみせた。後じさって身をかわすゆうに、

「角の芝居のほかにも、三つ四つ、小屋は持っとるさかいな。角座のような大け小屋ではないねんけどな」

風向きがかわったのは、口車でまるめこむつもりだろう、と、そのくらいの察しはゆうにもつく。

「小屋をあずからせていただきたいというのではございません」

「ほな、何や」

「旅まわりの小さい芝居と、小屋の橋渡しをしようと思うんでございます」

「そない仕打ちがあるか」

「旅を稼（かせ）いでおりますと、次の乗場のめどがつかないくらい、心細いことはございません。千日前の横井の旦那の手代となのる男にだまされたのも、その心細さゆえでございました。あの長五郎という男が、くわせものでなく、真実、役者のためをはかってくれたなら、わたしどもも大助かりするところでございました。日ごろ、あちらこちらの小屋とお親しく願っておき、旅芝居の衆とも昵懇（じっこん）を結び、双方のあいだを取り持つ、そういう仕打ちを、やろうと思うんでございます」

一途（いちず）な目を大清にむけた。

「もちろん、わたしも、おまんまをいただかなくてはなりません。ですから、話をまとめたら、小屋と役者と、双方から、歩合をちょうだいいたします」

相談をもちかける相手を間違えただろうか。大清の、肚（はら）の中は、その表情からはうかがい知れない。

「肝の小さい話やな」大清は蠅（はえ）を追うような手つきをした。

「両方から〝かすり〟とろうてか。やはり女やな。仕打ちやるなら、ええ金主めっけてな、どんと大け芝居うったろいう度胸がのうて、どうする。ちまちまと、ちんこい芝居の〝かすり〟とろうなど、つまらん話や。ええか、世の中はな、棒ほど願うて針ほどや。おまえの話は、最初から、針のめどや」

「弱い役者を泣かせる仕打ちはたんといます」ゆうが言いかけると、大清は、止めろ、止めろ、と大きく手を振った。

「言いたいことは、聞かんかてわかる。弱い役者の味方をする。ああ、けっこうなこっちゃ、と、ひとさんは感心するやろ。せやけど、おまえ、ひとの世話でける柄か。おのれが泥かぶってな、はらわたまで、汚なまみれにならなあかん仕事や。いやな奴ちゃ思うても、それで仕事がうまくゆくなら、身ぃまかすぐらいのこともでけんで、なにが、女仕打ちや。ややこし話は止めや。わいの世話になるのを承知すれば、なんぼでも、手ぇ貸したろ。いやなら、話はこれきりや」

えげつない思うとるんやろ、と、大清は言った。

「わいかてな、女くどく手管ぐらい知っとるわ。そやけど、おまえには手管は通用せん。そやろ。そやさかい、あけすけに言う。身ぃまかすか、まかさんか、話はそれだけや。いますぐ心が決まらなんだら、明日まで、待と」

「ずいぶんと、ご執心でござんすね。わたしは色気も何もない子持ちでございますよ」

「やっと、手応(てごた)えのあることを言うたな。わいは、弱い役者のためたらなんたらいう御託は、虫酸(むしず)が走る。他人(ひと)さまのためなどと吐(ぬ)かすやつにかぎって、己の身ばかり可愛(かわい)がるものや。おまえをてかけに言うたんは、面憎(つら)いことを言うさかい、吠(ほ)えさせたろ思うたんや。自惚れなや」

太い煙管(きせる)を長火鉢の縁に叩きつけると、冷ややかな横顔をみせた。

わたしは話下手なんだねえ。長屋に戻(もど)り、語りかける相手は、眠っているひさのほかにはいない。

仕打ちにも、ぴんからきりまである。

大清のように、浪速(なにわ)一の劇場を持ち、右団次のような東京でも大舞台に立てる役者をかかえるものもいれば、蔦安(つたやす)のように博徒(ばくと)が経営するもの、芸事好きが嵩(こう)じて、道楽に、自分の小屋を持つにいたったもの、さらに、小屋を持たず、身ひとつで、芝居を請け負うものがある。この最後のに、悪質な手合いが多い。一座と契約を結び、劇場にはあがりのなかから興行に必要な経費を払うのだが、役者にはなんのかのと口実をもうけて支払いを渋り、欠損になれば姿をかくしたり、いっそうひどいのはあがり金を持ち逃げするものもいる。

　ゆうは、これまで、あちらこちら旅してまわっているから、小さい小屋の事情には並みのものより通じている。その経験を生かし、小屋と役者の橋渡しをする仕打ちができると思案したのだった。請け負い仕事の興行師は自分の儲けを捻出するために、阿漕なことをする。役者にわたす銭を減らすほど、儲けは大きくなる仕組みだからだ。入りのよしあしにかかわらず、あがりの、たとえば三分とか五分とかを、小屋と役者の双方から毎日天引きでもらう、そういう契約にすれば、資金もいらず、役者の側に立った仕事ができるのではないか。

　世間知らずと大清に嗤われたとおり、荒い旅まわりのあいだ、福之助をはじめ、仲間の役者たちにかばわれ、お嬢さんがすんなり齢ばかり重ねた。しかし、身についたものはあるはずだ。

　どれほど大当たりしても、旅の役者のあがりはたかが知れている。あいだをとりもつ仕打ちの手にはいるのはわずかな額だろう。さきゆき、華々しい発展は望めない。侘しい仕事かもしれなかった。大清などの目から見たら、欲に欠けているのは歯痒いほどなのだろう。

おゆうさんは、ちいさいときから、うまいものを食ってきれえなべべを着て、贅沢三昧はもうし飽きたから、こんな貧乏暮らしが珍しくておもしろいんだろうが。そういったのは、角蔵だった。おれたちみたようなしがねえ火縄売りの子に生まれついてみなせえ、こんな暮らしはまっぴらだ、もうちっとましな暮らしのできるところに出ていきてえと……。

おまえもそう思うようになるだろうか。ゆうは、小さい寝息をたてているひさに目を投げた。

それでも、かあちゃんは、役者が泣かない仕打ちになるよ。

亀吉はじめかつての福之助一座の役者たちを呼び集め、もう一度座をたてなおそうとは思わない。福之助を欠いては、客を呼べる舞台はつくれぬ。金太郎がいてくれたら……。金太郎なら、見物を沸かせる。いえ、金ちゃんは、役者を嫌って舞台を捨てたひと。未練がましいよ。亀吉たちは、それぞれの座で、脇をつとめるのが、分にあっている。その亀吉たちの立場に立った仕打ち。そうは思っても、具体的にまず何から始めたらよいのか見当がつかず、大清に相談に行ったのだが、

「初手から甘かったね」ゆうは声に出し、苦笑した。

堀川太兵衛の妾になる。大清に身を汚される。ふたつの道を示され、どちらも拒めば、さしあたって食べるにもこと欠く。川松は解雇された。大清、太兵衛、ふたりの意にそむいては、大阪で芝居関係の仕事につくのはむずかしい。ここの茶屋も、大清が手をまわせば、雇ってはくれないだろう。一度だけ大清に身をまかせたら、何か便宜をはかってくれるだろうか……。そんなことさえ思い、身震いした。

大阪を離れるほかはないだろうねえ。そう思ったとき、ゆうが思いついたのは、三州刈谷の嵐鱗花であった。

百姓芝居、と福之助が馬鹿にしていた一座である。その蔑視の底には、口惜しさと嫉妬もひそんでる。そう、ゆうは感じていた。安定した人気。ゆたかな衣裳、小道具。そうして、座頭、鱗花の人望もあつかった。旅で御難にあった役者が鱗花芝居にかけこんで一時のしのぎをつけることがしばしばあるという。そのなかには東京で名のある役者もひとりならずいると、噂にきいていた。

そういうとき、鱗花は、人一倍その役者を優遇し、給金も充分にあたえ、できるだけの世話をするので、東京にまで、よい評判がつたわっているそうだ。

これも旅のあいだにきいた噂だが、鱗花は、巡業のさい、一座をさきにたたせ、自分はひとり後から目立たぬなりで、行く。そうして、道々、さりげなく座の評判をきくのだという。興行地につくと、馬子だろうと人足だろうと、ていねいに頭を下げ、鱗花でございます、またご当地にまいりました、どうぞよろしゅうと挨拶(あいさつ)するのでいっそう好感を持たれるのだという話だった。

地方の興行師の大半はやくざや女郎屋の亭主などで、堅気は少ない。大清などは大きい劇場を仕切るのだから、信頼がおけると思ったのだが、やはり判断が甘かった。地方の小さい興行主となれば、さらにひどい手合いばかりだ。そのなかで、嵐鱗花なら、心をゆるして一時身を寄せ、仕打ちの修業をすることができはしないか。虫がよすぎるだろうかとも思った。しかし、いま、とれる最善の方法はそれ以外に思いつかない。

川松で芝居客からもらう祝儀を、ひたすら手をつけず貯(た)めてある。刈谷までの旅費ぐらいなら、切り詰めれば足りるのではないだろうか。すりきれた畳をもちあげ、隠し金をとりだし、ひさの枕(まくら)もとで小銭をかぞえながら、大阪をはなれるまえに、市の顔だけ見たい、と思った。乳房に甘いうずきがよみがえる。ひさにはそんな感覚がおきないのはなぜだろうと、また、おのれの冷たさを思う。他人の子のほうがいとしいなど、そんなはずはない。まして市は堀川太兵衛の子ではないか。ふいにそう思い当たると、市への思いがすうっと冷える気がした。それまで、市はゆうの心のなかで親と結びついていなかった。

たよりなく揺れ動く心のありように、ゆうは心細く、兄さん、声にならぬ悲鳴が口をつく。

大阪から伏見、大津、草津、土山、鈴鹿峠を越えて関の宿、四日市、桑名の渡しまでおよそ四十里、舟で熱田まで七里、そうして五里ほど南に下れば、三州刈谷。歩きなれた道であった。刈谷で興行したことはなかったが、池鯉鮒（ちりふ）、岡崎、藤川、浜松、掛川、沼津、三島と東海道をいくたび往復したことか。

しかし、子連れの旅は初めてであった。かつての仲間たちといっしょなら、子供も中にまじって存在がそれほど気にはならないだろう。

ひさとふたりで歩くと、同じ道とは思えぬほど、景色が違ってみえた。

正月をむかえ、数えで四つになったといっても、丸で数えれば二歳と八カ月のひさは、年のわりには足はたっしゃなほうだけれど、長丁場は歩けない。なだめすかし、歩かせながら、親は子供の足枷（あしかせ）だねえと思う。おまえが一人立ちするまでは、一蓮托生（いちれんたくしょう）なんだよ。あきらめなね。

＊

「あんたなぁ」老婆（ろうば）はゆったり声をかけた。「そんな小さい子にあたらんでもええやないか」

ゆうは、ひさを叩（たた）こうとした手をとめた。

霜解けの道は、凍り始めていた。陽（ひ）が落ちる前に宿のある土地につかねばと焦（あせ）るのに、ひさは目をはなすと横道にそれ、枯れた芒（すすき）の茂る土手のかげにかくれ、農家の裏庭に入り込み、姿がみえなくなる。見つけだすたびにゆうの声は荒さを増した。背中は荷でふさがっているので、背にひっくくることもできない。きまぐれに走りまわったあとは、くたびれたと、ところ嫌わずすわり込む。芝居をうってまわっていたときとは、くらべようもない、気疲れのする、道のはかどらぬ旅であった。

ときに、なんのためにどこにむかって歩いているのか、ゆうは、それさえ見失いそうになる。

またも消えたひさは、農家の土間の、火の燃えさかる竈(かまど)の前で、串団子(くしだんご)を横ぐわえに食べていた。

「長旅とみえるの」

寒さ防ぎを兼ねた手甲、腕貫(うでぬき)、身のまわりのものを包んだ風呂敷(ふろしき)包みを背にしたゆうに、老婆は言い、「あんたも、ちいと温(ぬく)もっていきゃあせ」誘う声に人恋しげなものをゆうは感じた。

「すみません。ご造作になります」

「こらまあ、ていねいなこっちゃの」

ひさに、温かい場所に案内されたようなものだ、ゆうは苦笑しながら、竈の温もりを心地好(よ)く身にうけた。

「疲れとるんやろ。だから、いたいけな子に辛(つろ)うあたる」

そこに掛けやあせ、老婆は上がり框(がまち)を目顔で示した。ゆうは遠慮する気力もなく、がっくりと腰を落とした。くの字に折れた軀をたいぎそうに動かして、老婆は、醤油(しょうゆ)をつけて焼いた団子と渋茶をふるまってくれた。

ゆうの隣りに腰をおろし、自分も茶をすすりながら、

「どこまで行きなさる」

「刈谷です」

「ほな、もう一足やな。どっから来なさった」

一瞬、ゆうは口ごもった。

大阪からにはちがいない。しかし、大阪も、仮の住まいの地にすぎなかった。どこから、という問いに、とっさに口をつきそうになったのは、『江戸』という名であった。江戸が東京と変って十八年にもなるというのに。そうして東京という地名は、すっかり耳になじんでいるのに。多分、東京と変って間もなく旅暮らしになり、西を廻るることが多く、東京に長く住むことがなかったからだろう。箱根を越えて東に行けば、懐しい江戸が、立ち現われるような錯覚を、ゆうは持つ。

「かしこいの」土間にしゃがみこんで指先でいたずらがきをしているひさに、老婆は話しかける。

「いくつになるかの」

「この正月で四つになりました」

「わしの末の孫が同い年やが、字などよう書かん」

「この子だって、おばあちゃん、字は書きませんよ。絵も描けやしません。でたらめを書いているだけですよ」

「そうかい。わし目ぇ疎おての」

「おひとりなんですか」

家のなかに人の気配が感じられない。

「なんの、息子も嫁も孫もおってやけどな、みな、芝居見に行きよった」

「芝居ですか」

「冬場は百姓の息抜き時や。ほんまいうたら、縄綯うたり籠編んだりせえださなあかんのやけど、この節、百姓も、安気になってもうてあかん」

冬は農村廻りにもっとも適した季節であることは、ゆうも充分心得ている。

「おばあちゃんは、芝居はお嫌いなんですか」

「あんた、東のひとやな。歯切れよう話すの。芝居好かんたらいうもんおりゃあすか。わしもな、冬場、ようけ見たもんやったわなぁ。曾根崎やら、紙治やら、ええわなぁ」

あんまりむごい治兵衛さん、なんぼおまえにどのようなせつない義理があるとても、と、老婆は嗄れた声を絞った。

「わしは、長丁場、坐っておれへんようになってもうたよって、どっこも行かれへん」

ここが悪いというふうに、老婆は腰を叩いた。

「十年前やったらなぁ、五年前かて、仕事ほかしても、とんでいったわ」

「鱗花芝居は、このあたりにはまわってきませんか」

「ほう、あんたも鱗花好きか。ええなぁ、鱗花は。鱗花はもう年やけどな、あっこの役者はみなうまいわ。ほん、よう泣かせてくれよる。冬場は、このあたり、いつも、廻らはるんやが、今年はまだきいへんな」

「ああ、いまは稼ぎ時でしたねえ。刈谷に行っても、鱗花さんには会えませんかねえ」

「あんた、嵐鱗花に会いに行くのか」

そやったら、刈谷にいっても、無駄足かしれんなあ。一里場まわりの最中や。

なつかしい言葉を聞く。一里場まわり。福之助や金太郎と、はじめて名古屋で旅興行をし、そのあと、買われて、一里場をまわった。農村では秋の刈り込みが終わると、小屋掛けの野天芝居が盛んになる。たいがい一日か二日、長くても五日ほど興行して、すぐに次の村に乗り込む。村と村の間は一里か二里ほどなので、一里場まわりと呼ばれる。

「いまここにかかっている芝居の勧進元さんにたずねたら、鱗花芝居の消息も知れましょうかね」

「さて、わしには何ともわかりゃせんがの」

そう言いながら、老婆は、村の世話役の家を教えてくれた。

荷物は老婆の家におかせてもらい、ひさを背に、世話役の家にむかいながら、――なんのために……。時折こころにわく弱気が、また、起きる。

わたしに仕打ちなど……。はらわたまで泥にまみれなくてはできぬ仕事だと、大清に念を押されるまでもない。

酷い仕打ちに泣かされてきた。だからこそ、役者を泣かせぬ仕打ちにと、決心の筋道は通っているけれど、わたしには向かないねえ。ひっそりと、福之助の背に凭れていたい。だれにも頭を下げず、手も汚さず。お嬢さん育ちの腰の弱さが、くたびれると、おもてに出てくる。自分のやりたいことをとおすためには、ためらいなく親を捨て家を捨てたのだけれど、それも、つまりは、福之助をはじめ役者たちの温かい壁の内側に飛び込んだだけのことだった。

独りで世間の風にあたるとなると、たちまち、このひ弱さだ、と、ゆうは認める。芝居への関わりをきっぱり捨て、雇女でもしながら、ほそぼそとひさを育てる。……それがいやなんだから、しかたないよね。自分にいう。

福之助を夢の壁としてつくりあげたあえかな世界は、二度とよみがえることはない。

冬の夕闇の底に、散りしきる葩をゆうは視た。

淡い雪と気づき、ひさを背からおろすと、前に抱き込んだ。そのほうがいくらかでも寒さをふせいでやれるような気がした。しかし、前に抱けば、ひさの背が寒かろう。

ひさはずっしりと重く、前のめりになるからだを、うしろに反らし、ゆうは足を早めた。

＊

ゆうを幕内のものと知ると、鱗花の顔から愛想のよい笑顔が消えた。

これまでの来歴を手短に話し、仕打ちの修業をしたいというゆうの希望をきいて、

「やめとき」

一見温厚そうだが、情におぼれることのない厳しい一面を持つのだろう。嵐鱗花の口

調は、そっけなかった。

　世話役の家に一夜宿を借り、翌日、教えられた小屋をおとずれた。積み重ねられた衣裳葛籠も、紅白粉のにおいもなじみぶかい、せせこましい楽屋である。役者のせりふや義太夫が、書き割りの幕越しにきこえる。泥臭いせりふまわしであった。裏方や下回りが、気忙しげにせまい楽屋を行き来する。

　嵐鱗花は、小柄な、初老の男であった。日焼けがしみついたのか化粧焼けか渋紙色になった肌は艶を残している。

「女が仕打ちの修業とは、具体的にどういうことを学びたいのだ」嗄れた声で詰るように言われ、

「それを、親方に教えていただきたいのです」

「教えることなど、何もありゃあせんが」

　鱗花は突き放した。

「うちの一座におっても、仕打ちのことなどわかりゃせんで。うちは、わしがすべてとりしきっとる。まわる小屋も決まっとる」

　これまでに、ひどい仕打ちに泣かされた、そやさかい、役者泣かせん仕打ちになる、

そう、あんたはいうんやな。鱗花は、ゆうの言葉をくりかえし、

「あんたも、一座の頭取やったいうんやな。それやったら、わしに頼らんでも、知っとる小屋はあるやろが。旅まわりの芝居に顔なじみもあるやろが」

ほんとうにやる気があるのなら、さっさと、始めたらいい。修業のなんのとぐずぐずしていることはないのだ。そう、鱗花に言われ、心の揺れをみぬかれていると思った。

「それよりな、あんた」

鱗花の目は、ひさにそそがれた。

「その子、舞台にたたせてみんか」

「とんでもございません。ひさは、まだ、ほんの……。柄は大きゅうございますが、数えで四つ。せりふもろくに言えやしません」

「米櫃（こめびつ）になるで。小さい子は何もせんでも、見物衆のお手がいただける。おひさ、か。これ、おひさ、ととさま、ゆうてみ。声をはりあげてな」

いやだ、と、ひさは首をふった。

「この子は強情でして」

「きれいなべべ着てみんか」

鱗花は機嫌をとるように、

「お姫さまのようなべべ着せてやろ」

下回りに、子役の衣裳を出すように命じた。

「重の井子別れの調姫やったら、いやじゃ、いやじゃ、と首をふっとれば、つとまる。うってつけやないか」

「結構な衣裳ですねえ」寸法は子供のからだにあわせて小さいが、縫い取りをほどこした、大舞台でもちいても恥ずかしくない本格的な赤姫の衣裳であった。

ひさもちょっと興味を示したが、着せかけようとすると、いやだ、と、逃げた。

「女の子やったら、たいがい嬉しがりそうなものだが」

「申しわけございません」

身をすくめながら、ゆうは、ひさを無理に芝居の世界にひきいれることはすまい、と思っていた。それでなくとも、大人の生は、子供の宿命となる。大人は生を選べるが、子供には選択の力はない。

いまのひさは、重い着物が窮屈でいやだというだけのことだけれど、もう少し年がたけたら、赤い着物に目をうばわれて、舞台にたつのもいとわなくなるのだろうか。

子役が見物衆にちやほやされるのは、ゆうもよく承知している。こましゃくれた衣裳をつけ、鬘の重みによたよたしながら立っているだけで、立役者をくってしまう。お祝儀も、多くつく。もてはやされれば子供にしても嬉しいから、いつか芝居の水に染まりきり、やがて、役者稼業に嫌気がさしても、なまなかなことでは、足を洗えなくなっている。

男女入り混じっての芝居は、まだ禁制だけれど、この節は、女ばかりの一座もあらわれている。

自分は望んで幕内に身をおきながら、ゆうは、ひさを芝居に縛りつける気にはなれなかった。ひさが、自ら望んでも、なろうことなら、幕の外に出ておいきと言いたい。あまりに先が見えてしまっているためかもしれなかった。縛るまい、と思いながら、ゆうは、逆の縛りかたを、いつか、していた。ひさを女役者にはしたくない。役者の女房にもなってほしくない。

――つまりは、わたしの知らない世界に、進んでいってほしいのではないか。ひさによって、わたしの知らない世界を垣間見たいと、そう願っている。なんと身勝手な……。ゆうは、そう気づいたが、だからといって、その身勝手な望みが消えたわけではなかった。

数えで九つの年に掛小屋の役者の温かさに触れて以来、一途に、福之助を慕い、旅芝居の世界に進んで身を投じ、露ほどの悔いもなく、ただ満ち足りてきた。でも、その充足感は、福之助のかたわらにいればこそ、感じられるものであったのだった。

醜さも、卑しさも、福之助が、消し去ってくれていた。福之助を欠いたいま、流れ者の世界の、よさも卑しさも、等距離に、みてとれる。

ゆうの思いには無頓着に、

「おいで、嬢や」

鱗花は、赤い衣裳をひらひらさせた。少しずつ気をゆるし近寄ってきたひさに、

「どや、きれいやろ。べべよりは、甘いもんがええんかな。大福やろか」

ひさは、大きくうなずいた。

いやだねえ、食べ物でつられるなんて。ゆうは思うけれど、受け取るなとはいえなかった。

一口食べて、ひさは、ゆうの手に押しつけた。

「大福は好かんのか。口のおごった子やな」

「すみません。この子は甘いものはあまり」

芝居茶屋の厨で過すときが多かったためか、そうして、働く女たちが面白半分あたえたせいか、酒の肴のようなもののほうが、ひさの好みなのであった。空腹なときは、甘かろうが辛かろうが、口につめこむのだが、掛小屋の楽屋に鱗花を訪なう前に、近くの茶屋で腹をみたしてあった。

「何が欲しい」

機嫌をとる鱗花を、ひさは無視し、鏡のまえに走り寄って、化粧道具をいじりはじめた。

「これ」ゆうは慌ててとめる。役者にとって紅白粉は、めったに他人にはさわらせぬ大切な道具だ。そのわきまえだけは、教え込んでおかなくてはならぬ。

「化粧してやろうか。嬢や、そこに、ちんと坐ってみやあせ」

わが子ながら可愛げのない、とゆうが思うほど、気儘をとおすひさだが、気がむいたのか、鱗花に肩をおされて、化粧前に足を投げだして坐った。

しかし、鱗花が水白粉にひたした平刷毛で顔を撫でると、手で払いのけた。

——わたしは、ぎりぎりまで親に逆らえず、そのために、かえって、親との亀裂を深くした。ひさには、のびのびと育ってほしい。そう思って、あまり枷は嵌めずにきたつもりだが、躾がゆきとどかず、野放図に育っただけだろうか、と、ゆうは少し迷う。

しかし、おとなしくしていなさいと、鱗花の肩を持つ言葉も出ない。

「おゆうさんいうたな」鱗花は、ひさに化粧するのはあきらめたようすで、向きなおった。

「あんた、ほんとうに、仕打ちゃるつもりなのか」

心の揺れを見抜かれている、と、ゆうは感じた。

「はい」

「そんなら、わしのところにおっても、しかたない。さっきも言うたように、うちは、回るところは決まっておる。あんたがここにおっても、修業にも何もなりゃあせん。つきあいのある小屋主に、添状を書いてやる。あとは、あんたひとりの才覚でやるよりほかはないな」そう言って、鱗花は、ひさに目を投げた。

「しかし、あちらこちら、まめに歩かんならんで。子連れでできるのか」

「やってみます」

「その子な、わしに預けんか」

「ひさを、ですか」

「身軽にならな、でけん仕事やろ」

いや、と、鱗花は手を振った。

「恩着せがましゅう言うとるんやない。ええ子役がほしかったところや。いまおるのが、薹がたって、困っておった」

「ひさは、ごらんのとおりです。とても、舞台はつとまりません」

「わしが仕込めば、じきに役立つようになる。任せてみんか」

鱗花の申出に、ほっとしている自分に、ゆうは気づいた。

ひさを、芝居者にはしたくない、芝居に縛りつけたくないと思っているわたしが……。

つまりは、いま、ひさが足手纏いなのだ。そう、ゆうは、認めた。

ほんのいっときのことだ。仕事の目鼻がつくまで、ひさをあずかってもらえるのは、願ってもないことでは……。仕打ちが、それほど大切か、と、問い返す声が心のなかにある。多分、仕打ちとはかぎらないのだ。何かせずにはいられない、苛立ちのようなものが、どうしようもなく、根を生やしている。

そう思いながらも、ひさをここに、〝置き去りにする〟……。あまりに酷い、と、自分を責める。

子のためにわが身を切り裂くのも厭わぬほどの気持になれたら、どれほど楽か。それが、母親というものなのではないだろうか。ひさが、福之助の子であったなら、わたしは、決して手放さないのではないか。ひさは、福之助の子。そう思いさだめたつもりでいたけれど、この冷たさは、やはり、誰ともわからぬ男に孕ませられた子であるためか。

「こんな小さいのに、無理に芸を叩きこみはせんでよ」

まかせてちょうよ、と、鱗花は、軽い口調になった。

「親もてこずるわやくな子ですのに」

「そやさかい、見所がある」

「あの……わたしは、この子を、芝居者にはしたくないんでございます」

「何でや。あんたの亡うなった亭主は、役者やったというたな。そうして、これから、芝居の仕打ちをしようというあんたが、芝居者をさげすむようなことを言うのか。そういう肚か。卑しいと思うとるんか、芝居者は」

つっこまれ、――ああ、たしかに、わたしの心の隅には、役者を低く見ているもうひとりのわたしがいるのかもしれない……。ゆうは思った。それというのも、芝居の裏をみつくしたためか。役者は嫌いだ。不意に耳もとによみがえったのは、金太郎の声だ。

「嫌なところもみましたけれど、わたしは、この世界が好きでございます。でも、ひさには……」

「どんなところにおっても、よいもあれば、悪いもある。ま、ええわ。ちいと、預けてみ」

「考えさせてくださいませ」と言いながら、半ば以上気持は動いている。ふつう、母親というものは、いっときも子と離れられないものではないのだろうか。わたしはよくよく気儘勝手なのか。

仕打ちの仕事というのは、わたしにとって、『福之助』のかわりなのだ。

そう、ゆうは、思い当たった。福之助への気持は、ひさには向かわず、『仕打ち』に没頭することに重なったのだ。多分、そうなのだ。……と理屈づけてみたけれど、それで、子を置き去りにする冷淡さを、自分に納得させられるわけではなかった。

ひさのなかにある、だれともわからぬ男の血が、とけこんだ薄墨のように感じられ、わたしを冷たくさせるのか。そうであったら、わたしは、ひさにどれほど恨まれ憎まれても、しかたがない。ひさは、やがて、感じとるだろう、わたしの冷たさを。

わずかの間でも、ひさを、いま、他人の手にあずけたら、やがて母子の亀裂となってあらわれる。予感がゆうをとらえた。

親元をはなれ、乳母と寮にあずけられていた幼いころの寂寥感を、ゆうは思い出していた。

「考えるというて、あんた、ここで考えこまれても」言いかける鱗花に、

「ひさは、お願いいたします」ゆうは、頭をさげた。わたしは、醜いひとでなしになった、と思った。

「まあ、四、五日、わしのところにおりゃあせ。そのあいだに、知り合いの小屋主に、一筆書いてやろう。ま、土間にまわってな、鱗花の芝居を見やあせ」

ひさの手をひいてゆうが立とうとすると、その子はおいていきやぁせ、鱗花は言った。

「ひさ、ここで留守番をしているかい」

ゆうが言うと、ものたりないほどあっさり、ひさはうなずいた。芝居茶屋で働いてい

るあいだも、いつも、他人のなかに置かれていた。母のあとを追わない子に育っている、と思い、ゆうは少し辛くなった。

土間は、人いきれで、寒さも感じないほどだ。舞台は『先代萩』の飯炊きの場であった。福之助の一座でもたびたび演じている。お家横領を企み、幼君鶴喜代を毒害しようとする悪人輩から守るため、乳母政岡が、自分で飯を炊き、やしなう。悪人一味の栄御前が鶴喜代に与えた毒入りの菓子を、政岡の一子千松が、毒と承知で口に入れ、幼君の身代わりに死ぬ哀れな話は、見物衆にいつでも人気があった。

親の忠節のために子が犠牲になる陰惨な物語に、見物は声をあげんばかりに泣きぬれる。芝居の段取りと承知していても、いま、ゆうには、心地悪い。

親と子も、生きるうえには鬩ぎあう。無力な子は、親の力に屈せざるをえない。

コレ母様。侍の子というものは、ひもじい目をするが忠義じゃ。また食べるときは、毒でもなんでも、なんとも思わずお主のためには、食べるものじゃと言わしゃったゆえ、わしはなんとも言わずに待っている。そのかわりに忠義をして仕舞うたら、早う飯を食べさせてや。それまでは翌日までも、何日までも、こうきっと、すわって、お膝に手をついて待っております。お腹がすいてもひもじゅうない。

聞き慣れたせりふが、今日は、胸にこたえる。子役が、鱗花の言ったとおり、鶴喜代も千松も、十五か六か、じきに声変わりもしようという薹のたった少年であるため、みじめさ哀れさがなく、ともすれば滑稽にさえ見えるのが、救いになった。子役がほしいという鱗花の言葉が腑に落ちたけれど、ひさが自分から望めばともかく、まだ、なにもわからぬものを、猿回しに仕込まれる小猿のように、芸を仕込まれるのは……と心がたゆたい、わたしはやはり、どこかで小芝居を軽んじているのかも……と思った。

せりふまわしも仕草も泥臭いが、鱗花芝居の衣裳は、評判どおり、華麗なものであった。衣裳も木戸銭のうち、という鱗花の見識が、あらわれていた。

楽屋にもどると、ひさは、化粧をし、下回りの若い役者に肩車されて、はしゃいでいた。

鱗花のもとに、半月あまり、ゆうはとどまった。鱗花はゆうにはそっけないが、ひさには、孫をみるような、慈愛深いともとれる目をむける。重宝な子役がみつかったという、利害を考えてのことだろうか。そんな疑いを持つ自分を、ゆうは少し情け無く感じた。ひさにたいする鱗花の好意を、素直に受ければよいものを。

鱗花や役者たちの巧みなあしらいに、ひさは、化粧も衣裳もいやがらないようになってきていた。

ひさがあとを追わないのは、好都合ではあるのだけれど、幾分の淋しさをおぼえる。何カ月も離れていたら、ひさは、母親の顔さえ忘れるのではないだろうか。それも、わたしの冷たさゆえか……。

鱗花の一座がまわる小屋は、田舎の掛小屋がほとんどで、常打の小屋は少ない。それでも、座方にたずねれば、ほかの座の動静を耳にすることができ、亀吉が加わっている座の様子も知れた。ゆうが三味線が弾けるとわかって、鱗花は、仕打ちなどに手を出さず、うちの下座を手伝えと半ば命令のように言ったが、ゆうは初志を変えなかった。

出立の前夜、ゆうは、ひさに添い寝しながら、乳首を含ませようとした。ひさは、笑い声をたて、ゆうの乳房を小さい手でぴしゃぴしゃ叩いた。乳離れさせるために、乳房に墨で怖い顔を描いたっけ。ひさは、ぎょっとして、それいらい、乳首をしゃぶらなくなった、と、思い出しながら、ゆうは襦袢の衿をあわせた。

＊

「おゆうさん」と言いかけてから、「姐さん」と、亀吉は言いなおした。

「よく、あたしの出ている小屋がわかりなすったね」

二人のあいだの距離を、亀吉は、計りかねているようにみえた。

ゆうが正気を失っているときだったとはいえ、肌をあわせている。

その感触は、ゆうには、まったく残っていない。頼もしかった記憶のほうが先に立つ。

鱗花が、亀吉の消息を知っていた。達者な脇役として、亀吉は、旅まわりの座のあいだで名がとおってきているということだった。

亀吉が出ているのは、寺の裏の空き地に建てられた小さいが常打の小屋であった。

「蛇のみちは、っていうじゃないか」

そう言いながら、ひさの父親は亀吉なのかも知れないのだ……、これまで念頭を去っていたことが、くっきり浮かんだ。ひさは、亀吉に少しも似ていない。亀吉の子。その考えを、むりに、振り捨てた。亀吉と、そのような抜き差しならぬ絆で結ばれたくない。また、わたしの身勝手、得て勝手、と、ゆうは、みとめる。亀吉の子、と言い切れるなら、話す。しかし、ゆうが、誰の子とわからぬように、亀吉にしても、己の子とは断言できないだろう。

「仕打ちをねえ」

あまり賛成できないという顔つきを、亀吉はみせた。

ゆうの頼りなさをだれよりもよく知っている。

「ここの小屋主さんにも、おまえのところの座頭さんにも、鱗花さんの添状をみせて、折があったら、扱わせてもらうことにしたのだよ」

「騙(だま)されないようにしておくんなさいよ。役者を泣かせないといやあ人聞きはいいが、仕打ちが騙されたら、あげく、泣くのは役者ですから」

「厳しいことをお言いだよ」

「それより、姐さん、この一座に腰を落ちつけちゃあどうです。わたしも、ここではずいぶんよい役もつくし、言い分がとおるようになりました。裏に女手は欲しいし、姐さんなら、絃(いと)も達者だ。重宝がられますよ」

そうして、いつか、なしくずしに、亀さんと夫婦のように？　と、先が見えるような気がした。亀吉のほうで自制しても、何かの折に、ふっとゆうのからだがゆらぎかねない。からだは、ときに、ゆうを裏切る。

「わたしは……兄さんといっしょにいたくてね」

仕打ちの仕事にうちこむのがその代償行為と説明する言葉を、ゆうは、知らなかったが、亀吉はゆうの言いたいことを直感したふうで、「そうですかい」と、うなずいた。

「これから、あちらこちらの小屋をまわって、顔つなぎをするのだよ。亀さんのところが口開けだ」

「なんだか、頼りないねえ」

苦笑とも憐笑（れんしょう）ともつかぬふうに、亀吉は口もとをゆがめたが、弥五が出ている小屋を教えてくれた。別れていても、様子はお互いに知れているようだった。

弥五に会うのは、後にしよう、会えば甘えてしまう。ゆうは思った。亀吉には懐（なつか）しさとともに苦いものも感じるが、弥五は、ただ、やさしい。そのやさしさにつつまれているわけにはいかない。

亀吉と別れ、小屋を出た。

孤り（ひと）なのだ、と強く思った。墨流しに似た雲が、空をおおっていた。白樫（しらかし）の梢（こずえ）が銀灰色の葉裏をひるがえした。視界に、空と地だけが、あった。

＊

空をおおった花の霞（かすみ）の下に立ち、ゆうは、散り零（こぼ）れる葩（はな）を袖（そで）にうけた。

「そうかい、おまえさんだったのかい、この桜を……」

小屋主の女房は、散り舞う葩とゆうをみくらべる。

福之助と来たことのある土地であった。そのときの小屋は、取り払われて、少し離れた場所にたてなおされたが、ゆうが埋めた種は、もとの場所に芽吹き、みごとに生い育っていた。

「いろんな芝居がくるからねえ、一々おぼえてはいないが、そういわれれば、顔にみおぼえがあるような」

「以前のことをご縁に、どうぞ、よろしくお頼み申します」

葩を懐紙におさめ、帯にはさんだ。ひさにみせてやろう。これがおまえのおとっつぁんだよ、といっても、ひさには何のことかわかりはしないだろう。父親は福之助とひさにいったものか、ゆうは、まだ迷っていた。生まれたそのときは、この子は、福之助の子、と、事実でないのを承知で、ごく自然にそう思えた。しかし、父親がだれかわからぬ子、という思いが、ときがたつにつれて強くなるのは、心の動きがあたりまえになったゆえか。そうであれば、狂っていたほうが、ましだ。ひさを、福之助の子と、思い込めれば。

真実、福之助の血をひいた子が欲しい、叶わぬことを、ときに、狂おしいほどに願う。ひさは何も知らぬこと、ひさに辛い思いだけはさせてはならない、悍馬のように手におえぬ自分の気持を理性の手綱でひきしめる。

仕打ちを始めてこの春でまる二年と四月たつ。

年に三、四度は鱗花のもとにもどり、ひさに会うようにしているのだが、ひさは鱗花一座のものに馴染みきり、たまに会うゆうに甘えてはこない。会うたびに、これが、と驚くほど成長し、ずいぶんこましゃくれた口もきくようになった。次の仕事のために発つときに後を追われないのは手がかからなくてよいようなものの、淋しさが湧く。自分から突き放しておきながら、勝手なことだと、承知だ。

見込んだとおりだ、この子は、芝居心がある。鱗花は褒めあげる。このごろは踊りや浄瑠璃も習わせているが、すじがいい。芝居のあいまにひさを舞台にたたせ、浄瑠璃をつとめさせると、見物は大喜びで、祝儀をはずむ。子役はじきに薹がたつ。女だから、子役の時期をすぎたら舞台にたたせることはできなくなるが、義太夫語りにすれば、と、鱗花は先々の計画もたてているふうだった。何も知らない子供がおとなに食い物にされているようで、ゆうは辛くなる。幼いころから色稼ぎをさせられ、役者はいやだ、そういって出ていった金太郎が思い出された。

稽古はきつくはないのかい。人の耳のないところでそっと聞くと、面白い、とひさは言い、座のものがたむろするほうへとんでいった。

ひさが楽しく過していけるのなら、何よりだ。辛い思いさえしないでくれれば。わたしについて落ちつかない旅に明け暮れるより、このほうがひさには倖せなのだ。そう思うのだが、仕事のために子を手放すことへの身勝手な言訳といううしろめたさが消えない。去年の暮れにかえったきりで、今年はまだ帰っていない。

少し離れたところに建つ小屋の楽屋に、ゆうは足をむけた。

その日の上がりから手数料の五分を受けとるためである。毎日、こまめに受けとらないと、ごまかされる。月に三つか四つの座を扱えば、ゆうが食べてゆくだけでなく、ひさの養育料も、まかなえる。もっとも、鱗花は、ひさを舞台に立たせているのだからと、ゆうの差し出すかねはとらなかった。そのかわり、ひさに給金はいっさい出ない。

鱗花が受けとらぬかねを、ゆうは、ひさのためにたくわえることにし、別の財布に入れてある。

裏口から楽屋に入った。

「入りが薄うてな」

木戸札の入った箱を、頭取は示した。五十枚ずつきっちり入る小箱である。上に横綴（よこつづり）の木戸帳がのっている。二箱の、ひとつは一杯だが、もうひとつは、十二枚しか入っていなかった。客の頭数は六十二人と、一目でわかる仕組みである。幕切れが近いようすだ。

「それじゃ、五分いただきますよ」

頭取は、銭箱から、小銭を出し、惜しそうにいじりながら、

「入りが薄うても、あんたのほうは、とりはぐれはないな。せこいところに目つけたもんやな」

しじゅうきかされるいやみなので、ゆうは気にもかけない。

小屋を世話すれば、そのときはありがたがられるが、契約の銭を払うだんになると、

借金取りがきたようにあしらわれるのにも、馴れた。

「あんたはそうやって、苦労なしに、あがりから五分ずつとっていくが、こっちは、残りから、あれこれ算段せんならん。小屋主に七割やろ、座のもんに給金払うて、食べさせて、次の仕込みして、わいの手もとには一銭も残りゃせん。景気のええときに稼ぎ溜めたお銭、はきださなならんわ。芝居うって、丸損や。もうちっと、足場のええ小屋をみつけたってや。あんたを信用してなあ、口車にのったわいもあほやってんけどな。こない寂れた小屋とは思わなんだわ」

　連日、不人気なので、顔を出すたびに頭取の愚痴といやみは、口数が多くなる。

　聞き流す度胸が、育っていた。この小屋が、いま桜がさかりのあのあたりにあったころ、福之助は小屋を大入りにしたのだ、と思ったが、いいかえしはしない。そちらの役者さんに見物をひきつける魅力がないから、などと言っても、喧嘩になるばかりだ。威勢のいい仕打ちなら、「客をよぶのが役者の甲斐性だろ」と啖呵をきるところだろうが、ゆうは、不入りのときの辛さが身にしみているので、笑顔をつくる。

　ゆうがおとなしいとみて、頭取は、銭を持った手を銭箱の上でさまよわせながら、

「なあ、一日ぐらい、まけたってや。明日、入りがよかったら、一割払うわ。そのほう

が、あんたかて得になるやろ。明日、三杯も入ってみ。木戸札十五枚、あんたの取り分や。五分の約束どおりなら、七枚半。今日のぶんとあわせても、十枚半。な、こんな入りのうすいとき、とらんで、ええときに一割とり。そのほうが、なんぼか、あんたも得やでで」

「わたしは、五分でけっこうでござんすよ。そのかわり、毎日ちょうだいします」

「やさしい顔して、きついことというなあ、あんた。女でこないあこぎなこと、よう、やりよるな」

「いそぎますんで、今日の分、いただいていきますよ」

「入りがうすうても、五分か。融通きかんなあ。女はこれやからあかん。うすいときは、二分、ようけ入ったときは八分とか一割とか、気ぃきかせなや」

　頭取の手のなかでちゃらちゃらと銭の音がする。

　情けはかけないと、決めていた。はじめのころ、泣きつかれるままに、手加減し、何度も痛い目にあった。言い逃れする相手にむしょうに腹がたって思わず声を荒らげそうになり、わたしは貫目が足りないねえ、福之助のくったくない笑顔を思い浮かべた。入りがよいからといって、決まりの五分以上出す頭取はいない。銭儲（ぜにもう）けに夢中なわけではない、しかし、これは、仕事なのだ、約束どおりの正当な報酬はもらう、と、思いさだめた。このくらいの強さが、福之助一座の頭取をしているころあったら、福之助が無残な死に方をすることもなかった、と、悔いが起きる。

「な、今日のところは、帰りぃな。明日、払うよって」

「いただいてから、帰ります」

「払わんいうたらどうする」

「親方がそんなことをなさるものですか」

「あんた、笑顔よしやな」頭取は苦笑した。

「笑顔はいいが、情無しやなあ。おかしな商い考えたな」

真似(まね)するものもあらわれてきていた。真似をしたわけではなく、ゆうが思いつくようなことは、他(ほか)のものでも考えるのかもしれない。『五厘屋』という呼び名も定着しつつあった。

予想以上に、かけひきの手管のいる仕事であった。

役者を泣かせぬため、と思ってはじめたはずなのに、いつのまにか、毎日、五分の手数料をとりたてるのが目的になってしまっているような気がすることがある。先の乗場が決まらず困っている座を、いい小屋に引き合わせれば、そのときはたいそう感謝されるのだが、手数料を受けとろうとすると、とたんに、疫病神（やくびょうがみ）がきたような応対をされることが多い。客の入りが悪ければ、座頭と小屋と双方から、苦情がゆうに集中する。小屋方は、役立たずの芝居を連れてきたと怒り、座頭は、見物のつかない小屋にだまして引っ張ったと文句をいう。

役者のため、などと恩きせがましく思うのが、わたしの思い上がりなんだ。そう、自戒するけれど、ただ銭をかせぐためなら、ほかの仕事だってある、役者をだましてむしりとることだけはしていない、と、気をとりなおす。

小屋の立場に立てば、客を呼べそうな、人気の高い座を扱うにかぎる。ゆうは、つい、にっちもさっちもいかなくて困り抜いている座に目がゆく。人気のある一座なら、ゆうがとりもたなくても、乗場にことはかかない。

ああしたら、こうしたらと、客をひきつける手を、座頭といっしょに工夫し、芝居の人気は結局は役者だねえと、つくづく思う。いくら達者でも、くすんだ老役者ばかりでは、客はのってこない。華やかな手駒（てごま）を持たない座は、人気の盛りあげようがない。そんなとき、ゆうは、福之助が旅芝居をつづけていて年老いたら……と思うことがある。

幼かったとき、ゆうの目には役者のたのしさ、華やかさばかりが見えていた。福之助といっしょのときは、華やいだ衣がみじめさを被いかくしていた。

夢のなかにいたかった、ゆうは思う。醒めてしまった夢はとりかえしようがない。この仕事をはじめて、ゆうが見たのは、老いさらばえ、座のものにも邪魔にされ、首をくくった女形だの、野垂れ死にした役者を埋めた土饅頭だの。でも……、福之助の桜が、瞼の裏で舞い散る。野の果て、山の裾に、兄さんが絢爛と咲かせた幻の花は、うつつのものとなって残っているのだ。

「親方」

しゃんとした声になって、ゆうは言った。

「勘定はきっちりお願いしますよ。どうせ、いただくんです。そのたびに揉めるのは、お互いうっとうしゅうござんしょ」

「顔ににあわん、きついなあ」

しぶしぶ銭をわたそうとしたとき、舞台のほうが騒がしくなった。

役者たちが楽屋に逃げ込んできた。

「いやがらせだ。やくざらしい」

「早よ逃げんと」

言いながら、裏口から飛び出して行こうとする。その額に礫があたった。


舞台からと裏からと、数人の男が押し入ってきた。

「座頭はどいつや」

左の目尻から頬に傷痕のある、頭立ったひとりが、おおあぐらで顎をしゃくった。

「わたしですが」菅丞相のものものしい扮装の男が、身を縮める。

川田屋の身内だと男は言い、挨拶がないと詰った。

座頭は、おどおどした目をゆうにむけた。質屋と酒造業を兼業する川田五兵衛には、前もって、ゆうが話をとおしてある。興行にやくざはつきもので、どの土地でも、顔役に挨拶をとおしておかないと、いやがらせをされる。土地土地での顔つなぎは、欠かせない。

「わたしが、ご挨拶はしましたんですが」

包金が不足だというのだろうか、相場どおりにしたのだが……。

「おまえ、何じゃ」

「こちらの興行をあずかります、ゆうともうします」

「興行をあずかる、だ。女がたいそうな口をききよるな。どないなふうにあずかるいうんや」

「初日をあけます前に、川田屋さんにご挨拶に出まして、よろしくとお願いしてございますんですよ」

　言いながら、ふと不安になった。包金を受けとったものが、上に届けず、ねこばばしてしまい、話がこじれたことが何度かあった。ねこばばしたものへの制裁はあとでなされるにしても、解決はやはり金である、ゆうがもう一度身銭をきらねばおさまらぬことが多かった。

「ええ度胸しとるな、われぁ。挨拶はした、いうんか。わしは何も聞いとらんで」

　じろりと睨めまわす。

　うろたえて返事もせぬ座頭に、

「おう、どう落とし前つけてくれるんじゃい」

「この女が仕打ちで、ご挨拶は、この女にまかせておりましたものですから」

「おゆうさん、川田屋さんには、出向いたいうたったな」

頭取が、さも疑わしげに言う。本心疑っているのではなく、向こうが因縁をつけにきたと承知しながら、この際、仕打ちに責めをおわせる肚だと、ゆうは察する。

「一先ず、そのあがりをあずかっておこうかい」

男が銭箱に手をかけるのを、ゆうはさえぎった。

「わたくしが、親分さんのところにまいりまして、改めてご挨拶いたします」

顔役への挨拶も含めていっさいを請け負っている以上、手違いがあったら、その始末をつけるのも、仕打ちの役と、ゆうは心得ていた。

「おまえで話わかるんかいな」

「はじめにご挨拶に出たのはわたくしでござんすから」

「女を相手にしても始まらんわい」

「女いうても、そいつは、一筋縄ではゆかん、しぶちんの遣手でっせ」

頭取が口をはさんだ。

「川田屋さんに挨拶通さんとは、ひどい奴ちゃ。出銭をおしんで、きちんとご挨拶せなんだのやろ。落とし前つけさせたらな、あきまへんな」

「よし、女、来い。座頭に頭取か、おまえらも、来い。女ひとりに始末をつけさせるつもりやないやろな」

「いえ、役者衆は、知らないこと。わたくしをおつれください。申し開きいたします」

「申し開きやて。野暮固いことをいう。おまえらも来い」

いったん言いだしたことを引っ込めるのは沽券にかかわるのか、男は、言い張った。

これやさかい、女はなあ。女の仕打ちの口車にのったわしが阿呆やったなあ。聞こえよがしに呟きながら、座頭はしぶしぶ腰をあげた。

「いえ、わたくしが行きますから」

とめたとたん、ゆうの高頬に、男の平手がとんだ。

ゆうは、奇妙に冷静になるのを感じた。中腰になっていたところを打たれ、腰がくだけて倒れかけたのだが、すわりなおした。痛みを感じないのは、よほど気がたかぶっているのだ、と思う余裕もあった。

「兄さんがた、ご一統衆に申し上げます。ゆきとどかぬ身ではござんすが、土地土地の親分がたのおかげをこうむりまして、興行をうたせていただいております。そちらさんにも、しかとご挨拶申し上げました。それが不行き届きとあっては、この後、手前のなりわいがたちません。川田屋の親分さんにお目通りし、身の言い開きをさせていただきとうございます。こちらの役者衆は、未熟なわたくしに、仕打ちをまかせてくださいました。迷惑をかけては、仕打ちの名がすたります。どうぞ、よしなに」

やくざの仁義めいた口上も、仕打ちの旅のあいだにやくざとのつきあいを重ねるうちに身についた。肚が据わ(す)れば、旅役者の口立ての科白(せりふ)のように、考える間もなく、心のうちが言葉になって溢(あふ)れた。

男が承知したのは、ゆうが、いわば、彼らの世界の言葉で、喋(しゃべ)ったためかもしれない。

「いっぱしの生意気な口をききよるな」

周囲を男たちに固められ、川田屋に引き立てられて行きながら、殺されるかもしれないと思い、恐怖心が湧(わ)かないのが不思議だった。

*

田植えの時期は、鱗花芝居は休みに入る。

農家の人々は、芝居見物どころではなくなる。青田に腰をかがめる人々の姿が道をいそぐゆうの目のすみにうつる。

鱗花芝居の役者たちも、百姓にもどり、素顔を陽にさらし、泥田に踏みこんで苗を植えているころである。本来が農夫たちであった。鱗花芝居の役者は爪のあいだが黒いからすぐわかるなどといわれている。

ひさへの土産の人形が、背負った包みのなかにある。人形の懐に、福之助の桜の葩を懐紙にくるんでひそませてある。鱗花をはじめ一座のものにも、干菓子などをととのえた。

二階建ての土蔵の屋根が見え、ゆうの足は速くなった。土蔵は鱗花の衣裳蔵である。住まいも格段に雄大だが、土蔵の巨大なことも群を抜く。

中をはじめて見せられたとき、納められた衣裳のおびただしさ、豪華さに、ゆうは感嘆した。衣裳も、見物にとっては、大きな楽しみの一つなのだと、あらためて思い知らされたのだった。

鱗花は、さすがに野良にはもう出ない。ひさはその辺であそんでいないだろうか、一人前に苗運びでも手伝わされているのだろうか、と見まわしながら、薄暗いだだっぴろい土間に入ると、鱗花は、火を落とした炉端で、帳付をしていた。そのかたわらで鱗花の女房が衣裳を繕っている。

「ただいま戻りました」

上がり框に荷をおろすゆうに、鱗花は眼鏡越しに目を投げた。

何か、微妙に固い雰囲気を、ゆうは感じた。顔の傷のせいだろうか。

挨拶を言い終わらぬうちに、

「おゆうさん、その傷は」

案の定、鱗花は問いかけた。女房は目をふせて針を運ぶ。

「こういう仕事をしていますと、修羅場もござんしてねえ」

川田屋でのいざこざを、事細かに話す気にはならず、

「おひさは、外におりますか」

話をそらせた。

「火傷か」

「いえ、ちょいと」

左の頬から顎にかけて、てらりとした引っ攣れは、刃が一皮うすく削いだ跡だ。脅しに振り上げたのか、本気で斬るつもりだったのか、傷は深くはないが、癒えぬ跡を残した。

「揉めましてねえ。でも、おかげさんで、度胸がつきました」

「女が顔に傷を負うたとはよくよくだの。男とのいざこざか」

「お銭のことでございますよ。おひさは？」

「あたら、器量よしが、なんということだ」

「おひさが脅えますかねえ、この顔では」

抜身の下に身をおいたとき、思いのほか、恐怖心は湧かなかった。かえって、やすらぎのようなものを覚えたのだった。

この一閃が、わたしを福之助のもとに送ってくれる。そう、感じたのかもしれない。むしろ、死のきっかけを、ふだんは気づかぬ心の奥底で、待っていたのか。あとになって、そのときの冷静さを思い返し、そんなふうにも思った。だからといって、ことのおさまった後、みずから死のうという気にはならないけれど、福之助の死以来、生への執着心が薄くなっているのかもしれなかった。

川田五兵衛は、刃をつきつけられ頰を掠られてもみじろぎしなかったゆうを、ひどく肚の据わった女と買いかぶった。子分に命じて傷の手当てをさせたうえ、このあと、どこまでも後楯になってやる、と言った。

「ひさは、田植えの手伝いでも」

「あれはな」珍しく鱗花は口ごもり、

「ぜひ、舞台に欲しいという話があってな、貸してやった」

ゆうが言いかける言葉を押し伏せるように、

「ひさの子供浄瑠璃は、名が立っての」

「珍しいからでしょうか」

「いや、なかなか達者なものだ。度胸がええよってな」

「どこの舞台に」

度胸がいいといっても、六つの子供だ。だれか、一座のものが付き添ってくれたのだろうか。

「まあ、お茶でも」鱗花の女房のおさきが土間に立つ。

「近間でござんすか。ちょっと聴きにいってやりましょう」

「東京や」

そっけなく聞こえる声で、鱗花は言った。居直ったふうにも聞こえた。

「東京？　あの、まさか、ひさを、東京に」

「出世やで」

「東京に、ひさが」

「そうや」

鱗花の説明をゆうは待った。気まずい沈黙がつづいた。

おさきは竈(かまど)の前にしゃがみ、背を向けている。

「東京の、なんという小屋でございましょう」

「いろんなとこに出とるんやろな」

「まさか、一人で……」

「東京の仕打ちが引きとったんやさかい、大事ない」

「ひさが一人で、その仕打ちに連れられて東京にいったんですか」

憤懣(ふんまん)が声に出た。

「おまえに相談しようにも、相談のしようがないでよ」

「いつ、戻りますんでしょう」

「そら、むこうの都合でいつになるかわからんわな」

「それでも、おおまかなところ、十日とか、二十日とか……」

「そのうち出世して便りよこすやろ」

「いつまでと、期限は……」

「そやさかい、あっちの都合というとるが」

「東京のどこに行きましたら、会えますすんでしょうか」

「わしに言うたかて、わかりゃせんで。東京に行ったことはないでよ」

「それでは、ひさは、どこにいるのかも、いつ帰るのかも、わからないと……」

そんな無責任な話があろうかと、

「親方」

詰め寄ろうとしたとき、おさきの声が耳を打った。

背を向けたまま、

「いらん子やろ、おひさは」

そう、おさきは言った。

返す言葉がなく、ゆうは床に突っ伏した。

福之助の突然の死より、陰湿な衝撃であった。

手もとから失われるまで、わからなかったのか。

誰の声ともつかぬ声が、耳の奥で鳴りつづける。

どれほどかけがえのないものであったか。

いらん子やろ。おさきの聞こえよがしな小声が消えない。

孫のように可愛がってくれる、子役として大事にされている、と、安心してあずけていた、と、自分に言いわけしてみるけれど、それで己を許せはしない。

顔をあげたとき、鱗花もおさきも、別室に去っていた。相手をするのを面倒と思ったのだろう。

「あのなあ」誰かが、ひっそりと話しかけた。奉公人のひとりだ。おそろしく早口なのは、他のものに聞き咎められては困るからだろう。

「ひさちゃんな、売られたんや。親方の弟で大阪で相場張っとるのがいてな、米相場で大損して、たいそうな借金つくらはった。その穴埋め、泣きつかれてな、前々からひさちゃんに目ぇつけて欲しい言うたった仕打ちに、売らはった」

詳しい話を聞こうとするのを振り切って、逃げるように去った。

刃が、ゆうの身のうちを切り裂いた。からだの中を火が灼き爛らせ、ゆうは、うずくまり、身をよじり、呻き声をくいしばった歯のあいだに閉じ込めた。声をはなって泣き叫べば、泣くという行為が、心を楽にする。それを、幼い子にとりかえしのつかぬ苛酷なさだめを与えた自分に、許すまいとした。狂うことも、許さぬ。狂えば、楽になるのである。それを、福之助の死によって知った。狂うまいと思いながら、いま、海辺にいれば、水に誘われ、深みへと呆けた足で進んで行くだろう。崖際にいるのであれば、目の眩む空間が、誘い込むだろう。そう感じた。死は、身近に擦り寄っていた。

ゆうは、外に出た。釣瓶井戸の水を汲み上げ、桶に顔を浸した。頭が燃え千切れそうな気がしたからである。息苦しくなると顔をあげ、また、水の中に入れる。傍目にどううつるかと考える余裕はなかった。

ようやく、井戸縁に、横坐りに身をもたせかけた。

「東京のどことも、まるきり、わからないんでございましょうか」

ゆうの声音が平静なのに、鱗花もおさきも、不気味さをおぼえたようであった。

詰られたら、子を放り出して、好きかってをしていたではないかと、言い返す言葉を用意していたのだろう。

「わからんわ」

「それでは、仕打ちさんの名を教えてくださいまし」

「名を聞いてどうする」

「ひさに会いに行こうと思います」

「仕打ちの名を知ったちゅうて、居場所がわかることにはなりゃあせんで」

貸したと言いつくろっても、売った真相はさとられたと気づいているのだろう、鱗花は居直っていた。

「名前がわかれば、探すてだてはございます。わたくしも、伊達に仕打ちで年をかさねてはおりません」

「ごっつい啖呵きるようになったな」

「わたくしが、男でしたら、子をあずけて仕事に出歩いていても、こうも踏みつけにされることはなかったのでござんしょうね。親方さん御夫婦が、頼りにならぬお人と見抜けなかったのが、わたしの落度でござんした」

冷静に、ずっしりと重い言葉を口にする。

「その面となっては、女捨てにゃならんやろな」

鱗花のあからさまな言葉も、ゆうをたじろがせなかった。心のなかは猛り立っているのに、しんとしずまる自分を、ゆうは感じた。幼い頃、廓が火事になり、火の粉の散る中を大八車にのって突っ走った。あのとき、奔馬のような激しさを胸のうちにおぼえながら、静かな目であたりを視ていた。顔に疵をうけて、気質が変ったのではない、生まれついて身にそなわり、お嬢さん暮らしにふうわりとかくされていたものが、修羅場をくぐってむきだしになり、子を奪われて、いっそうあらわになったのだ。そう、ゆうは自覚する。

顔の疵は、少しもわたしを醜くしていない。そう思えるのは、川田五兵衛が、ゆうに女としての自信を強めさせたからであった。わたしは、美しいのだ。三十四という、女の盛りを越えたこの年になって、初めて、ゆうは、そう思った。福之助にやさしいあしらいをうけ、いとしまれ、それでも、自分が美しいからだとは思わなかった。美しい福之助に、ゆうが、目もこころも奪われたのだった。ひたすら惚れたのはわたしであり、兄さんはそれにほだされただけ。奉公さきの主やら何やら、何人かの男に言い寄られたり、呆けているときに男にからだをなぶられたりした、それは、男の好色のせい、わたしの容色とはかかわりない。そう、思っていた。

　川田五兵衛がゆうにむけた目は、美しい、と言っていた。言葉に出しはしなかったが、ゆうは、感じとった。それも、疵のついた顔を、であった。疵をことさら好むような、ゆがんだ性情からではない、疵がなんのさわりにもならぬほど、ゆうを美しいと思ったのだ。堀川太兵衛や大清のように、いきなり軀をもとめは、川田五兵衛は、しなかった。後楯になろう。ゆうは、その声を思い出していた。のちに、配下のものが、ゆうの手渡した金を着服したことが明らかになったのだが、助力は、負い目を持ったからではない、そう、五兵衛は言ったのだった。

仄明り

初めて、汽車に、ゆうは乗った。

福之助とともに東京を発ったのが、明治六年、二十歳のときだった、と、窓外を走りすぎる青田に目をむけながら、年を繰る。それ以来、十五年、美濃・尾張、大阪一帯を中心に、西の巡業が多く、東はせいぜい静岡止まりで、東京には縁がなかった。

福之助が死んでからの歳月を数えても、六年にもなるのだと、あらためて、気づき、東へとむかう自分が、時をさかのぼりつつあるような錯覚をおぼえる。

汚れ濁った月日が、純化されてゆくような感じでもあり、一方で、決して、幼い日にもどることはないのだと、充分承知してもいた。

目をとじる。

忘れ去っていた遠い琵琶の音が、かすかによみがえる。

東両国回向院前の、猥雑な広場。連れにはぐれた幼いゆうは、見世物の客引きの声、物売りの呼び声などに混じる、底深い琵琶の音を聴いたのだった。

そのときの寂寥感を、いとおしむような気持で思い浮かべる。目先のせわしなさに、在ることとさえいつか忘れていた心の中の虚を、ゆうは、みつめた。幼いころのように、寂しさにわけもなく浸りこみはせず。

東へと、汽車は走る。過ぎた時に近づく。

ふいに、明るい笑顔が眼裏に顕った。

「金ちゃん」

ゆうは、笑顔を返した。

追憶は甘やかだが、ひさを探すという現実に目をむけると、鳩尾に重いものが溜まる。ゆうを見据えるひさの目は、鋭い刺のようだ。わたしを、捨てた。ひさの目は、そう言っている。

金太郎の笑顔のなかに、いっとき、逃げ込みたくなる。そこでは、無邪気なわがまま勝手な女の子で、ゆうは、いられるような気がする。かつて、掛小屋の薄汚れた楽屋が、何にもまさる浄らかな逃げ場所であったように。

われに返る。

ひさは売られた。わたしが、自分の子を売った。

役者を泣かせぬなどと、口幅ったいことを言いながら、年のゆかぬ子に、堪えがたい思いをさせている。

手がかりが、あることはあった。

川田五兵衛の尽力にたよる。ひさを売った仕打ちの名がわかれば、探すてだてはあると鱗花に言い切ったとき、ゆうは、五兵衛の力を借りることをすでに考えていた。素直に、五兵衛には頼る気になれた。ゆうの頼みをひきうけた五兵衛の目に誘いかける男の力が滾り、ゆうはそのとき、ひさしく遠ざかっていたからだの潤いを感じた。

ひさを探しに旅立つ直前に、ゆうがからだの悦びに溺れたことを、のちに成人したひさが知ったら、どれほど情け無く思うだろうか。勘定ずくであればまだしも、母親が、男にいとしまれ、愛を返したことは、ひさには許せない行為にちがいない。わたしがひさであれば、憎みさげすみ、きたないと思うだろう。悔やむ心は起きなかったが、ひさに辛い重荷をまたひとつ背負わせたと、思った。

＊

新橋ステーションのまえの広場には、一頭引き・二頭引きの乗合馬車や人力車が、ひしめいて声をはりあげ、客を呼ぶ。石炭殻のにおい、馬糞のにおい、公衆便所のにおい、悪臭がみち、臭気止めの薬剤のにおいが、いっそう不快さをます。

ゆうが東京を離れる一年前に、ステーションは完成しており、建物を、福之助たちといっしょに、物見高く見に出かけた覚えがある。そのときは、まだ新橋から横浜までしか、汽車は通っていなかった。間口八間、高さ三間余の玄関をはさんで両脇に高さ七間はある二階建ての駅舎が建つ、木骨石張りの豪壮な建築に賛嘆し、黒煙を吐き轟音をたてながら走り出した汽車に、どんなけれん芝居よりすさまじいと、あっけにとられたのだった。十六年の歳月は、石の建物を煤で黒ずませ、醜悪に変えていた。

蓬髪の小僧がゆうに近寄り、袖をひいた。

「おかみさん、どこまで行くんだい。浅草？　それなら、乗りなよ。うちの馬車は速くて清潔だ。一時間とかからない。まさか、歩いていくつもりじゃないんだろ。日が暮れちまうぜ」

「姐さん、こっち、こっち。浅草ならこっちのに乗りな」

無精髭だらけの半裸に腹掛けの男が腕をつかまんばかりに寄ってくる。

「そいつの馬は老いぼれでよ。ものの十分も走ったら、へたばっちまうって代物だ。こっちの馬を見ねえな。馬車だって、こう、新品だ。だから、見ねえ、もう、こんなに客が集まってら。じきに出るぜ。そっちのなんざ、いつ出るかわかったもんじゃねえ。まだ、ひとりも乗ってねえじゃねえか」

「こう、別嬪ねえちゃん」これも垢じみたのが、手招く。

そのあいだを物乞いが縫って歩きながら、椀をつきだす。

充分に客の集まった馬車は、御者が喇叭を吹き鳴らし、薪ざっぽうで尻を打たれて、馬は重い足を踏み出す。

田舎まわりが長かったゆうは、耳を襲う喧騒に、たちぐらみしかけた。

「鉄道馬車ってのがあると聞いたんですけれど」

道路のまんなかを通る二本の線路に目を投げ、誰にともなく問いかけると、

「鉄道馬車は、もう出ちまった。だめだよ」

虱頭の小僧が応じた。

「でも、あそこに客車のような……。あれに乗ればいいのかしら」

「あれは、浅草には行かねえの。上野行きだ。浅草行きは出ちまったって」

東京弁でしゃべる小僧の語尾には、東北の訛があった。

「上野と浅草なら、目と鼻だろうじゃないか」

「だめなんだよ。鉄道馬車は、線路が決まっているから、ゆうずうがきかねえ。こっちに乗りな」

小僧の誘う馬車は塗りが剥げ、馬もやせ衰え、皮膚病を患っており、あまりに汚ならしいので、いくぶんとも小奇麗な車をえらんで乗ろうとすると、

「へ、切られお富みてえな面しやがって」

小僧の罵声が飛んだ。

「お富なら、結構なもんだよ。立女形の役どころじゃないか」

固い板の座席に腰をおろし、ゆうは、言い返した。

隣りに坐った老婆が、気味悪げな目をゆうの横顔に向けた。

新橋から銀座の通りを京橋のほうにむかって、馬車は揺れながら行く。煉瓦街が完成

する前にゆうは東京をはなれたので、物珍しく目を左右になげる。

幅十五間はある煉瓦舗装の路は、中央八間ほどが馬車路で、左右三間半ずつは人道、松や桜や楓が、葉を繁らせ、両側に煉瓦造りの建物が塀のように視界をさえぎる。この少し南、築地の外人居留地に隣接して遊廓がつくられたとき、ゆうは、いっとき、出店をまかせられた兄の身のまわりの世話をするため、うつってきていたことがあった。遊廓はじきに取り壊しになったのだった。

身をのりだし眺めるゆうに、

「あんた、東京ははじめてか。赤毛布か」

老婆の連れらしい男が話しかけた。

「江戸の生まれなんですが、ちょいと離れているあいだに、変わっちまいましたねえ。異人さんの国に来たようだ」

「あれ、見な。銀座名物、京屋の時計塔だ」

我が物を自慢するように、四角に立つ、大時計をはめこんだ洋風の塔を、男は指さした。

「なに、煉瓦の家なんぞ、住みにくいばかりだ」老婆がぶつくさと言う。

「表通りばかりだよ、ちっとでもましなのは。裏にはいってみな。三等の家なんざ、あさましいものだ。壁ばかりのがらんどう、鼠でなくっちゃ住めねえとよ」

老婆はわずかばかりの髪をちんまり髷に結い、眉を落とし、歯の鉄漿が黒光りし、江戸の鉄火の名残をとどめている。若い女はちかごろは、嫁いでも歯を染めなくなった。福之助にはじめて抱かれたあと、ひとりで歯を染めたことが思い出された。

「おかみさん」ゆうが呼びかけると、老婆の顔が機嫌よくなった。おばあさん、と呼ばなかったからだろう。

「こっちにお住まいなんですか」

「浅草の根生いだよ」

「なつかしゅうござんすねえ」

老婆の顔は、いっそうやわらいだ。

「おまえさんも、生まれは浅草かい」

「廓でござんしてね」

「おや、粋筋かい」

「親が、北州の女郎屋……自慢になるこっちゃござんせんね」

「なんという見世だい」

男が乗り出して口をはさむ。

「笹屋(ささや)というんですが」

「この節、何屋というのは、はやらねえぜ。なんとか楼と、みんな、いうんだ」

「それじゃあ、うちも名前をかえましたかねえ」

「親の見世の屋号をしらないのかい」

たちまち、うさんくさそうな顔つきに、老婆はなった。

「親不孝をしましてね、ここ十五年ほど、親もとには便りせずで」

「そいつぁいけねえ」

男は大声を出した。

「十五年はひでえや。それじゃ、廓に電灯がついて真昼間みたいに明るくなったのも知らないだろう」

「電灯がねえ」

「おかげで、花魁(おいらん)のあばたまではっきり見える。色買いにあんまり明るいのも考えものだ」

老婆とは母子らしい。親のまえで女郎買いの話もあけすけなのは、さばけた家風のようだ。

「ところで、なにかい、あんたぁ駆け落ちでもしたのかい。色町生まれだけあって、あんた、ちょいと渋皮がむけている」

「頬がほんとに一皮剝けているんですけどね」さらりと笑い、「浅草に住んででしたら、加十さんという興行師さんをごぞんじないでしょうかね。あのあたりの小屋を手がけていると聞いたんですが」

川田屋に問い詰められ、鱗花は、ひさを売った興行師の名をあかした。

そのあと、川田屋の耳のないところで、おまえ、川田屋はんとできとったのか、抜け目ない奴っちゃなあ、虎の威を借る何とかやな。さげすむ目をゆうに向けたのだった。

その興行師から手づるをたどって、浅草をねじろとする興行師・加十という男の手にひさはわたったと、そこまでは、わかった。

「知らねえな。うちは、鳥越町の米屋でね、芝居や見世物とは縁がない。いや、見る方は、この婆ちゃんが好きで、あっちこっちの寄席にしじゅう入りびたりだが、興行師の名までは。鳥越町の米屋がなんで新橋から円太郎馬車に乗ったのかと思うだろう。うちわけを話しゃあ、おれの妹で、横浜の唐物屋に嫁にいったのがいてね、横浜見物に呼んでくれたってわけだ」

あれこれ気さくにしゃべる。ゆうが口をはさむすきもなく、

「あんた、十五年ぶりだといったな。それじゃ、仲見世は知らないな」

自分の話をつづける。

「雷門から仁王門まで参道のわきに、二十軒茶屋が並んでいただろう」

「暮れには、浅草寺さんの市に、縁起物を買い出しにいきましたっけ」

「一昨年」と老婆が口をはさむのを、

「いや、三年前だよ」と、男は訂正し、

「あすこに、煉瓦造りの長屋を建ててよ、細かく区切って、小間物だの反物だのの見世になった。仲見世っていうんだ」

「浅草寺さんに仲見世ですか」

相槌をうちながら、ゆうは、ほかに聞きたいことがあった。男には生返事で、

「おかみさん」と老婆に目をむけ、

「若いころから芝居は」

「寄席は、わたしのおっかさんも好きだったのでね」

「掛小屋なんぞは？　東両国の三人兄弟の芝居なんぞ、ごらんになりませんでしたか」

「垢離場か。わたしは奥山へはよくいったっけが、垢離場はあんまりねえ」

ずいぶん気をゆるしたふうで、老婆は、懐から ひしゃげた紙包みを出し、膝の上でひろげ、娘がくれたんだよ、ひとつおあがり、と、胡麻をまぶした揚げ饅頭をゆうに手渡した。

「あんた、興行師に知り合いがあるのか」

老婆は、話をもどした。

「はい」

「よほど親しいのかい」

「いえ、これから初めて会いますんです」

「初対面か。どういう用向きかしらないが、だまされなさんなよ。悪い手合いが多いというからねえ」

「はい、御親切に。気をつけましょう」ゆうは、思わず笑顔になり、

「わたしも、興行師のはしくれなんでございますよ」

冗談だろうという顔つきを、男はみせた。

「女の興行師とは、初耳、いや、初見参だ。ほんとうかね」

「お前がねえ」老婆もしげしげとゆうを見返し、

「素人とは思わなかったが……」

「顔がこれだし」と男は疵を手でしめし、

「女の一人旅だし、おれも、曰くありげだなとは思っていたっけが。なんとおっかない姐さんだったのだな」

わざと身震いしてみせる。警戒した様子はなかった。

老婆は、連れのほうを向いて、なにか言った。饅頭をほおばりながらなので、ききとりにくかったが、『子供浄瑠璃』というひとことが、ゆうの耳を打った。

「子供浄瑠璃……。あの、それは……」

思わず口をはさむと、

「達者なのがいてね、流行っているよ」

「どこの小屋に出ておりますんですか」

いま、流行だから、と老婆は言った。あちらこちらの小屋にかかっている。子供も達者なのが競いあっている。

「ひとりではございませんので」

「何人もいるよ」

浄瑠璃の詞句の情感が、六つやそこらの子供にわかるはずもない。幼い子供が声ふりしぼり、ませた文句を語るのが、大人には珍しくおもしろいというだけ、猿芝居や見世物とたいしたかわりはあるまい。蔭ではどのような扱いをうけているのか。客の入りが薄ければ、おまんま抜きだの、折檻だの、大人に飯の種にされる子供のみじめさは、ゆうが親元で目にして育ったものであった。

*

乗合馬車は、途中客を下ろしたり拾ったりしながら、一時間あまりかかって浅草広小路についた。鉄道馬車の終点もそこで、客のまばらな二頭立ての馬車が線路上を新橋のほうに向かい走り出してゆくところであった。

「おりがあったら訪ねてきなさいよ」愛想のいい言葉を投げて、男と老婆は去った。

雷門の前に立ち、ゆうは、胸苦しくなった。雷門から仁王門への道の両側、かつて参詣客あいての茶屋がならんでいたところには、男がいったとおり、煉瓦造り、二階建て長屋の見世がつらなり、景観を一変させていた。それでも、門前のようすはそれほど変ってはおらず、――浅草なんだ、江戸なのだ、帰ってきた……陽がおちかかり、人影は少なかったが、その見知らぬひとりひとりに、ただいま、と話しかけたいような懐しさを、ゆうは、おぼえた。

いっとき、福之助たちが、奥山で興行していたことがあった。妓夫の芳三につれていってもらったっけ。奥山に行ったら、幼い自分と芳三に会えそうな、そうして、お静に扮した福之助、礼三郎に扮した金太郎が、粗末な舞台にたっているのを目にしそうな……気がした。

とても、両国へは、わたし、行けやしない、息がつまってしまうだろうよ、橋詰の掛小屋のあったあたりに立ったら。

福之助は、逝ったけれど、金太郎は、まだ、地上のどこかに、ゆうと同じように、息づき、食べ、飲み、眠り、しゃべったり笑ったりしているのだ。会いたい。ゆうは、わが身を抱きかかえるようにして、からだを苛む懐しさに耐えた。

ひさを探すということがなかったら、ゆうはそのまま、いつまでもうずくまっていたかもしれない。ほうけたようにうろうろと歩き回り、決して返ることのない日の幻影に手をさしのべたかもしれない。福之助がまったく失われたのだということを、激しく、感じた。過去の楽しい日の残像として、金太郎が、いまも、どこかにいる、ということも。

追憶に逃れ入ろうとする自分を、ゆうは、現実にひきもどした。

加十の家にいかなくては。まず、ひさを捜しだそう、それから、両親のところに顔を出し、ひさを、娘ですと引きあわせ……。福之助や金太郎の、そうして幼い自分のいる掛小屋の世界にひたるのは、そのあとのことだ。

およその土地勘はある地だけれど、入り組んだ路地裏まではわからず、なんどもひとにたずね、ようやく、足袋屋と酒屋の間の三尺陋路(ろじ)をはいった突き当たりの長屋を訪ね当てた。三尺陋路は三間ほどで尽き、板塀(いたべい)で囲われた一郭のなかに四棟(むね)の長屋が密集している。踏みいったとたんに悪臭が鼻をついた。

入り口の四、五坪ほどの空き地に壊れかかったような荷車が七、八台放りだされ、腐臭をはなつ籠(かご)だの笊(ざる)だのが地面に積まれてあった。塵芥(じんかい)集めを商いにしている住人が多いのだろう。隅に掘られた井戸の水面には赤錆が浮いていた。

棟と棟の間の通路は、ごみ箱だの塵取りだの盥だのこわれた手桶だのでふさがり、中央をつらぬく溝板の上だけが、かろうじて歩けるのだが、その溝板も、腐って、踏み抜きそうになる。

大阪でもひどい長屋に住んでいたのだし、旅まわりの小屋も清潔なところはほとんどない。汚濁にゆうはなれきってはいたけれど、ひさはこざっぱりした鱗花の家で暮らしてきた。これでは、辛い思いをしているだろう。

三尺に一間半の土間と四畳半という、どれも同じつくりの家の、手近なひとつをのぞき、赤ん坊に乳をふくませながら両手を窮屈そうに前にのばして手内職の袋張りをしている女に、

「このご近所に、加十さんという興行師さんはいなさいませんか」ゆうは訊いた。

「早うお迎えがほしいよう」

声は女のうしろに背をまるめぼろを綴っている老婆であった。

「加十なら、出ていったよ」女は顔をあげて言った。

「景気がよくなったものだから、泥棒長屋は足蹴にかけて出ていった」

「加十さんは、女の子を連れていませんでしたか」

「その女の子で一稼ぎしたんだよ」

そう言ってから、

「あんた、だれだい」

女は、好奇心の強そうな目をゆうにむけた。

ゆうは、ふたたび広小路のほうにとってかえした。加十の引越先は、長屋のものはだれも知らなかった。

実家に行けば、と、ゆうは思いついた。子供浄瑠璃は、流行だという。父や母も評判を聞き知っていることは充分あり得る。女郎屋にはそういう噂はときやすいし、芸事に関心のある両親だから、聞きにいったこともあるかもしれない。孫が舞台にたっているとは思いもよらず。ひさが、なんという芸名で出ているのか、それがわからないのが、不安ではあった。しかし、加十は、ひさのおかげで身上がよくなり、裏長屋を出たというのだから、子供浄瑠璃のなかでも、人気は高いひとりなのだろう。流行で子供の数が多いといっても、つきとめられないことはあるまい。

暮れかかった道を、ゆうは急いだ。

奥山の見世物小屋や掛小屋は、きれいに取り払われており、花屋敷のあったあたりに、満開の菖蒲の向こうに、木造瓦葺き、五層の楼閣がそびえていた。花屋敷が開園されたのは、嘉永六年――ゆうが生まれた年であった。幼いころ、ゆうも大人に連れられ、幾度も見物にきている。千七百坪の広大な敷地に珍しい草花が四季とりどりに開き、ゆうの目をうばったのだった。いまはいっそう見事な庭園になっている。高楼は初めて目にするものだ。屋根の天辺に夕陽をうけて光るのは、金箔を塗られた鳳凰らしい。

見惚れている余裕はなく、足をはやめた。

日本堤に出るころ、陽は落ちつくした。衣紋坂を下ると、大門が、目に迫ってきた。黒塗りの木の門のかわりに、石の門柱が建ち、その頂きに電灯がともって、眩しい光を投げ、両側の引手茶屋の窓も異様に明るい。馬車のなかできいたとおりだ。京都の遊廓では吉原よりはやく電灯をいれたときいているが、ゆうは、電灯をみるのはこれが初めてだ。恒例どおり仲之町につくられた溝を埋めた菖蒲の紫は、黄ばんだ光に、奇妙な色に変色していた。ぞめき歩いて格子窓のなかの妓を品定めする遊冶郎の姿はかわらないけれど、行灯の仄かな明かりにくらべて電灯はあまりにむきつけだ、ゆうは思い、花の季、夜桜は、どんな色あいをみせるのだろう、目をとじ、記憶にある仲之町の桜を思い描いた。

花蔭を八文字を踏んで練り歩く花魁、若い衆がさしかけた長柄の傘、つきしたがう振袖新造。過ぎたものは、にごりを歳月に洗い流され、ひたすら美しく、眼裏に顕つ。

笹屋のあった江戸町二丁目の妓楼は、みな三階建てとなり、どれがかつての笹屋か、ゆうはとまどった。うろうろと探す目が張見世の妓たちと合い、ゆうは目をそらす。幼い記憶の花魁とことなり、格子の向こうの妓たちは、どすぐろく疲れている。厚く塗った化粧の下の顔がどんなふうか、いまのゆうには、見通せる。

洋装の妓が並んだ十間間口の見世があり、心おぼえでは、ここがもとの笹屋らしい。近江楼と、名がかわっていた。

張見世の手前側が妓夫台をおき一見客をひきいれる玄関、向こう端は引手茶屋をとおした客が登楼する茶屋口、と一目で見当はつく。

「ええ、おあがんなはるよう」「ねえ、そこの粋な旦那、ちょいとご相談」声をからす

妓夫に、

「ごめんなさいよ。このあたりに以前、笹屋という見世があったはずなんですが」

「用事なら、裏ぁまわってくれ」

妓夫は顎で示した。

隣りの楼とのあいだの狭い路地は、植え込みが溝板をかくしていた。厨の板戸はあけはなされ、台屋が仕出し料理をいそがしげに運ぶ光景は、ゆうがみなれたものとかわらない。

なかをのぞき、銚子を並べている下女に、

「ちょいとうかがいますが」

「なんだよ」

つっけんどんな声がかえった。

「こちらさんは、以前、笹屋という見世では」
十五、六にみえる下女は、知らないね、と、ゆうの頰の疵に、薄気味悪げな目をむけた。「代替りしたんでしょうか。こちらのご当主は、佐兵衛さんといいませんか」
「ちょっと、変なのがきましたよ」下女は、古手らしい女をよんだ。

「おまえさん、何の用だい」女は、突っ立ってゆうを見下ろす。

「わたしは、笹屋のものなんですが」

「何を寝ぼけたことをいってるんだよ。塩をまかれないうちに、出てお行きよ」

「笹屋がどうなったか、知っている人はいませんかね」

「うちが笹屋だよ。名前がかわっただけ」

「それじゃ、お父っつぁんは」

女は、ゆうの全身に目をはわせ、ふいと奥にひっこんだ。

雇い人たちの視線をあびながら待っているゆうのまえに、大丸髷（おおまるまげ）の女が、奥からあらわれた。

ゆうをまじまじとみつめ、

「まさか」つぶやいた。

「その、まさか、なんですよ。おわかさんですね」

兄、安太郎の女房のおわかは、ゆうと同い年だとおぼえている。ひとのよさそうなお多福顔だったのが、ふっくらしたまま抜け目ない顔つきにかわった。三まわりも肥えて腰が太くなり貫禄がついた。

「おゆうさんだよねえ」

「よくわかってくれましたね」

「まあねえ、おゆうさんがねえ。おあがりと言いたいんだけれど、知ってのとおり、この時間は、目がまわりそうに忙しいんでね、明日出なおしてきてくれませんか」

「ほんにそうでした。わたしとしたことが気のきかない。あの……お父っつぁんやおっ母さんは、息災で」

「お舅さんは、今戸のほうに隠居していなさるよ。あ、これ、こぼすんじゃないよ。それで、お姑さんは、今年の春、三回忌をすませたんだよ。おゆうさんには知らせようもなくて」

「今戸のどのあたりでしょう。以前の寮が残っているのかしら」

「建て替えたけれど、場所は同じだよ。顔を出しなさるか。おゆうさんの知らないお人が身のまわりの世話をしているから、きづまりかも知れないが」

「つかぬことをききますが」

警戒のいろをおわかの表情にみながら、子供浄瑠璃がさかんだときいたが、と言うと、おわかは、ほっとしたようにうなずいた。十五年も消息をたっていて不意にあらわれた、見るからに貧しいみなりの身内に、金銭などの迷惑をかけられてはかなわないと、用心するのも当然だ。

明日、ゆっくりきておくれよ、と、おわかはせきたてた。

「はい、それじゃ、明日また」

立ち去ろうとすると、

「あ、そういえば」と言いかけておわかは気をかえたように黙った。

「何でしょうか」

「いいえ、いいんだよ。おゆうさん、あんた、まさか……。あの、堅気にくらしているんだろうね」

「これですか」ゆうは頰の疵に手をあて、

「ちょいと、もめごとで。嫂(ねえ)さんにご迷惑のかかるようなことはございませんから」

「妙なのが来たっけからねえ。おまえのことを聞きに」

「妙なのといいますと」

「堅気ではなかったっけよ。まあ、なにかのことは、明日、うちのひとのいるときに。今日は出かけているのでね」

追い立てられ、大門を出ると、足元が暗く提灯がほしいほどだ。廓通いの客をのせた俥が、すれちがう。

母が死んだときいても、切実な悲しみがわかない。とうに死に別れたも同然な暮らしをしてきたのだし、死に顔もみず、葬式にも立ち会っていないせいかもしれない。

道端に見世を出している立ち食いの饂飩屋で腹をみたし、今戸にゆくのは明日にしようと、ゆうは思った。おわかの口ぶりでは、父は、妾をおいているようだ。初対面の女に泊めてくださいというのは、あまりにあつかましい。

わたしの消息をたずねにきた堅気ではないものというのは、誰だろう……と思ったとき、とっさに直感した。

金太郎にちがいない。わたしのことを気にかけ、笹屋にくればわたしの様子がわかると思案するのは、金太郎のほかにいない。

――金太郎がわたしを探している……。わたしに会いたがっている。

ゆうは、道を引返した。

もう一度とりつぎを頼むと、いったん奥にはいった古手の女は、おかみさんはいそがしいから、明日、と、おかわかの言葉をつたえた。

堅気ではないひとがわたしの消息を尋ねてきたというのは、いつのことか、どこに住んでいるのか、名は名乗らなかったか。それを、おかみさんにたしかめてほしい。ゆうは頼み込んだ。去年の春だ、名も家も聞いてない、というのが、女を介したおわかの返事であった。

広小路まで戻り、ゆうは安そうな宿を探した。

＊

佐兵衛は、庭に投げた目を、時々ゆうにむける。疵を情ながりながら、どうしたのだと口にはしない。

「ご丹精なんですね」

心字池を中心に、小さいが回遊型の道のついた庭園は、下草のたたずまいまで手入れがゆきとどいていた。

妾のおせんが玉露をいれた。薄手の湯呑を手にのせる。しばらく忘れていた贅沢な手ざわりが心地好い。

「見世のほうは、すっかり兄さんたちにまかせて？」

「で？」と、佐兵衛はさきをうながした。

「わたしがしてやれることは何だ」

佐兵衛の言葉を聞いたとき、初めて、ゆうは、涙が浮いた。これまでに聞いた一番温かい言葉であった。身勝手のかぎりをつくしたのに、と思い、両手が畳に下がった。

「やめな」佐兵衛は言った。「娘に手をつかれても、辛いだけだ」

「ひさを捜しだしたいんです」

「それは、言われずとも、手を貸す。孫だ」

「子供浄瑠璃というだけでわかりましょうか」

「何んとかなるだろう。何んとかせねばな。東京じゅうの寄席をさがす。人手は借りられる。仕打ちに金を払えば、引き取れるだろう」

「すみません。不義理を重ねておいて」

言いかけると、

「馬鹿！」初めて怒号が飛び、同時に頬を叩かれていた。

「詫びてすむことか。不義理とはなんだ。娘の口から義理のなんのと……」

「気楽なものだ」

語尾は消えた。

「おせん」気をかえたように、佐兵衛は呼んだ。

「辰のところに、吾一をやってな、棟梁にすぐに来いと」

出入りの鳶だ、と、佐兵衛はゆうに言った。

去年の春、ゆうをたずねてきたという金太郎らしいもののこともたずねたかったが、ゆうは、ひかえた。それは父には関わりないことであり、父を不快にさせるにちがいない不謹慎な問いであった。金太郎が、わたしを探している。すでに散り果てたはずの花が、ゆうのこころのなかに仄かに淡い紅を刷き、昨夜、ゆうは、口に出せない夢をみたのだった。ひさに辛い思いをさせることに耐えがたい責めを感じながら、一方でそんな夢をみる自分を、ゆうは、もてあましていた。

間もなく顔をみせた鳶の棟梁に指図したあと、ここに腰を据えて吉左右を待て、と父は言った。

「いえ、わたしも、できるだけ、寄席をまわってみます。場所だけ教えてください」

「好きにしろ。だが、ここに、泊まれよ」

「はい」と言いながら、ゆうは、おせんに目を走らせた。

「ゆう」

めざとく、佐兵衛は、とがめた。

「その、まわりに気をつかうのはやめろ。おまえは、とかく、こまこま気がまわりすぎる」

「いえ、お父っつぁん、わたしは気がまわらなすぎて、あちこち迷惑をかけてきたんですよ」

ゆうは、泣き笑いの顔になった。

「ずいぶん気をつかっているつもりでも、肝心のところが抜けているらしくって」

「違えねえ」佐兵衛は言い、

「おせん、この罰当たりに、風呂をわかしてやってくれ」

「いえ、湯屋にいきますから、結構ですよ、おせんさん」

おせんは、おっとりした笑顔をふたりに等分にみせた。

ひさの出ている小屋がわかるのに、手間はかからなかった。

流行といっても、子供の浄瑠璃語りの数は限られている。加十の居場所をつきとめるより先に、ひさは見出された。

小姫と名乗って神田柳町の寄席に出ている子が本名はひさというそうだ、三河のほうから来たといっている。そう、鳶の棟梁がつたえてきたので、ゆうは、かけつけた。

楽屋に入ると、ひさは、着物のうえに裃をつけているところだった。

ゆうを見ると、顔に笑いがひろがった。

「聴きにきてくれたん。お師匠さん、まだきてくれへん」

ひさが師匠とよぶのは、鱗花のことである。売られたとは、ひさは知らぬようであった。

客席にまわらず、ゆうは、袖に坐って、ひさが高い声で語るのを聴いた。

小さい全身に力を漲らせ、声をふりしぼると、客のあいだから、よう、よう、と声がかかり、語り終わって平伏するひさにおひねりがとんだ。

袖にひきあげてきたひさを、ゆうは抱きしめた。

「暑苦しいやん」

ひさは身をよじって逃れ、なれた足取りで楽屋に行き、化粧をなおし始めた。

子供浄瑠璃は前座で、あとに、娘浄瑠璃がつづく。

「母ちゃんと帰ろうな」

「師匠のところか」脱いだ裃をたたみながら、ひさは、

「なんでもう、かえるの」

「母ちゃんがむかえにきたんだよ」

「まだ、これから、福寿座にまわるんや」

「ひさちゃん、上出来だったよ」はいってきた女が、ひさに紙包みをわたし、

「ご贔屓さんですか、どうも」ゆうにかるく挨拶した。

「わたしの母ちゃんや」

「おっ母さんですか」女はけげんそうに、ふたりをみくらべる。

「ひさ、こちらさんは?」

「お姉ちゃん」

ひさは裃を風呂敷に包み、女のくれた紙包みを開く。黒い飴がはいっていた。ひさは急須のお茶を湯呑に注ぎ、一気に飲んでから、飴をほおばった。

「仕度がすんだら行くよ」

うながす女を、ゆうは止めた。

「太夫元さんはどちらに」

「さあ、どこですかね。ひさちゃん、おくれるよ。いそいで」

ひさは、飴をしゃぶりながら風呂敷包みを手に、女について楽屋を出ていく。

「待っておくれ」ゆうはあとを追った。


ひさの身柄をひきうけている太夫元とは、金で話がついたが、ひさが、ゆうに連れ戻されるのをいやがった。

東京で修業して、女義太夫になる、と、言い張るひさをなだめすかし、ゆうも少し意地になっていた。修業がどんなものか、ひさにわかっているわけはない、まわりから言いくるめられ、口移しにえらそうなことを言っているだけだ。

一年に数度しか顔を見せないゆうに、なつけというのが無理なのだと思っても、あかの他人をお姉ちゃんと慕うひさが、小面憎くもなる。

「おじいちゃんのところに行けば、浄瑠璃だって、よいお師匠さんにきっちり稽古してもらえるよ。とにかくね、一度、おじいちゃんのところに行こう」

機嫌(きげん)をとり、ようやく従わせ、今戸に連れ帰った。

ひさがお姉ちゃんと呼ぶ女は、ふきといい、娘義太夫で高座に出ていたが、からだを悪くし、退いて、子供たちの世話をしているということであった。

佐兵衛の前でひさは、ひどく行儀がよかった。

ふいに出現した孫に、佐兵衛もとまどいがちで、扱いはぎごちなかったが、おせんが、上手(うま)くとりなし、ひさをじきにくつろがせた。馴(な)れると、ひさは地金を出し、目まぐるしく家の内外を走りまわりはじめた。

「当分ここにいろ」佐兵衛は言ったが、そのとき、ゆうは、おせんの顔色をついさぐった。

おっとりと愛想のよいおせんの目元に、不満の色を、ゆうは見て取った。

口先だけの勧めさえおせんは言わず、押し黙ったままなので、佐兵衛も気づき、

「なあ、いいだろう」ちょっと機嫌をとる口調になった。

「そりゃあここは旦那(だんな)さんの家ですし、わたしが口出しできることじゃござんせんけれどね」

おせんは、ゆうが意外に感じたほど、きびきびした口をきいた。

「何だか、旦那さんに甘えづらくなっちまう」

娘と孫の前で臆面もなく言われ、佐兵衛は、照れと困惑を表情にみせた。

「そのうち、小体なしもたやでもみつけて、おゆうとひさはそっちに住まわせる。さしあたっての間だ。おゆうには、いい亭主もみつけてやらなくてはな」

そう言って、このうえの我儘は許さないぞ、という目を、佐兵衛はゆうに向けた。

最初の温かいおおらかさは薄れ、ゆうとひさを、とにかくひとつの形に押し込もうという意志が、見てとれた。

「お父っつぁん、わたしは、このさきも、仕打ちの仕事はつづけるつもりなんです」

「まだ、そんな戯言を言っているのか。性懲りもない。ひさをどうするつもりだ」

「おひさちゃんだけなら」

おせんは、あからさまに言った。

「わたしがお世話しますよ。ひさちゃん、おっかさんがいなくたって、平気だろう。寂しかあないよね」

ゆうにいられては気ぶっせいなのだ。早く出ていってほしい。おせんはそう言っている。

ゆうは、不愉快ではなかった。不意の闖入者なのだ。一日二日の滞在なら、愛想よくもてなすのも難儀ではないけれど、いつまでも居候をきめこまれたらたまらないのは当然だ。うわべだけいい顔をみせ、それとなく出ていけがしに小意地の悪い仕打ちをされたり皮肉をいわれたりするより、おせんのはっきりした態度は、ゆうには、いっそ気持がよかった。

「おゆうさん、すみませんね」

おせんは、かげのない口調で言った。

「ながいこといっしょにいたら、わたしとおゆうさん、きっと喧嘩になりますよ。わたしは嫉妬やきですから、旦那さんがおゆうさんにかまけるのを見たら、腹がたってつんけんします」

「おひさにかまけるのは、いいんですか」

ゆうも半ば笑いながら言った。

「わたしと旦那さんで、おひさちゃんのとりっこになるでしょうよ」

「みなさんに可愛がってもらって、わたしにだけ、どうして、こうも懐かないんだか」

吐息が混じった。

「母親だから、子供のほうでも、機嫌をとったりしないんでしょうよ」おせんは言った。

わたしの目が半分、いえ、七割がた外をむいているのを、感じとっているからだろう。ゆうは思った。

「どうしても仕打ちをやりたいのなら、この近辺でやれ」と、佐兵衛は妥協した。

「な、おせん、いいだろう。十五年ぶりに帰ってきた極道娘だ」

「わたしのやり方の仕打ちは、ひとつところに腰を据えてはいられないんです。関東近在にしょばを変えてみますけれど、年に何度というぐらいしか、帰ってはこられません。ひさを、よろしくお頼みします」

頭をさげながら、ゆうに出ていけがしなことをおせんが言ったのは、こうなることを見越しての好意だったのだろうか。ゆうは、思った。おせんは、ひさを膝（ひざ）にのせた。

＊

明治二十三年。

ひさを父とおせんにあずけ、関東一帯の、田舎まわりの旅芝居をあつかう仕打ちを始め、二年たつ。女興行師は珍しいので、この世界ではいくらか名を知られてきていた。

明治二十三年という年数が、なにか記憶にあった。何だったろうと思い返し、名古屋の愛国交親社だ、と、記憶がよみがえった。

撃剣会の飛入り参加を呼びかけた男が、さかんに、〝明治二十三年という年を記憶したまえ〟と言っていたっけ。

〝今は何年であるか。明治十五年。しかり。今より八年後は、何年であるか。明治二十三年。しかり〟

男の声が思い出される。

この年、政府は、国会とかをどうとか言っていたっけねえ。愛国交親社の社中になれば、明治二十三年には、必ず士族にとりたてられ、お扶持をもらえるとか……。でも、その後愛国交親社の名は聞かないねえ。

あの撃剣会がきっかけで萩野浅吉のもとに走った牡丹はどうしたろう、と、思いながら、袖に立つゆうの目は舞台にむけられた。

東京大歌舞伎・市川圓十郎と名乗る一座である。團十郎とまちがえてくれることを期待しているのだろう。こういう手合いは、旅役者にはざらにいる。それを咎めだてするほどゆうも野暮ではなくなっていた。

それにしても、しっかり、おしよ、と、背を叩きたくなるほど、下手くそ揃いの一座だ。その上、立女形が腹痛で寝込み、代役にたったのが、まるで素人なのである。あとで、座元から、ゆうも小言をくらうだろう。ひどいのを連れてきたと。

舞台にのっているのは、『壇浦兜軍記』の阿古屋琴責めの段である。土の上に茣蓙を敷いた見物席には、客がそれでも四、五十人つめかけている。

阿古屋はただでさえ難役である。

遊女阿古屋は、堀川問注所に呼び出され、景清の行方を明かせと責められる。拷問にかけられようとするとき、詮議の役人のひとり、畠山重忠が、拷問にかわる責め問いの案を出す。

琴、三味線、胡弓の三つの楽器をそれぞれ奏でさせ、音色に乱れがなければ潔白の証としようというのである。

三曲を、役者が自分で弾きこなすことが要求される。

舞台では、阿古屋が、吟味方の岩永左衛門と畠山重忠に景清の行方を責め問われているところだ。

新作の芝居とちがい、古い義太夫物であるのに、阿古屋はまるで科白が入っていなかった。

「……ここをよく弁きまえて、さあ、すっぱりと景清が在所、この重忠に聞かせいやい」

重忠がせまる。重忠に扮しているのは座頭の圓十郎なので、さすがに危なげはない。

チョボが、

〽もの和らかに理をせめて、しかもこたゆる詮議の詞、阿古屋は聞いて、さっても厳しい殿さま。

ここで阿古屋の科白になるのだが、阿古屋は絶句したままである。三味線が苛立たしげに間をつないでいる。

蔭で黒衣が、「四相を悟るお方とは」と科白をつけるのが、見物の耳にも聞こえている。

「四相を悟るお方とは」

めりはりのない口調で鸚鵡返しに言い、つぎを待つ。一句ごとに間が開くので、見物は騒ぎ始めた。

その喧騒のなかに、ゆうの耳は、

「四相を悟るお方とは、常々噂に聞きたれど」

阿古屋の科白が客席から流れるのをとらえた。

声は、次第に大きくなる。

「何の仔細らしい四相の五相のと、小袖に留める伽羅じゃまでと、仇口に言い流せしが、今日の仰せに我が折れた」

堂にいった科白まわしである。

見物の目が舞台をはなれ、声の主をさがす。

ゆうが呆れたことに、阿古屋の役者は、声の主に科白をまかせ、それにあわせて身振りをしはじめた。チョボにあわせて首をふる人形同然である。

声に苦笑が混じり、

「何をいうても知らぬが真実、それとも疑い晴れずば、はて何時までも」と、義太夫にきっかけをわたした。

阿古屋の科白になるごとに、阿古屋役者は、当然のように、声の主の助けを待った。

やがて、岩永左衛門が、阿古屋を水責めにすると居丈高になるのを、畠山重忠が制止し、近習に命じて、琴、三味線、胡弓をはこびこませる。

「これさ、女。その琴弾け。重忠がこれにて聞く」

阿古屋は琴爪をはめ、たどたどしく弾きかけたが、じきに手を止め、少し考えてまた初めから弾きなおした。

「どうした。そいつが弾けなくては、お裁きに負けるぞ」

野次がとんだ。

「むずかしくてねえ」

阿古屋は地声で言った。笑いだす客もいたが、

「舐めるな、田舎者だと思って」怒声もあがった。

「兄さん」

舞台の高二重の上から、裃長袴の座頭が、客のほうに身をのりだした。

「おまえさん、素人ではないね。三曲はこなせるかね」

客が片頬をゆがめ苦笑をするのを、ゆうは見た。縞木綿の着流しの、やくざとも堅気ともつかぬ風体である。からだが震え出すのを、ゆうは感じた。

「どうだね、一つ、かわりにやってみないか」

――わたしに会いにきたのだ、金ちゃんは……。女興行師の噂を聞いて。

「いや、実はね」と、座頭は、見物一同に相談をもちかけるような調子で、「うちの立女形の丑之助てえのが、これから幕をあけようというときになって腹痛をおこし、寝こんじまいやがったんですよ。まことに色気のない話で申し訳ござんせん。さしあたって、いたしかたなく、こいつにやらせてみたら、ごらんのとおりのていたらく。これじゃあ、わたしは、ご見物の前で腹かき切ってお詫びせにゃならない」

「切れ、切れ」野次がとぶ。

「しかし、腹を切るのは、痛い。できることなら、わたしも、切腹はせずにこの幕をつとめあげたい。こう見たところ、その兄さん、ただの鼠じゃあない。さぞや、名のある優が、おしのびの姿とおみうけした。ねえ、兄さん、助けると思って、一幕つきあってやっておくれよ」

「この姿で阿古屋をやるのか」

　金太郎の声は、少し嗄れていた。

「鬘、衣裳、いっさい、こいつからひっぱがして、兄さんにつけてもらう」

　群れのなかから、金太郎がすらりと立ち上がった。

老けたねえ、金ちゃん。わたしが三十六だもの。金ちゃんは五つ上、四十一……。

頬の疵に知らず知らず手がゆく。

阿古屋は、座頭に命じられ、立兵庫の鬘をはずして羽二重を巻いた頭をむきだし、重い衣裳も脱ぎ始めている。

「やらせてもらいましょう」

金太郎は、人をかきわけ、舞台に上がってきた。

頬が削げ、鼻梁の鋭くなった顔に、愛くるしかった若い俤の名残をゆうは認めた。

袖には目を向けず、

「ついでのことに、むくつけき野郎が、花の傾城に化けるその化けっぷりも、ご見物衆に披露しましょう。なに、座興さ。ここに、化粧前をたのみます」

下回りが鏡と化粧道具を舞台にもちこむのを、ゆうは邪魔にならぬよう身をひいて、見守る。

「羽二重も一本、貸しておくんなさい。それから、濡れ手拭いだ」

鏡を舞台の正面にすえ、その前に坐って、手拭いで顔の汚れをぬぐい、羽二重できりりと頭をしめあげた。見物のざわめきがしずまった。

鬢づけ油をすくいとり手のひらでこねあわせ、顔から首すじ、のどと、指先でまんべんなく塗りつける。太白で眉をつぶす。女形をつとめていたころの金太郎は、眉を剃り落としていた。いまは、生来の眉が濃い。――何をなりわいにしているのだろう、と、ゆうは思う。青ずんだ髭の剃りあとに、椿油で練った濃い白粉をおく。板刷毛で顔じゅう白く塗り潰してゆく。

楽屋で化粧するときは、福之助や金太郎の襟足にゆうが白粉をぬってやったのだった。いまも、金太郎の背後にたち、手を貸したくなるのを、ゆうは、こらえた。声をかけるのは、舞台がおわってからにしよう。裏の女は舞台にしゃしゃり出てはならない。金太郎が見物にみせようとしているのは、阿古屋であって、生身の女との再会の場ではない。

牡丹刷毛でたたき、瞼と頬に仄かに紅をさし、目尻に紅の目張りをいれる。

旅役者がつかう白粉は、昔ながらのパッチリである。近ごろ、鉛を腐食させてつくるパッチリは毒がある、女形のおおかたが早くからからだを悪くするのは白粉の鉛毒のせいだと言われはじめ、無鉛の白粉が売り出されているが、のびが悪いうえに、値段がおそろしく高くて、旅役者には手が出ない。金太郎は、唇に紅をさした。

見物のあいだから感嘆の声があがる。

役者が現から夢にわたる懸け橋を、今、金太郎はわたりつつある。ゆうにとって、それは、過ぎた日への懸け橋でもあった。

鏡の奥の顔に、金太郎がうすくほほえみかけるのを、ゆうは、見た。

「おまえさん、ちょいと、裲襠をこうひろげておくれ」

肌着一枚のうえに薄汚れた浴衣をひっかけた阿古屋役の役者にそう命じ、翼をひろげた鳳凰のような裲襠を几帳がわりに、その蔭で金太郎は縞木綿の袷や股引きを脱いだ。

下回りが心得て、晒を胸に巻くのに手を貸す。あれもわたしの役目だった……。

下座の三味線にあわせ、手のあいている役者たちが手踊りでつなぎ、見物が散るのをひきとめている。

金太郎は、あとはほとんど人手を借りずに素早く仕度をおえ、最後に指先に白粉を塗り、几帳がわりの裲襠が、あざやかに宙を舞って、金太郎の身にまとわれた。

正面きって膝をついたとき、見物が息をのむのが、ゆうにも伝わった。

艶麗な阿古屋は、若いころより、凄みをましていた。

茫然としていた座頭が、我にかえって、

「やれ、阿古屋、なぜ始めぬ。琴を弾かぬは景清が、在所を言いあかす所存なるか」

科白を前にかえした。

〽と詞もしげき重忠の、底の心は知らねども、是非なく向かう爪琴の……。

とチョボが入り、阿古屋の金太郎は、琴絃（こといと）を爪で一閃（いっせん）した。

「影というも月の縁、清しというも月の縁」

金太郎がうたいはじめると、しずまりかえった見物のあいだから、じわじわと、賛嘆の気配がみちてくる。

ゆうは、袖にすわり込んでいた。からだが消えてゆく心地がした。金太郎の阿古屋は、福之助の舞台姿と重なった。

*

金太郎の膝に、ゆうは顔を伏せたまま、いっさいを忘れた。人目の多い楽屋である。役者たちの好奇の目がそそがれるのも、なにかと話しかけてくるのも、ゆうの意識の外にあった。

金太郎の手のひらが背のうえに熱くあることだけを感じていた。

ようやく、金太郎はゆうを抱きかかえて身を起こさせ、目顔で出ようとうながした。座頭や座方のものがよびかける声を背に、小屋を出た。

野生の露草が一面を青紫にいろどる川縁に、ならんで腰をおろすと、少年と少女にかえったような気がする。

しかし、ふれあう肌を通じて身のうちを灼く火は、子供のものではなかった。金太郎の手は、ゆうの腰にまわされていた。

「よく、わたしのいるところが」

「この近在に住んでいてさ。女仕打ちのおゆうといったら、芝居好きのあいだじゃあ名がとおっている」

「金ちゃん、一世一代だった。役者はやめているんでしょう」

「血が騒ぐってやつだな」

そう言ってから、

「福兄は、死んだのか」

金太郎は、露草に目を落として、口にした。

「知っていたんですか」

「いいや、だが、福兄がいたら、おゆうさんがひとりで興行師などするわけぁないし、別れるなんざ、こんりんざい、考えられねえしな」

金太郎の目は、ゆうの頬の疵にまっすぐ向けられた。

「金ちゃんがいてくれたらと、どんなに思ったか」

「役者は嫌えだ」

「でも、今日の阿古屋……」

「実のところ、抜け出してみると、芝居の水は、無性に恋しかったっけよ。旅の一座に駆け込めばたやすく身過ぎはできるんだが、それだけは、手前に許さなかった。兄貴たちがこれから大変だというときに、役者は嫌いだと広言して、抜けたんだものな。舞台にたったら、兄貴やおゆうさんに嘘をついたことになる。二度と、声色さえつかうまいと決めていたんだが、あんまり、へたくそなんでよ、見ちゃあいられなくなった」

「よく、科白が入っていましたねえ」

「餓鬼のころ仕込まれたこたぁ忘れねえもんだな」

「あれから……」

「いろんな世渡りをしたよ」

「役者より博打打ちが性にあっているって言ってましたよねえ、金ちゃん。あの、ほら、とんだことで、お牢にいれられたとき、娑婆で鳴らした本職を、さしで負かしたって」

金太郎は苦笑した。

「とんだ自惚れでよ。賭場で張ってみたら、いちころよ」

「いかさまだってやるんでしょ、向こうは。いまは、堅気なんですか」

「堅気というのかなあ」

金太郎は、ゆうの手をつかみ、

「あかぎれを、しじゅう切らせていたっけが」

「膏薬をね、金ちゃんが。蛤の殻にはいった」

ゆうは、包まれた。

肌脱ぎになった金太郎の背は、疵が縦横に走っていた。

「いくさ疵だ」といいながら、金太郎は床にからだをすべらせ、ゆうを招き入れた。

いまだに行灯(あんどん)をともした安宿である。

金太郎の手は、ゆうの全身を、いとおしんだ。


「いくさって……」

激しい波がゆるやかにしずまってゆくのを感じながら、ゆうはたずねた。

激情が去った金太郎の手は、ゆうの髪をもてあそんでいた。

金太郎の手には、かつてはなかった、ぞくぞくさせる奇妙な力がこもっていた。からだの奥処(おくか)から毒性(どくしょう)の酔いを誘いだす、濃密な力であった。

「六年も前になるかなあ、秩父で擾乱(じょうらん)がおきたのを知っているかい」

「大阪にいたけれど、噂(うわさ)はききました」

「そのときのいくさ疵さ」

「まきこまれちまったんですか」

農民の蜂起(ほうき)に、金太郎がみずから加わるとは考えられなかった。まるで縁のないことだ。「柵(しがらみ)でね」金太郎は言い、先を聞きたがるゆうに、

「下手な博打からは足を洗って、いろいろな渡世のあげく」と、話をつづけた。

「薬の行商をやっていた。お祭しのとおり、いんちきな売薬ばかりさ。ちょうど、板垣閣下が刺されたころだったな。南多摩のあたりをまわっていた」

愛知では撃剣会が盛んだったあのころだ、とゆうはうなずく。

「薬を売り込もうと立ち寄ったのが、大百姓の家なんだが、これが、博徒の大親分をかねていてね」

南多摩一帯の豪農は、いずれも、小作人をつかうとともに、自分でも農地を経営し、桑畑をひらき、養蚕に力をいれ、製糸・織物・酒造をいとなみ、仲買、質屋なども兼業している。武芸にひいで、学問の造詣(ぞうけい)の深い旦那(だんな)がたくさんいる。さらに、武州は、上州とともに博徒のはびこる土地柄(とちがら)で、親分とたてられる博徒が豪農の大旦那であることが多いのだと、金太郎は言い、

「秋川の武吉という若親分におれは気にいられちまった」

「どこが気に入ったんでしょうね」

「男ぶりかな」

金太郎は冗談めかしたが、何か苦い口調をゆうは感じた。

「咽(のど)だよ」

金太郎は、言い直した。

「いわねばいとど、せきかかる、胸の涙のやるせなさ……などとくちずさんでいたら、いい咽じゃないか、と感心され」

「そりゃあ、金ちゃんの咽だもの」

「つい、問われるままに、役者のまねごとしたこともある、ってね。すると、向こうがきつい執心で。武吉若親分は、八王子に、貸し座敷を持っている。そこの芸妓に、踊りやら三味線やら、しこんでくれという話がとんとんすすんで。あのあたりにはいい師匠がいないんだ。で、まあ、一時のしのぎにはなるかと、承知した」

「それじゃ、いまは、芸事のお師匠さん」といいかけ、秩父のいくさに連座したときの疵というのに気がつき、言葉を切った。

「デフレというやつのおかげで、武州あたりの百姓はひでえ目にあっていた。米はさがる、生糸はさがる、税金だけぁあがる。高利貸しにたよらなけりゃあ暮らしがたたねえ」

「なんだか金ちゃんらしくない話だねえ。デフレだなんだって」

「そりゃあ、芸者に芸事を教えているおれには、自由民権だの借金党だの困民党だの、まるで遠い話だったんだが、貸し座敷に売られてくる女には、水呑み百姓のが多かったしな。百姓が蜂起するということになって、若親分は、それを蹴散らすお上のほうと、百姓のほうと、両方から助っ人を頼まれた」

「百姓についたんですね」

「反対する子分が多かった。負けいくさと、最初からわかっているものな」

「だからって、金ちゃんが、何も……。こんな危ない目に……」

傷痕に触れる。

「ここらで血の雨降らせねばってな」

金太郎は、はぐらかし、ゆうを引き寄せた。


住まいを金太郎は教えず、去った。

「明日も小屋にきてくれますね」

ああ、と金太郎は応えたのだった。

しかし、翌日、金太郎はあらわれなかった。

「昨日はたいへんな濡れ場だったじゃないか」座のものにからかわれた。

ゆうの心には、えたいの知れぬ澱がよどんでいた。

金太郎とからだをかわしたからといって、福之助にすまないという気はなかったが、金太郎には、ゆうに窺い知れないすさんだ翳がまといついていた。

当たり前だ、と、ゆうは思う。荒い日々をおくってきたのにちがいない。秩父の蜂起に加わったとあれば、人も殺したことだろう。

金太郎が会いにきてくれないのは、一度で、ゆうに幻滅したからか。金太郎は、若い初々しいゆうを、想いつづけてきたのかもしれない。顔に疵を持ち、荒くれた仕事にからだを張り、三十の半ばをすぎたゆうは、金太郎の記憶にある娘とあまりにちがいすぎたのだろうか。

金太郎も、かわった。それでも、ゆうは、今の金太郎に、会いたかった。

淡い紅の過去に、今の金太郎とわたしは、泥色のにごった藍を流し混ぜるかもしれないけれど、翳りをおびた色合いは、常命五十の半ばをとうにすぎたわたしたちにふさわしいじゃないか。

「昨日の男は、おゆうさんの昔の色かい」

化粧前で顔をつくりながら、座頭が言う。

「あの伎倆なら、助っ人に是非ともといいたいところだが、何か、おっかない商売の男だってね」

「あの人のいまの生業を知っていなさるのかい」

「賭場荒らしだというよ。それに、ゆすり、かたり。役者の伎倆があるとは、だれも知らなかったとよ」

「この近くに住んでいるんですか」

「三里も先だから、このあたりでは、あまり知られていないというが、たまたま、顔見知りがいてね、あとでわたしに耳打ちしてくれた。かかわり合いにならないほうがよいとさ」

ひとりものだ、と、金太郎は昨日、言っていた。いっしょに暮らすのもいいなというふうな口ぶりであったのだった。

昨日は語らなかったその素性がわたしの耳に入ったであろうと思って、今日は姿をみせないのだろうか。

賭場荒らしだろうが、ゆすりかたりだろうが、ひるむおゆうではないんですよ、金ちゃん。鬼の女房には蛇って諺があったっけねえ。

わたしもこういう商売。人並みに、所帯を持ってなんて、思っちゃいません。また、この土地を去って行くさ。でも、こんな別れ方は、いやだ。


軒のさがった朽ちかけた農家であった。

土間に入り、声をかけた。
二、三度呼ぶと、誰(だれ)だ、掠(かす)れた声が奥からかえった。
男の声であった。

同居人がいるとは、聞いていない。まったくひとりだ、と金太郎は言ったのだ。

「金太郎さんは……」

「いない。出ていった。もう帰らない」

声は答えた。

「誰だい」

「ゆうと申します」

板敷の向こうの破れ襖(ぶすま)が、少し開いた。薄闇(うすやみ)のなかに、男の顔がのぞいた。

男は、横坐りになったまま床についた手で漕(こ)ぐようにして、いざりよった。

そのとき、ゆうの背後に足音がした。

「おまえ、出ていったんじゃなかったのか」

男の声に、歓喜があった。

「どうして」

戸口を入ってきた金太郎は、ゆうを見据え、なじった。

「おれの内懐まで……」

「あの……」

「帰ってくれ」

「秋川の……若親分……」

そのお人が、と、聞くまでもないことを、ゆうは、口にせずにはいられなかった。

「帰ってくれ」

金太郎は言い、框にあがると、足の立たぬ男を奥に引きずり入れ、襖をしめた。なだめるような金太郎の声がもれた。その声音に、ゆうは、金太郎がゆうに告げえなかったものを悟った。

過酷ないくさをともにたたかった二人のあいだには、ゆうの爪先すら割り込む場所はない。

露草はしおれていた。川岸に腰をおろし、ゆうは、土に手をついた。青い花の露が、指をそめた。

子供浄瑠璃の甲高い声がふいに耳にひびき、

——東京にかえったら、きつの桜の実を拾わなくちゃ。

ゆうは思い、川の水の底を流れる色のない桜に、目を投げた。

草を踏む足音が近づいた。川面に、薄黒く影が映った。見定める前に、それは、遠のいた。

「武吉さんも連れて、見にきて下さいよ」

ゆうは、川面から消えようとする影に、言った。

「五厘屋のおゆうの仕切る芝居を」

「富田金太郎は、夢のなかにしかいねえんだよ」

「昨日は夢を見たんでしたか」

「あばえ」

兄さん、と、ゆうは、福之助に話しかけた。

昨日は、いい夢を見ましたよ。桜が……。

あおいて、土手に身をのばした。散り舞う葩（はな）は、青みをおび、やがて透きとおって、陽光とひとつになった。

金ちゃんを舞台にたたせたいね。性懲り（しょうこ）もなく思っている、もうひとりのゆうがいた。

夢なものか。ゆうは声に出した。

金太郎を芯（しん）に据えたら、一座が組めるじゃないか。亀さんだの、弥五だの岩十郎だの、皆を呼び集めて。金ちゃんは、芝居を捨てちゃあいない。武吉さんも誘い込んで、やろうじゃないか。金太郎と武吉の抱え込む闇に、たじろぐまい。

ゆうは、身を起こした。

陽光を照りかえす川面は、鈍色（にびいろ）にゆれた。

初刊本あとがき

一九八六年に第九十五回直木賞を受賞した『恋紅』は、主人公のゆうが九歳のときから始まり、ラストの場面では二十五歳でした。

選評のなかに、ゆうのこの後はどうなるのか、というお言葉がありました。読んでくださった方たちからも、ゆうのその後を知りたいと、たびたび言われました。

ゆうは、わたしの目にも、まるで実在したもののように、くっきりしていました。

『恋紅』にとりかかるまで、吉原の遊廓(ゆうかく)は、私には、まるで縁のない世界でした。旅芝居は、前年、『壁——旅芝居殺人事件』（第三十八回日本推理作家協会賞受賞）を書いたときに、いろいろ調べたり取材したりもし、そのとき読んだ、東両国に三人兄弟の芝居と呼ばれたおでこ芝居が小屋掛けしており、人気もあったのに、明治維新のあとは消えたという数行の記事が心に残っていたのですが。

「吉原の桜って、花の時期にだけ植えて、あとは引き抜くんですよ」

そう、私に語ってくれた人がいました。その一言と、三人兄弟の芝居が、私のなかで結びつきました。それから、江戸の遊廓についての資料など漁り始めると、こちらに知識がなかっただけに、すべて新鮮で、その面白さにとり憑かれました。それと同時に、癒しようのない寂寥感を抱え持つ幼い娘が、顕れたのでした。

江戸の花魁や女郎は、たびたび書かれているけれど、女郎屋の娘の視点に立って、裏から書いたものは少ないのではないかとも思いました。女郎屋というのは、今の時代には接点がないようだけれど、魂を束縛された自覚を持つ少女、という存在は、時代を越えた普遍性を持つとも思えました。

『恋紅』は、少女の目から見た世界を描いているので、淡い紅の薄絹を透かし見るように、醜いものも美しくうつっていました。

『散りしきる花』では、ゆうは、三十になっています。荒い旅暮らしに、夢めいた薄絹は、はぎ取られてゆくほかはない。ゆうは、作者の手をはなれて一人歩きしはじめ、私は、その軌跡をたどり記してゆくというふうでした。
『散りしきる花』は、『恋紅』を未読の読者にも、本篇(ほんぺん)だけで興味を持っていただけるように、書きました。

これだけで、一篇の長篇としてまとまってはいるのですが、本篇のラストのゆうは三十五歳。まだ、先に長い生があります。本篇ではじめて現れたゆうの娘・ひさの先行きにも、波瀾(はらん)の生があるのだろうと思います。それらを、今、書き継ぎつつあります。私が書くというより、ゆうやひさたちに書かされているというのが実感で、どういうふうに生きてゆくのだろうと私自身が好奇心を持って、先の展開をゆうたちが見せてくれるのを待っているところです。

平成二年一月

皆川博子

『散りしきる花』覚え書き

初刊本　新潮社　平成2年3月　※書下し長篇

（編集　日下三蔵）

春陽文庫

散(ち)りしきる花(はな)

2024年4月25日　初版第1刷　発行

著者　皆川博子

発行者　伊藤良則

発行所　株式会社 春陽堂書店
〒一〇四―〇〇六一
東京都中央区銀座三―一〇―九
KEC銀座ビル
電話〇三（六二六四）〇八五五（代）

印刷・製本　中央精版印刷株式会社

定価はカバーに明記してあります。

ISBN978-4-394-90479-3　C0193